杨匡满散文集

感恩的翅膀

杨匡满 著

高等教育出版社·北京

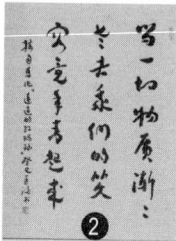

① 大学时代，颐和园长廊，真正是少年不知愁滋味。
② 拙作《遥远的红玛瑙》中的一句："当一切物质渐渐老去，我们的笑容竟年青起来。"
③ 颐和园昆明湖上，与当年唯一的"海内存知己，天涯若比邻"的阿尔巴尼亚留学生在一起。
④ 20世纪90年代初，在艾青家做客。
⑤ 2000年，在台北柏杨家里。柏杨一口河南乡音，跟我们无话不谈。
⑥ 屠岸既是我老领导，又是我同一所中学的学长。我们在爱尔兰文化周上。
⑦ 政协会期间，中为王安忆，右为韩美林。

2002年,我突发灵感去西伯利亚。这是新西伯利亚市往北约100公里的小村,我与一群孩子在一起。

杨匡满 散文集

目录

第1辑·人生的驿站

人生的驿站 / 2
发　小 / 8
感念中学时光 / 12
我的两位体育课老师 / 19
我是长江的儿子，我从长城来 / 24
我和张光年同屋 / 29
和冯牧一起看守草料场的日子 / 38
依然的缺憾——纪念冯牧离去10周年 / 49
与郭小川的最后一面 / 54
好人走好——追念严文井 / 63
为了下一个早晨 / 72
季羡林：被遗忘或被删节的 / 85
我不知是喜悦还是忧伤 / 91
只为他人作嫁衣 / 95
在塞尔维亚作协做客 / 107
台风擦过乌苏里斯克 / 114

裕固帐前的遐想 / 128
中华垂钓第一人 / 134

第2辑·感恩以及念旧

念旧或者感恩 / 140
宽恕的N个前提 / 145
有感于罗斯福、斯大林、丘吉尔说广东话 / 148
名人塑像及其他 / 150
雷人及累人的名片 / 153
大将风度与大国风范 / 156
忽悠或者撒谎 / 158
有感于收藏悼词 / 162
足球也是一种幸福指数 / 167
吃喝风与"食文化" / 170

第3辑·远去而不应忘记

《马家军调查》回忆 / 170
奇特的"3组" / 306
文学田径场上的"抢跑者" / 313
那个年代的工农兵作家 / 333

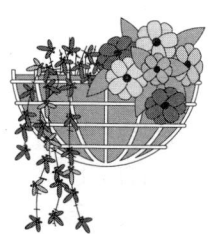

第1辑·人生的驿站

人生的驿站

今年春天去大连采访,酒店老总受我朋友之托安排我的住处,当然是免费的。我进门一看,吓了一跳:是一套三大间的豪华包房,房价是1888元。我连说换个普通间就行了,可老总说:现在是淡季,普通间总还是容易租出去,你就住下吧,总得有人住对不对?

盛情难却,我只好住下了。想想自己这大半生走了多少路,住了多少旅店,或者在多少亲朋好友家下榻过,可真是数不过来了。

记得我第一次住旅店是整整40年前,我大学毕业不久。那时我在《文艺报》。我被派去重庆出差,任务是了解长篇小说《红岩》的成书过程。同行的是我的顶头上司沈女士,她是老作家张天翼的夫人。重庆市文联把我们安排在一座木结构的看样子很旧的招待所里,走起路来咯吱咯吱响,全楼都听得见。时值10月,重庆的天气不冷不热,也没有雨雾。印象最深的还是重庆的饮食之美之便宜。招待所食堂里,几分钱一顿早餐，两毛钱一顿午餐，就蛮好了。老作家沙汀和《红岩》作者罗广斌、杨益言宴请我们，一桌十来人才花了20元，于今想来真叫人咋舌。印象深的还有旅店门口一个卖担担面的小摊，一毛钱一碗。我和沈女士一人要了一碗，我边喊辣边说好吃。沈女士说，你再来一碗，小伙子嘛！于是我又要了一碗。谁想这第二碗佐料少了许多，竟食之无味了。我抬眼看到那摊主老头一丝难以察觉的笑容，方明白他的狡猾：第一碗是吊你胃口，料你个书生不会吃第三碗，他便省一点佐料了。

在那个招待所，沈女士住的是两人间，2元一晚；我住的是3人间，1.5元一晚，都没有卫生间。这在60年代是中档水平。文联接待的人开始不知道沈女士是张天翼夫人，沙汀老头恰恰是张天翼的老友，只见沙汀跟他们耳语了一阵，他们便马上要让我们住到什么交际处去。我们说住不了几天了，这儿办事情方便，坚持不换了。

星移斗转，谁想7年之后，我竟然住过4毛钱一晚的小店。那是我在湖北经过3年重体力劳动之后，在经过大轰大嗡大风大浪触及灵魂洗心革面之后，终于获得可以去庐山放松一下的5天假期。

约了两个同伴，从武汉坐江轮到九江，已是当晚10点。站在码头望去，这座名城当年竟没有几盏灯火。好不容易发现一家又旧又脏的旅店,就跟见到救星似的,今晚总算有个地方把自己放平了吧!可一问,没有空房间了。有通铺没有?连通铺都没有。旅店附近漆黑漆黑,怎么办?我们只好恳求服务员无论如何想想办法,凑合一夜。服务员说,那只好在走廊尽头给你们一张席子。我们一脸无奈又十分痛快:也只有这样了。于是一张草席,一个枕头,一条脏兮兮的被单。身下是两平方矩形的水泥地,头顶是嗡嗡盘旋的蚊子。一人收4毛钱。这便是我有生以来住过的最便宜的旅店。为了以后几天快乐的旅行,这点付出真是很值得的。

我一直以为我那4毛钱一夜是中国之最世界之最,没有人能比了。后来同奥地利一位华人朋友、浙江青田人鲁先生谈起,鲁先生说:你那不算最差的,我住过一晚两毛钱,几十个人的大通铺。想想也对,我那点"苦难"根本算不了什么。比起当"右派"劳改的呢?比起"文革"中的"牛棚"呢?

第二年我再去江西时,我已是人民文学出版社的编辑。我的同伴是资深编辑周明,也就是后来被称为文坛基辛格的周明。我们的线路是南昌—吉安—赣州—瑞金—长汀,再进入福建永安—三明—福州—厦门—漳州,再到广东汕头—广州。一个月中,光是在长途汽车上就颠簸了2000多公里。每到一站自然先急着找旅店,哪像今天一下站就有许多人拉你去旅店,那时是求爷爷告奶奶地找住处。政府招待所也罢,学校礼堂也罢，路边鸡毛小店也罢，住了个够。那年我们的任务是沿途遍访业余作者，为筹备一家全国性文学刊物做准备。我们手持人民文学出版社的介绍信，住走廊的苦头倒是没有再尝过，偶尔还住过两天4元一晚带卫生间的宾馆——那是很奢侈了，为了旅途之夜有个放平身子的地方，磨嘴皮子遭白眼的情况也不止三回两回。你那一纸"人民文学"算老几？又不是"中央文革军宣队"。

可也有愉快的时候。在江西吉安的招待所，我们被安排在4人间，虽然挤一点，出门就是洗漱间，还有蚊帐。我们很知足。妙的是同住的另外两位是分别从两个地方出差来的，大家萍水相逢，彼此没有戒心。一聊起来，4个人3年前都被打成过"5·16现行反革命分子"，都遭遇过关押和离奇古怪的逼供信。于是4人哈哈大笑，分明是难友分明是他乡遇故知，述说当年冤屈如饮醇酒，真是有点酒逢知己千杯少的感觉。两天后，服务员要我和周明搬到带卫生间的双人间去，意思是你们从北京来，理当优先。我和周明一再拒绝：这儿挺好，不换了。我们其实是舍不得两位室友。

转眼之间，改革开放都快30年了，每年我都有几次长途出差或旅行的机会。我住过珠穆朗玛峰下登山队的帐篷，钻进鸭绒睡袋忍受高山缺氧和零下20摄氏度的室温；我住过塔克拉玛干边缘农垦人员干打垒的招待所，那粉白的土墙和干干净净的被子令我十分惬意，而那位服务员兼厨师要我这个北京来的"十二品芝麻官"给中央递一封告状信又让我啼笑皆非；我曾同诗人李瑛、牛汉、谢冕等一起访问初创时代的深圳，3个人挤一间不大的屋子；我也曾在厦门华侨补校享受一人一大套间的殊荣。特别是近些年，中国几乎都是带"星"的饭店了，我甚至在广东惠州四星酒店的"豪华美景房"一住半个月，从十几元一杯的橙汁到近千元一道的"虾龙船"，一律签单了事——想来，这是我人生中最奢侈的旅行了，因为我想不可能有人请我去住总统套房，就这样我已经惶恐不安了。

值得一提的是1989年5月我去德国明斯特市参加国际诗歌节，我和同行的山东诗人桑恒昌原以为怎么也会给我们两人安排一个标准间，岂知拿到钥匙进门，每人不过10平方米，一张床一个小桌一把椅子一个水龙头。此外什么也没有了，没有电视电话，卫生间在走廊那一头。一看便知是给过往学生住的廉价旅馆。两天后去老诗人邹荻帆和绿原的住处，有卫生间和电话，但也够不上标准间的水平。我忽然想到我访问匈牙利时我的匈牙利朋友卡尔玛埃娃对我说过：全世界没有一个国家像中国人那样招待客人的。于是我也便心安理得了。一个诗人，一个旅游者，不就是普普通通的人嘛？推而广之，什么委员部长省长，不也都是普普通通的人嘛？管你什么国家，你是总统自有总统接待，你是富豪就自己掏腰包住五星酒店。

我们在明斯特过得很愉快，以后到小城斯威比斯哈尔，住28马克一晚的小旅馆，睡威廉时代摇摇晃晃的铜床，也优哉游哉。再以后10年，我作为团长带中国作家代表团访问巴西，在圣保罗的几天我住在一位华侨艺术家的并不宽裕的小阁楼上，朴素、简陋，却充满乡情和友情，令我回国之后诗兴大发。

说起来，一个人的要求和欲望是有极大的伸缩性的。只要不挨冻受饿，不染上梅毒艾滋病，住得豪华一点简朴一点又怎样呢？人的价值并不是由你住的房间的标价来决定的，更何况每个人最终的归宿都一样是一个尺把长宽的木盒，至多是一个小小的深坑。

我还想到，无论是中国或世界，三十多年前4毛钱一晚的地铺怕是不会有了，即便再有，它和1888元一晚的豪华套房一样，都不过是长长的人生之旅中的一个小小驿站，又有何妨？

2005年

发 小

"发小"（头发的发）的意思是小时候一起长大的。相当于一些地方的"开裆裤朋友"或"光腚娃娃"。发小之间的友谊，常常不亚于亲兄弟姐妹之间的感情。

贺来毅和海荔是一对发小。幼儿园、小学都在一起。上幼儿园时，"文革"也正如火如荼。贺来毅的外祖父是贺龙，自然早早被打倒了；贺来毅的母亲贺捷生，也被本单位"专政"关了起来。

上小学了，贺来毅的妈妈还在被"专政"，本来只有五六十元的工资也被扣发。贺来毅交不起学费。海荔的父母在大学教书，好歹算"人民内部矛盾"。海荔就缠着她父母：贺来毅都交不起学费了！一定要父母多给她6元钱。这在当时，也不算小数目了。贺捷生将军后来回忆：可不是嘛，学费是5元9毛钱，可我当时连1毛钱的公共汽车都常常坐不起。

她们后来上了大学，又出去留学。贺来毅去了美国，海荔去了英国。那时打不起长途电话，没有"伊妹儿"。几年以后她们都回国创业,可是失去了联系。于是彼此找啊找啊,终于找到了。贺来毅说:"你怎么还没有结婚啊,得得得,我包了。"那神情恨不得自己嫁给她。不久,也是贺来毅跟她老公反复权衡以后,把海荔叫来了,把贺来毅年轻时的一个朋友叫来了,"就你们两个合适!你们看着办吧。"

果然合适。不几个月,贺来毅就买好了结婚戒指给他们送去:"你们把事情办了吧!"

如今这一对发小,两家常来常往的频率甚至超过了同家人的往来。假期都要凑在一起,出国旅游或开车出去。

杭生和西平也是两个发小。他们住一个大院,在一个墙角逮蛐蛐,一起钻到汽车轮子底下,甚至偷着进驾驶室学开车。也是"文革"开始了,杭生的父母首先倒了霉,他等于没有家没有地方吃饭了。西平不容分说:"住我家!"可是不久,西平的父母也倒了霉,被"揪"出去隔离了。两个孩子便在一起混日子。没有钱了,没有吃的了,又都在长身体的时候啊,两个人商量:去偷。可偷谁家的?不能偷别人家的,只能偷自己家的。偷什么?废铜烂铁,旧书旧报纸,卖了买馒头吃。

后来两个人都参军了,回来又上学,完了一个当编辑一个当警察。再后来,两个人可以说都事业有成。

两年前杭生突发急病,属于急腹症。他妻子很快帮他住了院,一查是胆囊炎。于是马上动手术,术后得住院静养半个月。他妻子那段时间实在太忙,家又远。西平说:"交给我吧。"西平天天开车去医院,送了半个月饭,陪了半个月床。

我大妹匡汲也有个叫李丹的发小,她们小学一个班级、初中一个学校,都是"课代表"一类的小干部。下了课,两人总是一起做作业,一起回家,两家也不远。如果作业没有做完,今天到我家继续做,明天到你家继续做,饿了就一起吃饭,两家大人也放心。久而久之,两家大人都成了朋友。

高中毕业,匡汲来北京上财经学院,李丹却没有被录取。她的成绩特别好,可学校在她档案里写上了:"此生有海外关系,不宜录取。"于是李丹只能进厂当工人。尽管这样,两个人书来信往,联系从不断;而且,两个人的"私密"都是分享的。两个人都有了男友,就相约在同一时间,两对新人一起去富春江旅游结婚。

那时候我们家兄妹四人都去了北方,或工作,或上学,或插队落户。留下的老父老母退休了不说,在"清理经济队伍"中还受到审查。我们这些当儿女的鞭长莫及,有的自己也在受审查。令人感动的是,匡汲的"发小"时不时去看看我们家的老人,给他们些许安慰。再以后,父母尽管得到"解放",可很长一段时间里身边一个子女都没有,孤苦无依，也只有靠几个好邻居，靠李丹了。

我父母过世多年，骨灰没有下葬。李丹帮着一起去选墓地，她说以后她父母也安放在那里。5年前，我们兄妹四人都回上海，安葬父母的骨灰。李丹坚持要出一份钱，表达她一番心意。什么名义好呢？于是在我父母墓碑上，在我们兄妹名字边上，刻上了"义女李丹"的名字。

童年结下的友谊是这样纯真，这样绵长，这样动人。危难时候的友谊更加可贵。人与人之间就该这样，少些功利，多些关爱，多些奉献。如今高楼别墅多了，人与人的距离却似乎远了，成为"发小"的概率也少了。当年那种一个大院、一个弄堂里比邻而居，我家包了饺子送去一盘，你家煮了汤圆送来一碗的事情，也越来越少了。再看看许多高楼里，空巢家庭和独居老人越来越多，难道这是现代社会避免不了的毛病吗？

不由得怀念"发小"，怀念"开裆裤"时候的朋友。

我忽发奇想：建一些舒适一点的老人院，让往昔的发小们能一起安度晚年，这不也是一种不错的选择吗？

2006年12月

感念中学时光

于今的年轻人把中学时期称为人生最黑暗的时期,甚至将高中三年说成是魔鬼岁月。我颇为无奈,颇为感慨。

小女儿就读于北京一所名校。从小女儿高二快结业直到高三毕业,我参加了全部近十次毕业班家长会,领教了当前应试教育的厉害。每次家长会都挤得偌大一个阶梯教室坐不下,走廊里都是家长,甚至有一个孩子来了两三位家长的。每次家长会的第一项都是由校长亲自通报"分数段":本校在北京在某城区排名第几,多少分到多少分在全校排名第几,在全区和全北京又能排名第几,前多少名可以考虑填报北大清华,前多少名又建议将某些学校列为第一志愿。校长演讲完家长就回班,班主任接着讲本班在年级排名第几,至于你孩子排名第几,或测验或月考或模拟考分数单都打印好了,你一看,孩子排名靠前了你就窃喜,靠后了你就头痛心绞痛吧。完了班主任再留下一部分家长个别谈话,再完了你还得考虑以哪种口气跟天天起早贪黑已经脸色苍白的而且是青春期的孩子转达家长会的精神。

想想我的中学时代，特别是高中三年，怎么就那么自在，那么无拘无束呢？我高中三年是在上海郊区度过的，我那所简称"上中"的学校，90%以上是住宿生。刚进校时我还不满14岁，还有不少同学像我一样戴着红领巾。每个宿舍有老师管理，说是管理其实也就是喊一下，因为起床铃响了还有人贪睡，或是熄灯铃响了还有人说话。从高二起，好像就没有专人管了，由班委会、团支部就把大家拢在一起。再就是班主任，听说过假期班主任个别家访的，却没有见过开家长会的。三年中班主任没有找过我一次，也没有找过我父母一次，几乎所有的交流都在同学之间。

那时除个别归侨生戴手表，大家都没有表。学校的音乐广播就是报时钟。高音喇叭里，《威风堂堂》响起了，该出晨操了；《送我一支玫瑰花》响起了，要上第一节课了；《天鹅湖序曲》响起了，午休过了该往教室走了……。各司其职，各有异趣。隔一个月这些曲子又会换一批。听说校广播室是高年级学生自己管的。赶上周日常常有半数同学不回家，常常边听广播里的"星期音乐会"边做数学题。三年下来，许多中外名曲竟然烂熟于心。

学校里边有体育馆，有相当于两个足球场那么大的操场；学校的北边是田野和奶牛场，南边纯粹是田野，很远才有村落；学校的西边是公墓，东边一华里则有黄浦江的港口。这都是我们寄宿生的天地。平日里每天晨操和下午的体育锻炼或课外活动几乎是雷打不动的，假日里许多同学并不回家，一部分同学在宿舍拆洗缝补，一部分同学在教室做半天作业，完了下盲棋，到操场跑步、踢球、练体操器械、练射击，或者去港口划船、去公墓踏青、去田野上撒欢。校内的一个小卖部和校门口的一个面摊，是仅有的商业网点，有同学正好过生日，就约几个同学去吃一毛钱一碗的阳春面。那老板有点抠门，我们就拼命倒那瓶免费的酱油，弄得咸死了回宿舍再拼命喝水。

我们年级赶上了"大跃进"，下乡了一个礼拜帮老乡深翻地，还在校内办的硫酸厂倒班干了一周活，我还去市区的一家仪器厂当了十天工人，其实是管工具借还。在那年代比较起来，没有特别疯狂，没有怎么影响课本学习，这已属不易了。暑假的时候我和同学干脆住在学校勤工俭学。我选的工作是打扫教学楼，三个楼层的走廊、楼梯和厕所两个小时就完了，学校只发给饭票不发钱，我觉得很好。一个暑假又读了不少小说。

那时也批判了一些同学的"资产阶级名利思想"，但同学和老师都没有走得更远，后来被批判的同学中好几个上了北大清华；那时也有同学家长被打成"右派"的，但班主任、班干部和团支部都没有去扩散去做文章，没有让这些同学受到更多的歧视，仍然感受着一份集体的温暖，这在那个年代更是不多见的了。

那个年代许多班级都以英雄的名字命名，黄继光班呀奥斯特洛夫斯基班呀。我们几乎一致同意取名"无名英雄班"，还创作了自己的班歌。歌词是我写的，作曲的同学后来当过丁肇中的助手。有三四个同学会铜管乐，于是每次开班会，必先起立奏国歌，再奏班歌，然后进入正题。奏乐时偶尔会跑调，但同学们一个个无不庄严神圣。我们这些"无名英雄"很快在学校出了名：篮球队爆冷击败了拥有上海市青年队主力的另一个班队，凭小分成为全校冠军；全班54人全部通过小口径步枪射击测验，每个人获得市体委颁发的"普通射手"证书，其中一人后来成为运动健将；几近30人30把口琴在大礼堂登台演出自己作曲的四声部协奏曲《校园组歌》。我想这些是赢在个人好的心态、集体荣誉感和少年人什么都不怕的创新精神。接着便是高考。我们全班除一两个同学纯粹是因为"家庭出身"没有被录取，别的全部进入大学，而且近半数是重点高校。记得复习阶段那两个月也还是晨六点响起床铃晚九点响熄灯铃，没有多少人到洗脸间或厕所开夜车的。

告别母校离开上海之前，三个同学去了趟当年中国第一高楼国际饭店。我们想到达最高一层餐厅，从那里俯瞰上海。电梯开了，一位侍者问用点什么。我们傻了，匆忙之中，点了一瓶汽水，要了三只杯子。就这样向上海也向中学时代投去深情的一瞥。

几十年风风雨雨，世界变了，国家变了，昔日风华正茂的少年人也渐渐白发苍苍。尽管每个人命运各异，然而那份少年时代留下来的没有任何功利目的的友情和关爱，依然在延续并且依然灿烂。于我来说，最难忘的是三年困难时期我得了肺结核，我最需要的是营养，而那时恰恰连吃都吃不饱；在京的几位中学女同学知道了，每个月一起凑5斤粮票给我送来，坚持了一两年吧。直到后来困难时期过去，供应情况好转。如今四十来岁以下的人，或许不会明白一个月多5斤粮票的意义。

1996年夏，在京同学发起"无名英雄班"大聚会。有钱的出钱，有力的出力，让尽可能多的同学来。结果海内海外、天南地北共到了36人。各人介绍三四十年来的遭际，为早逝的同学默哀，为有困难的同学出谋划策，让外地同学游览北京。大家沉浸在少年时代友情的回忆之中，也互相拿当年出过的洋相开心，争论那些无关紧要而又趣味横生的细节。最后那天聚餐会，不断地唱当年那些歌，唱《友谊地久天长》，一个个唱得老泪纵横。4年后再到上海聚会，还是三十多人，有带老伴带孩子的，大家回母校，去江南水乡名镇游览。再4年以后就是广东同学做东……而在上海"大本营"和北京这样老同学相对集中的地方，每年都有不止一次的"例会"。北京是每年一次轮值制，已经坚持13年了；上海是老班长负责制，有老同学赞助的基金，甚至还有账本还有司库，凡有外地同学来就聚一次，老班长签字，司库掏钱。令我感慨也令我骄傲的是，同学中有出名的有各界成功的，也有命运多舛的，独独没有贪污腐败的。即便是那两个因为"左"的路线没有进大学的同学，后来也时来运转，过得不错。善良人最终会有好报。

中学时代给了我们什么呢？关爱与感恩，独立与创造，集体的观念与自由的空间，健康的身体，还有一颗平常心。这些影响了我和我同学们的一生直至衰老。

想想于今的中学生，特别是城市里的中学生，太多了呵护与宠爱，太多了牛奶与鸡翅，太多了作业与网络……或许也太多了一份重压与竞争，太多了自我与张扬，因而少了我们那年代的自由、快乐，纯粹的友情，以及一份平常心。7年前我曾经在俄罗斯游历了一个月，一个月中只见到过一位戴眼镜的孩子，俄罗斯的10年制学校门口都有这样的标语：教育的目的是让孩子们记住他们快乐的童年。俄罗斯近百年来出了10位诺贝尔奖得主，自然学科和人文学科各5位。这能给我们一点启发吗？也许你会说，中国在奥运会上不是金牌拿了第一吗？可那么多学生肥胖与近视，缺乏团队精神，缺乏创造和生存能力，又是多么大的反差多么不正常。

时光不会倒流，我无意也没有能力去探讨教育改革的得失，只想说我们这些年只重视了考试和分数，忽视了对学生情商、性格和创造力的培养。情商、性格和创造力也是民族的一种软实力吧，这种软实力也要从娃娃抓起，特别是中学阶段。

2009年10月于母校校庆前夕

我的两位体育课老师

很奇怪,我对小学和大学里的体育课老师毫无印象,却独独怀念中学时的两位老师。

我本该是被他们遗忘的角落。你想,我小时候在宝山乡下两次溺水差点儿送命,体质一直不好;十一二岁开始"抽条",瘦骨伶仃被人称为"电线木杆"。

初中三年的体育课老师姓吕,胖胖的,笑眯眯的,爱讲个笑话;可30出头了还没有结婚,当时说来是超大龄青年了。我的学校是一所规模很小的私立初级中学,整个操场也就比一个篮球场大一点点。篮球场边一个沙坑,一副单杠、双杠,一根爬高用的绳子、一根竹竿,此外,就没有其他体育器材了,就没有任何余地了;连学生60米跑都得到校门外的马路上。很自然,我那所学校在体育上没有一点名气,而我的体育成绩又是倒着数的。

可我还是感谢这位吕老师,他教会了我跨越式跳高,垫上前后滚翻,徒手爬绳、爬竿。尽管我那时连"少年劳卫制"的标准都难达到，但吕老师至少给了我一些勇气。

南方的天气多雨。于是体育课成了吕老师讲故事的时间。我们这些孩子正是从吕老师嘴里知道了奥林匹克、马拉松这样的新词，知道了老上海有"东华足球队""小火星女子篮球队"等老故事。吕老师自己打篮球时也是一名骁将，可他身高也就1.7米吧。

吕老师下课后常常与另外几个单身汉老师一起打牌。他们说的都是"洋泾浜"英文，我也第一次知道他们玩的是"桥牌"。我常在旁边看，老师们既不理我也不赶我。后来我缠着我堂兄教我打双人桥牌和三人桥牌，想来我的"牌龄"当比聂卫平长，或许还能赶上杨小燕。

学校里开过一次化妆晚会，我用硬纸板比照着报上登的照片做了一套元帅服的肩章领章袖章，在晚会上很引人注目。不几天，吕老师便把我的行头借走了。听说他正谈恋爱，一定是想让女朋友来个惊喜。

可一年以后，听说吕老师成了"右派"。那时我进高中换了学校。我刚十三四岁，还不懂"右派"的含义，只是觉得奇怪；于今想来有点哀伤。从此我再也没有见过吕老师，也不知他当"右派"是否与用了我的硬纸板行头有关。

我读高中的学校是上海最大的中学，学生90%以上住校。它有400米标准跑道，中间是足球场，两旁是沙坑、单杠、双杠；有七八个篮球场，还有一个体育馆，可以赛篮球排球，练体操和举重。我毕业后学校又建了游泳池。

体育课老师叫张允中，新中国成立之前参加过全国运动会，还当过裁判。张老师四十来岁已有白发，但红光满面，脖子上总挂着秒表，口袋里揣着卷尺。他说起话来火气很大，但学生们没有一个怕他，反而都很喜欢。

他总是先做示范：高抬腿，后踢腿，慢跑，扩胸。他特别强调做好准备活动，要让身体先热起来。我们这些十来岁的孩子往往最不耐烦做这些枯燥的准备活动。这时候张老师便瞪大了眼睛吼道："你们受伤了怎么办？你们出事我坐牢？"

让张老师最累的是体操课，我最怕的恰恰是体操课。横箱并腿腾越，纵箱分腿腾越，单杠屈身上，这些对我说来是超高难动作，班上也还有近半数男生很怵。张老师总是让体育拔尖的同学先示范，他讲解要领，然后站在跳箱或单双杠旁做保护。他挨个儿叫着学生名字，吼着：

"杨某某，上啊！没有见我在这儿保护吗？"

"孙某某，助跑！别那么胆小！"

张老师有时候几乎是把我们几个硬拽过1.2米高1.5米长的跳箱的。我们这样的差生接连三五个，张老师便满头大汗了。也常碰上个把跑到跳箱跟前突然趴在箱边不敢跳的，张老师便不客气地横他一眼，但不再多说什么，大概是怕伤了学生自尊心。张老师那眼神我至今难忘。

我正是从高中开始养成了锻炼身体的习惯，体育课勉勉强强得了5分，并且从此成了体育迷甚至超级球迷。不要小看这个5分，当时上海市教育部门规定：各科成绩均在4分以上，5分多于4分的（主要科目包括体育），才能评为优秀毕业生。我是拿着这张奖状进京的，我心里很清楚，要是没有张老师的保护、死拉硬拽以及他的大汗淋漓，我的体育课也就是及格而已。

"文革"之中我的学校被张春桥斥为"修正主义"学校，停课解散，直到1978年才恢复。1980年我回了趟母校，面对衰败了十多年刚刚获得新生的母校，面对大操场跑道上的萋萋芳草，不由得感慨万端。

我偏偏遇到了张老师。他已经退休了，一头银发，说话依然那么洪亮。张老师叫出了我这个在跳箱和单杠上很胆小的学生的名字，我问他是否记得那个更胆小的趴在跳箱上的孙某某，孙某某如今是全国政协委员了。他笑着说：也记得。

一晃竟又是三十多年，吕老师和张老师，如今你们都在哪里呢？

去年春天我去广东一所重点中学讲课，为我驾车的是团委书记又是体育老师。我问他现在中学体育课还有没有跳箱、单双杠这些项目，他说没有了，改成了健美操、街舞一类。原来学生家长怕孩子受伤出事，教育部门也怕担责任。

我哑然无语。这些项目都是培养孩子意志、胆量和灵敏度的啊！我们拿了那么多奥运金牌，可我们的青少年肥胖的多了胆小的多了，这是怎样的反差啊！

2008年

我是长江的儿子，我从长城来

那条江我从来就称她扬子江，我知道她是一段，长江之尾。长江在她西边，很远，很长，长得没有尽头。

我是地地道道的土著。我的出生地就在那时叫做江苏宝山月浦镇的一条无名小河边上。宅子北边有一条煤渣路，从西边过来，直到吴淞才有小火车或公共汽车进上海。然而我的祖父告诉我，我们家族一千年前在陕西，五百年前在四川，以后才沿江而下，移民到这一片三角洲。这也印证了长江的悠远。

那条无名小河通向一条可以行乌篷船的大河，然后进入扬子江。我曾经在那条小河里两次溺水，两次都昏迷过，两次都被大人从河岸上拉起来。那小河水真清啊，有成群的被人称为"窜条"的小鱼，大人们每每去河边淘米洗菜捣衣。我就是因为经不住小鱼的诱惑，蹲在石阶上看花了眼而落水的。二十几年前回去一看，那小河已变得浑漉，也就3米宽吧！可对结束一个五六岁的孩子的生命，已经足够。待到8年前再次回去，那小河竟然已经消失，只剩下一条不足一米宽的臭水沟了。而我的旧居倒是还在，早由新房主翻盖成水泥地面的平房，由外地来的农民工租住着，往里一看，杂乱无章。这里是城乡结合部嘛！我想我大概不会再忍心去看那条水沟那个所谓旧居了。

我父亲一直在城里教书，母亲因为失业，在乡下种了十年地，可谓20世纪三四十年代的"老知青"了。上海解放的第二年，母亲终于得已重返教职，到上海一所小学教书，于是把家里十来亩地无偿地给了当地政府。那时根本没有地产和市场经济这个观念。于是刚8岁的我也进城插班读四年级。相当于现在农民工孩子在城里读书时受到的一点白眼，我也经历过。在城里我们家直到1958年搬进新公房前都租住小弄堂里低矮的私房，每天醒来听到的第一声是涮马桶倒马桶的声音，差不多每月都要听到父母说起房东催交房租的事情。

但童年毕竟是无忧无虑的。下课后同邻居孩子玩蟋蟀，刮纸片；到工人文化宫看连环画或借大本的小说；或把红领巾藏起来到大人才能去的游艺室同大人下军棋，我常常因为"霸盘"而很晚回家遭到母亲的盘问。比起现在没有童年的中小学生，我该是幸福得不得了的。尽管没有麦当劳，没有游戏机，也很少有零花钱买四分钱一根的棒冰一毛钱一瓶的正广和汽水。

最难忘的要数我们少先队中队初夏时节去浦东的一次野营。那时浦东就是乡下，不叫上海。摆渡船过黄浦江后就是背起行李行军，行得不远就安营扎寨，搭起几顶帐篷。附近甚至见不到村庄见不到几个老乡，老师不知从哪里弄来许多稻草，往帐篷里一铺，就成了我们的眠床，比起今天五星级宾馆还要舒适的眠床。

野营的内容很简单：架起锅自己生火做饭，燃一堆篝火围着它唱歌跳舞；第二天起床以后再分成两队玩打仗，泥巴和上水搓成小圆球就是全部的枪炮。老师只做一条规定：泥巴里不许有石子。老师给我们选的地方也捡不到石子。我们玩得那个欢呀！大概今生今世不会再有如此快乐的"战争"了。临了才是全中队的合影，一幅我记忆中最为美好的画面。

整整50年后，当我登上东方电视塔的旋转餐厅，在那里边欣赏小乐队的优雅演奏边享用美食的时候，我才知道当年我们中队野营的地方一定离我现在的脚下不远，但我怎么也找不到那顶帐篷而且永远也看不见它们了。错落有致的摩天高楼，就从百舸争流的江边拓展开去，无边无际地拓展开去，直到朦朦胧胧的地平线。

我忽然想起，我此生一共才去过60年前中国的第一高楼、南京路上的国际饭店一次。那是1959年8月，临去北京上学的前几天。三个没有去过国际饭店的同学相约一起去，因为这一别不知何年何月才能回上海才能再见面。电梯只到18层，那时据说上面几层是保密的，不对外开放。电梯门打开的时候，一位服务员已等在门口，彬彬有礼地问我们想吃点什么。三个中学生没有思想准备，傻呆了一会儿。待反应过来，赶忙说：要一瓶橘子汽水，三个杯子。于是付了一角五分钱，三个人一人端着多半杯水，带着几分胆怯，渐渐移步到临街的大玻璃窗前，贪恋地俯瞰大上海的街景。

如今在扬子江边我上到过的高楼，别说18层，80层高的都不止多少回了。而离我出生的村庄、我的旧居不到2华里的地方，就是在中国和世界都赫赫有名的宝钢。如果再往西几十公里，居然还有一座在中国排前5名的沙钢；那是由一群当年轧棉花的"泥腿子"办起来的，把德国克虏伯的设备搬迁过来并且升级换代的炼钢和轧钢厂。这两座钢城我都采访过，中国未来航母用的钢板它们都可以制造。

时间、世界和生活，都像螺旋一样转动，让你晕眩，让你目不暇接。如今我总是以一个北方来客的身份造访扬子江，造访它的城市和乡镇。南方的朋友常常从我粗放的衣着、大杯的啤酒和发硬的口音里察觉出一点"野气"，而北方的出租车司机又常常分辨出我的"南蛮"出身。扬子江意味着我的父母、童年、牧歌般的诗意,而北方意味着我的事业、家庭,以及不会衰老的友情。

如今我到扬子江边,我都要对她说:我是长江的儿子,我从长城脚下来。

2010年

我和张光年同屋

1970年的夏天，湖北咸宁干校5连。作家协会的近百个下放人员在一面红土坡地上盖好了几排半土坯半砖瓦的新房。于是我们统统从老乡家搬了出来，重新按班、排调配住房。我和光未然（张光年）及1964年复旦大学毕业的吴松亭被分在同一间。多么巧！4年前就是吴松亭、我，加上有人大研究班背景的李基凯、山东大学毕业的侯聚元联合署名在《人民日报》上发表长篇批判文章《文艺报的两次假批判》，矛头当然对着主编张光年。4年之后让我们同居一屋，三个人居然都喜形于色。此一时非彼一时，光年属中央专案，我和吴松亭属"5·16反革命"案。光年的高兴大概是我们两人不会像某些"左派"那样对他声色俱厉。

白天的劳动很繁重。光年腿脚不错，跟着大队伍每天泥里水里十几二十里往返大田。可他的手不行，在延安时候曾从马背上摔下来，伤了右肘。他的右手弯曲不便，跟周恩来差不多。他用铁锹铲地特别吃力，但并没有受到什么照顾，还得跟着一起喊毛泽东语录"下定决心,不怕牺牲"。

回到宿舍,洗漱完毕,我们都累得早早躺下了,光年居然就着一盏马灯微弱的光亮,在笔记本上记着什么。30年后我才读到他这本《向阳日记》,它们记载的何止是他一个人的遭遇,还是一个时代一个民族几辈知识分子的苦难历程。

在干校,大家都常常盼望下雨,因为雨大了可以不出工。如果不开批斗会,那就是过节了。这时候,光年会坐在小马扎上,戴上老花镜,静静地读书。那时只能读"马恩列斯毛"。光年更多读的是《马克思恩格斯选集》4卷本。他读得很细,书里有许多他划的道道,做的记号。

休息的时候,光年会即兴地同我谈他对刚读过的书的体会。他说:"马克思著作中,最有文采的当数《1848年至1850年的法兰西阶级斗争》和《路易·波拿巴政变记》,你既可以把它们当历史作品,也可以把它们当文学作品来读。"光年还说了一篇4卷本里没有收进去的,"那一篇更有文采!"可惜我忘了它的题目。在谈到莎士比亚时,光年说:"我建议你认真读一读《雅典的泰门》,这部剧的对话特别有哲理性。"

广播里传来钢琴协奏曲《黄河》。可明明是光未然的词启发了冼星海的灵感,而且主要旋律都没有变,却要打倒原创作者。广播里也播了《红旗》杂志批判《黄河大合唱》歌

我和张光年同屋　　杨匡满 散文集

词的文章，说它是"国防文学""投降主义"云云，于今想来多么可笑。连里闻风而动，立即组织批判会。这一下也难住了准备批判发言的孙某，她来找光年：你看看怎么批好？光年很平静，他说："很好办，你照着《红旗》杂志的话批判就是了。"光年没有同我谈过那时的滋味，是坦然，是痛苦，是平静，是愤慨？从那时他的表情，恐怕更多的是坦然吧。

繁重劳动之余，我们也过过小日子。比如做做卫生，天热了，把被褥晒晒，收起来。一些体力活我和吴松亭帮他一把，可有时看到他自己拿针线缝缝补补，我们心里很不是滋味。有时会有包裹寄给他，是他年近80岁的老母亲寄的，包裹已被专案组打开：是给儿子准备的裤衩。光年一阵感慨：母亲那么大年纪了，自己不能尽孝心，还要让她操心。

也有快乐的时候。难得放一天假，我和光年结伴到附近村子走走。光年走路极快，身体前倾着像冲锋一样。咸宁干校处于红土丘陵地带，松林、小径、缓缓的山坡，碰上日丽风和的天，那是很惬意的。这里人烟不密，村与村之间隔着三里五里地。我们干什么去呢？找灵芝。灵芝是名贵中药材，那时还不为老乡所识。要是在林子里找，那好比大海捞针。我们就问村里老乡，尤其是小孩子，问他们家有没有"灵芝菇"。小孩子会跑回家去拿，于是我们给他一两毛钱,小孩子会非常高兴。光年拿到好的灵芝,也会开怀大笑。多少年了,我从没有见他这样痛快地笑过。

后来吴松亭调去放鸭子了,屋里只剩下我们两人。夏天的晚上,我常常跟外委会的马肇元、《人民文学》的邹正贤去田埂,干什么呢?捉青蛙。晚上青蛙常常在田埂上。有时候还能捉到古巴牛蛙。捉青蛙有个诀窍,你不能从它身后伸手,它的感应特别灵敏,你手刚到它就跳开往田里了。我们一个人打手电,青蛙被光一照就不动了,这时候另一人从它正面迅速一伸手,就抓住它了。这方法屡试不爽。用不了个把小时,三两斤青蛙就在网袋里了。回到我宿舍,往往由沙家浜出生的马肇元三下五除二地剥皮去掉内脏,然后放进锅里点上煤油炉。我们总是与光年一起共享美味。听到捉青蛙的学问,光年痛快地大笑。当然,于今想来,青蛙是人类的朋友,我们也太残忍了。可那时大家肚子里没有油水没有蛋白质,陈白尘的体重都掉了40斤,也只好委屈这些朋友了。

停电的夜晚最长,也最有故事。有家信来的时候更是光年幸福的时候。家信总是给他慰藉。他夫人也下放劳动,因为他属于中央专案,不允许调到同一个干校。光年有时候会把他夫人黄叶绿的信念给我听。他说有过对不起夫人的时候,如今又连累了她,还说特别感激夫人,不然他"文革"初被批斗时就自杀了。夫人跟他说:你想想,党会不要你吗？他夫人非但没有抱怨，每次他被斗回来总还是安慰。

光年也跟我谈自己的情感历程，谈到自己的初恋。他说少年时同一位女子通信，"那个热烈呀！"可从未见面。等到见面，却大失所望。他说到他教书时同一个女学生谈过恋爱，他不大懂得人家的心理；女学生要承受沸沸扬扬的舆论压力，希望从他那儿得到抚慰，"可我连吻都没有吻过她"——光年说着自己大笑——后来那女学生跟别人结婚了。光年说，北京解放前夕，他正搞地下工作，师大一位参加学生运动的女生，长得可以说很妩媚，"我跟她就隔着一层纸了"；这时候，他的学生黄叶绿从云南来信，她要来北京同我会合。"我面临两个选择，要么马上同师大的女生结婚，要么马上同黄叶绿结婚。""我隐隐觉得师大这一位有点什么，一时说不好的东西。"于是决定等黄叶绿来。黄叶绿从云南起程，那时那个难呀，足足走了个把月。同黄叶绿结婚时，师大那位女士送了他们一对印章，一方刻着"光未然"，另一方刻着"黄叶绿"。后来那位女士同新华社一位干部结婚了。

——我记住了光年讲的故事，同干校别的连队的一个人讲了。他很感慨，也记住了光年的故事，两年后同他一位女同事讲了。哪里想到这位女同事听后号啕大哭，原来她就是当年与光年就差一层纸的师大女生。原来世界居然那么小。"文革"中，她的丈夫是新华社中层干部，一开始就挨批斗，晚上回到家，还挨妻子的训斥，妻子同他划清界限。若干天以后，丈夫把家收拾得干干净净，把所有的脏衣服都洗了，然后自杀了——我想，这就是光年给我讲的"有点什么，一时说不好的东西了"吧？

光年属中央专案，对我这样的"小青年"，当然不便谈自己的"案情"。但有一次，光年说道：说我欺骗，说我是"托派"，不相信我十三四岁就参加革命。那时我可不就是这个年龄？我以共青团员身份参加一个国民党支部，领导这个支部。

我要他谈谈冼星海。光年说：他可是特别馋嘴的人，延安又没有东西。他看到我写的词，准备谱曲的时候，正好得到一大包白糖，他就一把一把往嘴里送，白糖吃完了，《黄河大合唱》也快谱完了。

1972年11月，光年历经数月的请假终于获准，被允回北京看病。果然，查出来肝肿大，腿浮肿。但终于同亲人团聚了。在家的日子，读《朱可夫回忆录》，给孩子们讲《共产党宣言》，给干校的同事写写信。我是12月底分配回北京到人民文学出版社工作的，不几天就去看光年。光年的老母亲一定要留我吃饭，还说了些谢谢我在干校照顾光年的话，让

我和张光年同屋 / 杨匡满 散文集

我很不好意思。光年馈赠我的精神上的东西怎么算呢？老太太是湖北襄樊人，口音接近河南。老太太还要亲自下厨房，为我做"珍珠丸子"。这时候，隔壁的已分配回京的5连郑指导员闻声过来，请我去他家吃饺子，并说已经准备了。我说我还是在光年家。

席间，光年向我感慨：我都60岁了啊！

光年在北京呆了半年，因为是审查对象，仍被要求返回湖北干校。回咸宁不久，光年给我一信——

匡满同志：

我已于一日顺利返回连队，仍住原来房间。现在是我一人独占了。房内几月未住人，推门一看，另是一番景色：蛛网尘封，白霉铺地，破纸堆里，跳出青蛙来迎。丁力帮我清扫，张肖华帮洗帐子、晒床板，叶勤帮晒被褥。我也花了两天打扫、清理、洗晒、归置，因此累倒，在床上躺了两天，却也体会劳动改造世界的乐趣。如今虽然谈不上窗明几净，却也建立新次序，可以为所欲为了。

组织上很照顾，同志们很亲切。我和其他几位病号（大周明、雷奔、曹琳）被宣布为"以休养为主，免除劳动"。我则于天晴时候，到菜地干点轻活，干到一两个小时，辄被劝止。学习时间是充裕的，伙食是好的，空气十分新鲜，散步聊天不少，可以在这里过一段休养员生活。

该回来的差不多都回来了，连里有一股小兴旺气象。由于其他连队回来的不多，有关分配问题的传达、学习等，恐怕下月才能开始。这两天是欢送到广西去的同志，全校近30人，老五连却只有甘棠惠和许敏歧（后来加上王敏之——杨注），还有原十四连的王士菁、欧阳柏等同志，定20日成行，因雨也可能延期几天。

你近来忙吗？愿你诸事顺遂！你父母亲远道来京，我未能尽地主之谊，深以为憾！请代向两老致意问好！

你丢下的几件破衣烂衫，已交给缝纫组做补丁了。还有玉米须、破脸盆、旧网袋之类，尚待处理。有一把小木椅，是张天翼留下的吧？我想应移交他的夫人。应当承认现实，不能采取不承认主义。我还想到，过去发现的一件无主的雨裤，也可能是天翼的。我没问过他，前些月便托丁力上交连部，那就算了——这些都是补白式的废话了。

刚才甘棠惠来说，他们一行明天就走，天雨行李运不出，连里随后代运。甘、许是要去搞创作的，原来已接洽好了。这次广西教育局局长来，则动员他们去教书。几经交涉，同意到那里再力争满足他们的愿望。广西来人很热情，工作很细致，去的人都比较满意。昨天见到王士菁，他被邀到广西大学教书，他说：去教教书也不错（19日已送走了）。

祝近好！顺候杨子敏、崔道怡、小周明同志好！

光年

1973.6.18

  光年这封不长的信里包含了许多信息，也能看出光年的人品人格，并勾勒出一幅干校后期生活的画卷。

  1973年7月4日光年的日记里这样写道："……接杨匡满来信，说总理最近点名要周巍峙、王昆解放，站出来。信上还说要我准备'出来担担子'云云。听听而已。……"

  对于传言和大家的关心，光年是清醒的——事实上，由于种种阻挠，光年直到1975年10月才正式给他做结论，让他回北京工作——当时他已经转去了文化部天津静海干校。1974年初由湖北军区向上面打报告，文化部咸宁干校已于1974年年底撤销。

  时光在等待中流逝，生命在等待中损耗，居然谁也无法加快它的进程。于今，我和光年曾经同屋、同甘共苦的日子尽管过去了三十多年，它们依然是我生命中的一缕温馨，一抹明亮的记忆。

2005年5月 光年逝世2周年前夕

和冯牧一起看守草料场的日子

10岁之前我便熟知了林冲看守草料场的故事,没想到的是我30岁那年也会去看守草料场。

那是湖北咸宁1971年的冬季,围湖垦荒造就的连绵十来里的稻田被剃得干干净净。几个堆成谷仓形的巨大草垛,呆立在冷飕飕的湖风中。

时值冬闲,大队人马、"革命群众"留在了干校的住地学习文件、读经典著作和从事大批判。但十里之外的湖里总还有些活儿,比如养牛、放鸭、看守草料场之类。被派去值班的几乎清一色是"问题还没有解决"的人。他们之中有剧作家陈白尘、评论家侯金镜、诗人丁力等,还有三两个有"现行反革命嫌疑"又尚无证据的年轻人。

我和冯牧结伴,彼此都很高兴。冯牧是我大学毕业分配到《文艺报》当编辑时的老首长了,而我之所以能去《文艺报》,也是他和黄秋耘从全国几所重点大学中文系调阅了数十份毕业生档案,从中挑选而确定的。冯牧的博学和写起文章时的神来之笔，使我们10个初来乍到的学生崇拜之极。自然，我们也知道他在云南时带出了白桦、公刘、周良沛、彭荆风、季康、公浦等一批青年作家，而他们在1957年几乎都被划成了"右派"。

那么我在冯牧眼里呢？我想一定是最幼稚最不成熟或许还有几分小聪明的人。"文革"初期我贴过大字报批判他的一篇散文，可他对曾经动拳头打过他的人都宽容和原谅了，对我自然更不会往心里记。

我一根扁担挑着两副行李卷，冯牧手提着脸盆之类的日用品，我们悠悠然地走向草料场。远离嚣闹的干校住地，没有人来管你，没有人来训你、批判你，抓你的"新动向"，真有一种获得解放和自由的感觉。未来的10天里，我们只同空旷的原野，同大自然在一起。

路上几无人影，我们边走边海阔天空地聊起来。冯牧兴致极高，居然哼起了京剧唱段，我听出很有点像杨子荣"打虎上山"的前奏。我不通戏曲，哼起了一支什么外国歌曲。于是冯牧称我为"洋派"的。我记得我还吹嘘说，我对林彪出事有点预感，某天某天的报纸已有迹象。冯牧说，你不可能知道，除非你得到什么消息接到什么信。事实正是如此，我确实接到一封在京的老同学的信，信里对我作了暗示。冯牧的电脑一下子识破了我的"小聪明"，于是我只好笑而不语，装得成熟和神秘一点。

草料场到了。边上是一座工棚：墙是竹子和芦苇编成的，顶上苫着几层稻草。咸宁是竹乡，湖里有的是芦苇。工棚隔成两间，一间堆放农具，一间住人，也只能靠墙放两张单人木板床，中间一个两尺见方的木板箱正好作床头柜，可以在上边放马灯和书本，脸盆之类只好放到床底下泥地上。

铺盖卷往草垫子上一打开，便是我们的家了。草堆里散发着香味和土腥味。一里之外有个喂牛的工棚，那里还住着两个人。那里有炉灶，一日两餐由他们做好了送来，倒使我们更省心。本来，我们的任务只是防止农具和草料被老乡偷走。

"小日子"便这样地过了起来。吃饱了就在场边溜达，困了就钻进黑洞洞的屋里睡觉。除了一天见两次送饭的人很少见到人影，偶尔听到脚步声就出来看望一下，其实也没有人看中草料场的那些"金银财宝"。于是我和冯牧便没完没了地聊呀聊呀，那时似乎还没有风行"侃"这个词。

特别是碰上雨天，到处泥泞不堪，只能躲在床上。特别是太阳早早落山，四野漆黑一片，只能拴上那扇咿咿呀呀的门板，然后点上昏黄的马灯。想读书实际上又没有新书，读几页旧的经典很快就眼睛发酸，于是干脆接着聊。

这时候冯牧便会取出两个食品罐头，我也搜索什么吃食，彼此各尽所能。那时他被扣发了一半工资，但比起我来仍算"大款"。他请客时居多也乐意请客，而酒总是他提供，因为我当时仅够8角钱一瓶的玫瑰香红葡萄酒的水平，他则认为"那不过是糖水而已"。

我们把枕头垫得高高靠在床头，把双脚伸进被窝，这样就不怕从各种缝隙钻进来的冷风了。

我们吃着，喝着，大概喝的是比二锅头强一点的烧酒。我不时被辣得咳嗽，而冯牧就跟"喝糖水"似的。以后我就说：在喝酒问题上冯牧是我的"教唆犯"。

海阔天空，没完没了，无边无沿。我当听众的时候更多。我认识冯牧有7年，而他被审查被扣上"反革命修正主义分子"帽子已有5年。我对他从敬畏到回避到亲近，直到把他看成一个长辈式的可信赖的朋友。我想或许他5年以来极少跟人聊得那么多，那么放松，而且是跟我这样一个涉世不深的年轻人坦露自己的经历和情感。我顿时觉得，我眼前并非是一间茅屋一盏马灯的乡村牧歌，而是一幅中国知识分子追求真理、正义的历史画卷。

冯牧的父亲冯承钧，是北师大的名教授，精通法文，还懂得意、英等多种文字，光是译著便有三四十种，其中最著名的是《马可波罗行纪》。冯牧诞生在这样的名门世家，而且是一个大的知识家庭，自幼受到的文化熏陶可以想见。

中学时代的冯牧便是高材生。他已经涉猎了古今中外一大批名著，粗通了英语；不仅如此，他很早领略了京剧表演艺术，与程砚秋缘识不浅；还不仅如此，他在辅仁中学读初中时便是北京市的百米仰泳亚军。

那正是民族危亡的时代。冯牧读高中时便参加了共产党领导的"抗日民族先锋队"，参加了著名的一二·九运动，差点儿被日本宪兵抓去。埃德加·斯诺的一部《西行漫记》，使得刚刚成为青年的冯牧毅然走向了延安。他报考了"鲁艺"，并很快在"鲁艺"学生中以"才子派"受到周扬的赏识。那时的贺敬之也刚刚考上"鲁艺"，在窑洞里焐一床被子书写着向往未来的诗句；那时的李季因为文化底子较薄，没能考上。

从"鲁艺"毕业之后，冯牧留在了延安《解放日报》担任文艺版的编辑。文艺版的主任是艾思奇。李季的《王贵与李香香》便是由冯牧编发的，而且第一次以电报形式发往解放区其他各报。或许可以说，冯牧应当被授予一项伯乐奖。

解放战争开始，他以随军记者身份参加到刘邓大军，跟随陈赓兵团征战，写下了一系列的战地通讯、特写和报告文学。在著名的淮海战场，他踏着尸堆深入战壕里，飞速地记录着陈赓、谢富治的战前动员演说。为此他荣立了一等功。

和冯牧一起看守草料场的日子 / 杨匡满散文集

他随军进入了大西南并且留在了昆明。明净的滇池,连绵的红土,郁郁葱葱的山林,边陲的旖旎风光和民族风情,使他深爱这片土地并且视为第二故乡。因为战争和疾病,他的健康过早地受到了重创。他的一侧肺被摘除了,另一侧又患肺气肿。特别是后来到了北方,每当换季或者气候骤变,他常常要靠往口腔喷药维持呼吸。此时他会更加想念那个春城,条件允许他便要做一回候鸟。

50年代末,冯牧出任《新观察》主编,那正是《新观察》鼎盛时期。60年代初,他调任《文艺报》副主编。由张光年、侯金镜、冯牧组成的《文艺报》"三驾马车",可说是文艺界少有的团结合作的班子。张光年像个老大哥,侯金镜是理论家兼组织家,冯牧是才子和评论家。他们彼此尊重,优势互补。我在《文艺报》多年,从未听到他们之间谁说了谁半句坏话。即使是那个史无前例的混乱年代,所有人的灵魂都大暴露的年代,他们也是保持了这种政治上更是道德上的高尚情操。而他们对待下属呢?一言以蔽之:鼓励上进,鼓励成才,鼓励出好文章。可以说,从《文艺报》培养出来的年轻人,以后进入中国作家行列的,在全国杂志中数量之多是绝无仅有的。

抖抖的草声又响了。我们不知是什么时候睡着的,冯牧的鼾声也很斯文。草声忽然响得厉害,枕头边分明有什么动物飞蹿而过。

"耗子!"我和冯牧都被惊醒了,这叫人发腻的耗子!而且,湖北咸宁这地方的耗子大得瘆人,常常近一尺长,加上尾巴就更长。干校的同事做了一项试验:找来一只当地的猫让它和一只耗子面对面,结果那只猫吓得转身就逃。倒是干校养的几只狗,常常用两只前爪刨湖边的耗子洞,捉住了便生吞活剥。那几只狗吃得又悍又壮。于是大家常常命令狗们去追捕耗子,并且一致认为"狗咬耗子多管闲事"这话是不成立的。

然而草料场没有狗,我和冯牧不得不忍受了两夜骚扰和屈辱。第三夜我们就反抗了,向看牛的工棚要了一包耗子药,屋里屋外放了十来堆。这一夜响声似乎有点特别了,但我们被接连折腾了两夜,倒也睡得很死。

黎明即起。我和冯牧刚扣上棉衣走出工棚,便见工棚边有七八只肥大的耗子在艰难地爬行,有的似乎已经奄奄一息了。我们顿时欢呼起来,感到一种报复甚至是战争胜利的快感!

"硕鼠,硕鼠!"冯牧大声叫着。几年来我未听过他如此大的声音。他随即用脚尖像踢足球似的将它们踢离工棚。我也高叫道:"硕鼠硕鼠,无食我黍!"边小跑边寻找着绿茵场上的感觉,那硕鼠比一只足球可是笨重得多了。

直到我们在草料场服役期满，再也没有耗子晚上骚扰我们。我们分析，这些小脏物也有它们的信息系统，一定是临死之前向七大姑八大姨们发出了大逃亡的信号。

但有一夜我和冯牧又被惊醒了。那声音来自隔壁放农具的那一间。不像是耗子，也不会是人吧？我和冯牧披衣而起，月光正从芦苇墙的缝隙中穿透进来。

我们从枕边取出手电，但不急于打开，蹑手蹑脚开了门，进到了工具间。电光闪亮的一刹那，出现在我们视线中的是一只没有角的鹿样的动物，但比鹿小得多，一双小而惊骇的眼睛。我们刚想伸手去抓，它已夺路而逃，仅几秒钟便消失在茫茫的月光之下。

"麂子！"我们刚刚反应过来。我还是第一次见这种宝贝。

"可惜了！可惜了！"冯牧说，不然，这个温柔的小家伙会给我们的戍卒生活增添不少乐趣。

照样是一根扁担两件行李。10天之后来了替换的人，我们离开了湖心的草料场。

我忽然觉得还有许多话没有谈。比如说，他和郭小川、严文井、李季都是延安来的老革命了，郭、严、李三人差不多早在一年之前便宣布解放了，可为什么冯牧却和从"国统区"来的"历史背景复杂"的一些人一样被"挂"着呢？这是我不便问的，也是当时冯牧对我这样比较幼稚的人还不便说的。后来我从别人那里知道，冯牧的主要问题还不是"文艺黑线"，而是"现行"，对江青一伙也即对"无产阶级司令部"有"恶毒攻击"的言论。

但至少可以说，经过了这些天的草料场生活，我比较多也比较深地了解了冯牧这位前辈的弥足珍贵的经历和品格。假如再有人对我说：冯牧是反革命，是坏人，我便会对他侧目而视：你自己才是反革命，是坏人呢！

以后我们还一起在干校的食堂喂猪。我负责挑水挑猪食，冯牧站着或坐着剁猪食。1972年1月湖北奇冷，与他同屋的人回老家探亲，我同屋的张天翼回北京治病，我干脆搬到冯牧屋里。

然而，长年的精神上的迫害，长年的繁重体力劳动，摧残着冯牧的健康。这一年夏天，侯金镜从菜地挑粪归来，晚上突发脑溢血抢救无效。冯牧也是气喘、浮肿、咯血，病倒在床上。他对我说："我恐怕是回不了北京了。"我一时难过得说不出话来。

幸亏周总理及早下令让在干校的老干部有病的回来治病——不然真是难说了。冯牧终于也被允许回北京治病。临走，我交给冯牧30元钱托他买书寄来，他问我买什么书，我说：凡你看中的书。冯牧收了钱但十分过意不去，他说：我以前替朋友替同事买书从来不收钱的。我说你就拿着，要不就不托你了。

冯牧回京住了好一阵医院，咯了半盆血，总算熬了过来。他给我买的第一批书寄到了干校，内有《巴黎公社史》《天演论》等几本。但第二批书寄丢了，冯牧来信直后悔，说是急了忘了挂号，还说要赔我。我赶紧回信说：我岂能要你赔。冯牧在信里还谈到他去看了一场乒乓球赛，谈到克兰帕尔和约尼尔如何如何厉害，于是我在回信中戏称他得了"恐匈症"……

弹指一挥20年。如果从认识冯牧那年算起便是30年了。1993年9月24日，我的报告文学《一个厂长和500个大学生》作品讨论会在北京举行。蒋子龙从天津专程赶来讲了个开场白，大轴戏是冯牧唱的。他这样说：

"当时调到《文艺报》的10个大学生中，杨匡满是年龄最小，又是唯一在学生时代发表过作品的一个。当然，也可以说是最不成熟的一个。但是，几十年风风雨雨，我们成了无话不谈的忘年之交。他是诗人，也是散文家、小说家，但是报告文学创作的成绩更大些。他的作品今天看来还存在着这样那样的缺点或不足，但无疑的，它将在当代文学史上留下一笔……"

冯牧讲得很动感情，我听得几乎快掉眼泪。这是对我最珍贵的鼓励了。一位文坛前辈、红军时代的老革命这样地谈起我，使我感到从未有过的充实和富有。

　　真的，当时我的脑海里便浮起了那个草料场，那些金色的草垛，那些讨厌的耗子和可爱的麂子，那些寒风彻骨内心却轻松与温暖的日子。

1994年

依然的缺憾

——纪念冯牧离去10周年

一个人走了10年，文学界人们还在常常怀念他，似乎还像10年前那样谈论他，谈论他的重要性，谈论他的不可或缺，谈论他走以后留下的空白和遗憾。

他就是冯牧。

10年前王蒙写了一篇《难忘冯牧》，对冯牧在中国文学界的作用有精到的评价："长时期以来，他是中国作协的一个虽然从行政职务上并非最高，却是读作品最多，联系作家最广，关心文学事业的发展最热烈专注，陷入各种矛盾最多，被致敬与被骂差不多也是最多，对于文学事业的责任心最强，发表意见最多，或者可以从某种意义上说，他是最专职、最恪守岗位、最受罪也最风光、最尽作家的朋友与领导责任、最容易兴奋也容易紧张的评论家——组织家——领导人。"王蒙一连用了14个"最"来谈一个人,恐怕在他文章中也是绝无仅有的了。

冯牧走后才更显出他的重要性。就拿文学评奖来说,冯牧生前是作协各项文学大奖评委会当然的领导人。既然是评委,就要读作品。了解冯牧生活规律的人都知道,不论是先前住在黄图岗胡同的大杂院小平房,还是搬到80年代盖的、于今看来已有些寒酸的"部长楼"里,他总是热情好客,高朋满座。这拨走了那拨又来,其中有他的战友、战友的晚辈,有作协的同事、下属,有演艺圈的朋友,有带了大部头初稿慕名而来的求教者,还有不止一个两个异性追求者。每晚他接待完一屋子客人就过了10点,家里才清静下来。从这时候起才是冯牧阅读作品的黄金时间,直至后半夜。冯牧的"本事"或许就在这里:他听得多,文坛事天下事了然于心;他读得多,而且过目不忘。作为文学界的领导者,他不可能亲自去做每一件事情,但他总是亲自去读需要他谈论需要他评判的每一部作品。仅仅这一点,今天怕是没有人能做到了。

冯牧读的作品甚至比一个普通评委都要多都要全,他从来不会对一部作品没有看就发言。这一点,冯牧以后的文学界的领导无人能出其右。坐而论道,忙于各种关系、各种应酬,没有读作品或者草草翻上几页就可以洋洋洒洒说上一通，甚至投票评奖，这已经不是秘密。作协评奖的权威性受到质疑也由此而来。

冯牧对人的宽容是显而易见的。私下里，我就曾经多次听他说过对某某人的看法，可一到实际使用或者处理，他总是多着眼于人家的优点，能宽就宽，甚至宽到有人说他有"东郭先生"之嫌。而冯牧对作品的严格也是尽人皆知的。你老气横秋也罢年轻漂亮也罢，你要想走他的后门是永远没有门儿的。也因此，有时候他会挨少数人的骂，他得硬着头皮，窝着火，忍着气，低着头，依然故我地耕耘他心中神圣的文学园地。也因此，他获得了更多人的尊重和友谊。

如今一个单位班子里的矛盾总是热门话题。恰恰相反的是，冯牧工作过的地方几乎没听说过班子的团结出什么问题。冯牧主持工作时间最长的两个刊物，一是《文艺报》，二是《中国作家》。我是1964年分配到《文艺报》的，那时张光年是主编，侯金镜和冯牧是副主编。"三驾马车"，张光年是掌握大局的老大哥，侯金镜是关心下属的大管家、组织家，冯牧是无事不通的大杂家和潇洒的笔杆子。三人配合默契，我从未听说他们之中谁说谁的坏话，哪怕是开玩笑的坏话。三个人都特别重视对年轻人的培养和大胆使用，鼓励他们写文章而且是大块文章。这三个人即使在"文革"那种年代里，也没有互相揭发之类的事情发生。这是由他们的品格、人格所决定的。待到改革开放，拨乱反正，《文艺报》在冯牧主持下更是发挥了冲锋陷阵、摇旗呐喊的作用。而从《文艺报》出来的年轻批评家以及文艺界的骨干，人数又是最多的。后来冯牧年事高了，《中国作家》又刚刚创办，他就出任第一任主编。那时文学期刊的地盘已经所剩无几，凭着冯牧的威望和眼光，《中国作家》的第一个十年是文学品位最高的十年，王安忆、陈建功、莫言、卢跃刚等一批作家的代表作在刊物上推出，奠定了《中国作家》发展的根本。当然，文学的发展越来越受到市场经济的影响和制约，这是冯牧生前所无法预料也无力应付的。

转眼之间，冯牧离去已经10年了。像冯牧这一辈那样既是虔诚的马克思主义者、党的工作者，又是文学艺术的行家和权威的人，几乎很难找了。这不能不说是一种莫大的缺憾甚至是悲哀。张光年、冯牧他们走后出现的落差是令人扼腕的，是一时难以弥补的，这也不能不令人深思。下至一个刊物的编辑、主编，上至文学界的各级领导者，从人品、文品到学养学识，都存在一个如何提高自己的综合素质的问题。

或许冯牧他们的离去意味着一个文学时代的结束，但那毕竟是一个辉煌的时代。我想，至少在今后的三五十年里，我们的批评家、文学史家们还会常常提起他们的功劳和心血，他们有过的艰难与痛苦。没有这些就不会有那个时代的辉煌，这是不言而喻的。

  10年过去了，今天我们拿什么纪念冯牧？我想，冯牧身上有许多我们难以企及的，也有一些我们可以超越并且已经超越了的，比如在某些文学的市场运作方面。但有一点，在对待革命文学事业的呕心沥血和一往情深上，冯牧是够我们学习终生的。冯牧的"资本"是够雄厚的了吧？无论是革命资历还是文学资历，但是他从未以此来争名争利争位。记得就在他去世的前一年，我给一家杂志一篇文章写他在干校的一段经历，杂志编辑为了吸引读者，自作主张把标题改成了"大作家看守草料场"，而且赫然出现在封面上。冯牧拿到刊物一看，当场就生气了："把我称为大作家，那么对冰心他们怎么称？"此事让我都很尴尬。看看当今的文坛，想方设法，拼命把自己运作为"大作家"的又有几多人。我想，他们在冯牧面前该有一丝汗颜吧。尤其是对于承继冯牧事业的人来说，一个"无私"，一个"奉献"，这才是最最要紧的啊！

2005年

与郭小川的最后一面

我快步登楼,到达四楼时已气喘吁吁。这座位于灯市西口的文联大楼的电梯停开快两年了,因为不再为"资产阶级老爷太太们"服务。

这时,在我的左侧,一个中年男子正艰难地扶着栏杆往上走。我们彼此瞥了一眼,也就那么一秒钟吧,我便超越了他。

他便是郭小川。这是1968年的春夏之交。一年前他被勒令从《人民日报》回中国作家协会接受审查,批斗会上我已经远远见过他几次了。

我心里涌起一种极复杂的感情:这个嘴唇宽厚、慈眉善目的人果真是"反革命修正主义分子"?这个脸色灰黄、有些浮肿的人果真是我在学生时代就那么敬仰的诗人?不仅我的诗风受他的影响,我还专门写过评论他诗的文章呢!

也就那么一瞥。我这个"革命群众"是要同他划清界限的。

与郭小川的最后一面

1969年夏天,据说郭小川快要"解放"了,但还必须经过"七斗八斗"。军宣队组织了一次声势浩大的批判会,其中就布置我作了关于"大毒草"《一个与八个》的发言。无须说,我的发言是极为幼稚极为过火的,至今想来都感到汗颜。

就在这天傍晚,我在大楼门口遇到郭小川,他微笑着上前同我握手,并说:"你的发言给了我不少启发。我家住在东总布胡同,有空到我家玩玩,我们交换交换意见?"

我一时嗫嚅着,不知所云。只深深记住了那个坦荡和真诚的微笑。

几个月之后,我们先后到了湖北咸宁五七干校,这时我们仿佛已经是很熟很熟的朋友了。

咸宁位于武汉以南70公里处,是长江著名的三大火炉带,夏天有连续十余天的40℃高温,冬天又冷到零下10℃。沼泽没膝,道路泥泞,饕蚊成阵,蛇鼠横行。连南方人都直摇头,更不用说郭小川这样的北方人了。但郭小川凭着一种乐观和毅力,每天跟着大队下湖开荒,垒田埂,人拉犁耙,用最原始的工具接受"再教育"。他插秧的速度几乎赶上了一些"没有腰"的小青年。

郭小川的"解放"一直拖到了1970年的夏天。差不多同时宣布"解放"的还有严文井。

郭小川和严文井自然要把这样的"特大喜讯"尽快告诉家人。正好我要步行20里进城公干，于是郭小川交给我两封信，是给他正在农村锻炼的孩子郭小林和郭小蕙写的；严文井则要我拍发两封电报，还要我买两斤水果糖，因为一些同事起哄要他请吃"喜糖"。

我跟郭小川开玩笑："你又给你弟弟妹妹写信了！"郭小川笑嘻嘻地回敬："我又给你弟弟妹妹写信了！"

没过两天，严文井就遭到军宣队的点名批评："对你宽大了，把你'解放'了，还请什么喜糖，搞资产阶级拉拢人的一套。"弄得一向严谨、老成持重的严文井又紧张了几天。本来嘛，被审查当作"反革命修正主义分子"4年了，好不容易重见光明，借此机会同"做官当老爷"的过去彻底决裂，买点糖同大家密切密切关系，也合情合理。

然而，接踵而至对郭小川更猛烈的批判叫人吃惊，直到一年半载之后谜底才揭开。

原来郭小川一"解放"便给《人民日报》写了信，要求回去工作，被姚文元批了个"不准回去"；嗣后湖北军区借调郭小川去写一部纪录片的解说词，又被江青知道了，说是"黑线人物又在蠢蠢欲动"。

郭小川在全干校近两千人的大会上被点名，安上了"不安心改造"的罪名。郭小川为墙报写的诗里有一句"我们滚烫的心，连着伟大祖国的心脏"被斥为"想回北京？没门儿！"至于连里的军宣队员、一位排级卫生员则在出工前对着张光年、冯牧、严文井、郭小川、李季、陈白尘等数十位"五七战士"训话："你们好好改造，将来或许还让你们写个报道什么的！"

林彪事件之后，这些中国文坛"大腕"的处境才逐渐有所改善。张光年、冯牧、张天翼等人尽管尚未"解放"，但允许回北京治病。一批又一批干部陆续安排到北京等地工作。填志愿表时，我依次填的是：理论工作、大学教书、编辑、专业创作。我征求郭小川的意见，他略略思考了一阵，语气十分肯定地说："你适合去搞创作，而你哥哥则适合搞理论。"杨匡汉同郭小川也就开会见过一两面，而我则在《文艺报》当了一两年评论组和理论组的编辑，到干校后也只是在墙报上写了那么三两首诗。我至今仍钦佩郭小川的眼力。

郭小川于1972年秋被周总理点将的王猛借调到国家体委。他以旺盛的热情拼命工作，同时还为许多文学青年修改作品，为一些尚在干校的同事奔忙，联系工作单位。他在给我的信中说："有人劝我享享清福，我则想过了，宁可撞死，也不躺倒。"他还说：我老了，有个工作就可以了，而你们还年轻，再不工作就要耽误了。

郭小川向王猛推荐了我和周明，王猛签署了调令。但因为人民文学出版社的调令先几日到，我去了出版社；几天后又到车站截住了周明，让他也到了出版社。对此，郭小川没有表示任何不满，他说："从长远看，回文学界对你们更合适些。"

1973年夏天，郭小川在《体育报》发表了长诗《万里长江横渡》，这首无疑是歌颂毛泽东的诗居然被江青一伙神经质地指责为"替林彪招魂"，"埋了钉子"。自然，对郭小川的迫害也就重新开始了。

因为有人监视，去他家的人少了。我去的两三次，是趁天黑戴口罩去的。郭小川说："有的人不敢来了，我理解。你怎么还来？"我说："因为我了解你。"他笑笑说："我自信没上贼船，什么也不怕。"

对郭小川的迫害很快升级。1974年五一前夕，郭小川重又登上去湖北咸宁的火车，去那里一边劳动一边接受审查。那一天他提前穿上了凉鞋。去车站送他的也就四五个人，大家心里都明白，又不知该如何安慰他。郭小川还是坦然地笑着，大家也只嘱咐他多保重，并说几句无关紧要的笑话。列车启动时，我突然感到一种从未有过的失落和沉重，或许也可以说，我突然感到自己刚刚成熟。

这一年末郭小川又从咸宁转到了天津附近的静海，一个

与郭小川的最后一面

从前的劳改农场。途经北京时都没准他出站回家看一看。

可郭小川在那个只长芦苇和荒草的盐碱地里时时关注着中国的风云，关注着邓公复出后同那伙"左"派们的较量。郭小川在那儿写下了《秋歌》《团泊洼的秋天》，这些优美又昂扬的诗歌意味着他的创作会有一个新的青春期；更重要的是他给中央写了关于文艺问题的万言书，系统地批判了将中国文艺园地弄得一片荒芜的种种谬论，并且指名道姓地点了江青。

1975年10月，在王震和中央有关方面的干预之下，郭小川回到北京，他的一切"问题"得到了澄清。

月中的某一天，四位政治局委员：李先念、纪登奎、华国锋、陈锡联一起接见了郭小川，并由纪登奎代表，同郭小川做了长谈。

两天之后我和周明一起去郭小川家，去祝贺他获得了"解脱"。

郭小川情绪特别高涨。他说：我知道你们肯定要来的。我这个人还有点度量，即使前些时候疏远我甚至整过我的人来看我，我都照样接待。不过我在小本子上排了排队，对有的人，还是不多说一句话；对另一些人，简单地透露一下；而对少数同志、朋友，就全盘交底。譬如对冯牧、（贺）敬之，对李季同志，我是有些意见的，但我还是会同他打上一个招呼的。

我和周明便开玩笑地问:"那么你把我们两人划到哪一类了?"

郭小川边笑边认真地说:"对你们我当然是毫无保留。"他还激动地挥拳打着手势:"告诉你们,快了,快解决问题了!形势很快会有大的变化!"

他留我们吃饭,他的大女儿梅梅做了面条和四碟拌面的菜。他是河北丰宁人,这是他们家最平常的饭食。

我们边吃边谈。主要是听郭小川介绍四个政治局委员接见他的情况——

"陈锡联和华国锋只是过来见了一面,握握手,没多说就有事走了。李先念多说了几句,他一边做着手势一边骂娘,说江青、张春桥那伙人往国庆招待会名单上加他们的人,'我也就加呀加呀,加我们这边的人!'往后便是纪登奎一人同我谈。

"邓小平对主席说:他们是上海帮。

"毛主席说:不!他们是四人帮。

"邓小平说:是不是早一点解决他们的问题?

"毛主席说:再等一等。

"我问:'陈永贵的态度怎么样?'

"纪登奎说:'早就过来了。'

"我问:'吴桂贤呢?'

"纪登奎说:'不起什么作用的。'"

郭小川接着分析了全国的形势,还问我们都听到过什么消息。他说:"现在他们几个人中间,那个三点水是疯狂反扑,摇羽毛扇的是深居简出,耍笔杆子的是搞点小动作,……不管怎么说,不会很久了。"

临了,郭小川嘱咐我们要嘴严一点,还要我代他收集一下署名"初澜"的几篇文章。

离开郭小川家时,我心中涌起一种从未有过的庄严和感奋。这是我第一次听到"四人帮"这个专用词,而且是从这样一位老资格的战士的口中。也许郭小川根本就不该把如此重要的中央机密向我这个曾经多么幼稚和迷惘的青年透露,但既然他对我如此信赖,也就指明了我该怎么做和我肩头的责任。我感到了自己真正意义上的成熟。

但诗人气质的郭小川过于乐观也过于天真了。他"交底"和"打招呼"的面过大,很快反馈到了中央有关负责人那里,连"四人帮"那边的人也知道了。1975年秋天之后中国政治形势突然恶转,一下子叫人喘不过气来。

10月底,周明和我收到了郭小川的两封内容相似的信。其中一封是这样的——

周明、匡满：

　　我听来的话，只无保留地说给为数极少的几个同志；但领导上已知道，我受了批评。再说，就要受处分了。望为殷鉴。我说的话，千万不可语人，甚至不要说到我见到你们。至要至要。

　　我只好到郊外暂避一时，这十天来，已使我穷于应付。

小川　二十日晚

你们如真正爱护我，万勿把这封信当儿戏。

　　在铁道部的一个招待所里，我和周明看完了这封信，沉默了好一会儿。周明说：处理了吧？他点燃了一根火柴。我们彼此心照不宣："四人帮"的高压就要到来，这是郭小川为了保护我们而让我们早早地订一个"攻守同盟"。

　　我做梦也没有想到，10月中旬的那天竟是我同郭小川的最后一面。第二年10月末我在八宝山灵堂再次见到他时，只是他的遗像了。

1994年

好人走好

——追念严文井

追念严文井，我不是最合适的人选，因为我已经许多年没有机会见到他。但我必须写下这些文字，因为一个好人走了，一个文坛前辈走了，一个老领导或者可以说老朋友走了，我感慨他，怀念他。尽管我对他不能说十分了解，尽管他已经高龄，他的离去似乎并不突然，我的哀思还是绵绵长长的。

第一次见严文井是1964年的9月23日。那一天上午我刚以一个大学毕业生的身份到作家协会报到，刘白羽马上来看望我们新分配来《文艺报》的10个大学生，并邀请我们参加下午的党组扩大会。而我们10个人中只有一个党员。《文艺报》乃至全作协的其他非党员都没有受到这样的邀请。可见那个年代，在"培养千百万无产阶级革命事业接班人"的大形势下,刘白羽和作协党组的大气魄和大手笔:要给我们这些新来的大学生政治上"开小灶"。

下午的党组扩大会主题是批判邵荃麟。刘白羽的威武洒脱,发言者的猛烈炮火,邵荃麟的病容与无助,赵树理的埋头抽烟,都给我留下终生难忘的印象。我们9个人差不多都是第一次亲身感受党内斗争的滋味。

那么严文井呢?他当时作为作协党组副书记,二把手,居然没有怎么发言。他矮矮胖胖,过早的谢顶,一脸的肃穆,也一支接一支地抽烟——那时没有人不严肃,那时也还没有禁止抽烟。毛主席的两个批示下来大半年了,作协和文联都在整风,而这场整风在不久后的"文化大革命"中被严厉批判为假整风。

——我们这些大学生边贪恋地记笔记,边贪恋地将我们从刊物上认识的什么主编、编委的名字,我们曾经崇拜的作家,一个个"对号入座"。

那一年11月底我们就下到山东曲阜搞"四清"了。严文井、陈白尘、侯金镜、黄秋耘、阎纲和我等都是第一批去参加"四清"的。那时给我们灌输的是,百分之八九十的基层政权不在我们手里。所以四清工作队中的名人全都像搞地下工作那样改了名字:严文井化名颜文,陈白尘化名陈征鸿,侯金镜化名侯进。其实,曲阜的老乡穷得连地瓜糊糊都吃不饱，哪有心情去打探这些鸟名字？倒是一起编队参加"四清"的有曲阜师范学院中文系的学生，没出一个月就把作协的名人搞了个一清二楚。

那时我和陈白尘在一个生产队，严文井在大队部，一个月也见不着一次。印象中他一身军棉衣，老军人的样子，神态依然一脸严肃。"四清"以后回到作协，严文井在四楼的党组和《人民文学》工作，我在五楼的《文艺报》；他是大领导，我是小萝卜头，也无往来。

真正逐步了解严文井是在"文革"中。"文革"一开始，严文井马上遭到"炮轰"，那时严文井正同刘白羽等人参加亚非作家北京紧急会议，因为是中央早定的国际会议，不能停；但作协机关的大字报已经铺天盖地。会议刚完，刘白羽、严文井送别外国作家从南方回来，就在东总布胡同22号被"革命群众"打了个"遭遇战"。中宣部都是"阎王殿"了，周扬、林默涵都揪出来了，你们这些"黑帮大将"还跑得了嘛？那一天是8月18日，毛主席接见红卫兵的日子。

那一天刘白羽是主角，严文井作为作协"2号走资派"只是陪斗而已。然而灾难刚刚开始。8月29日，外地串连的一批红卫兵来到东总布胡同22号，可是让严文井吃足了苦头。

"大串联"已经开始。外地红卫兵先是看大字报，作协资料室一位傻里傻气的女同志还给他们介绍这介绍那地当

"导游",惹得红卫兵们好奇心起来,马上就要求揪斗大字报上点名的作协"黑帮"。他们拦住了正从走廊过来的一个革委会成员,那成员想抵挡一下,说:不能随便揪人的。可红卫兵越围越多,有的手里还拿着皮带。看来招架不住了,"革委会"也只能支持革命小将了,于是匆忙把"黑帮"从附近的顶银胡同叫来。这一下就糟了,只见几十个红卫兵学生把刘白羽、严文井及新揪出来的"外委会"副主任韩北屏围在核心。在皮带的威胁下,他们把"周扬黑帮大将""黑帮干将"的大牌子分别挂到刘白羽、邵荃麟、张光年的脖子上,并命令其下跪,交代"罪行"。后边还站着一批"黑帮",包括新揪出来的《诗刊》副主编葛洛(刚从农村参加"四清"回来不久,也被所在乡村揪回去过)、《文艺报》编辑部主任陈默。军人出身的侯金镜、冯牧本来穿着军上衣,被红卫兵勒令脱去,还大声斥责:你们这些"黑帮"还有资格穿军装?

此时的刘白羽和邵荃麟一样显得可怜。邵是老病号,颤颤巍巍,又是不好懂的浙江官话,颇让拿他示众的"小将"们无奈;刘白羽经过"8·18"的"遭遇战"已很无奈,说话有些结结巴巴,于是一再被斥骂为"浑蛋""不老实"和"狗崽子"。站在后排的"黑帮"也依次交代自己出身和罪行。

其实，此次揪斗中最惨的数严文井。因为他没有准备，是穿短裤来的，光着膝盖跪在石板地上个把小时，那滋味可想而知。

可以说，这些学生红卫兵对文艺界并无认识，只是发泄一下革命造反的快乐和人性中最恶的那种狂热虐待。老舍先生就在这种虐待中走向了以死抗争的路。8月29日，作协第一次出现了体罚。如果有人为那时严文井的跪姿拍一张照片，那是怎样的文献啊！

说实在，从那时起我才知道严文井的罪行：除了"忠实执行"周扬路线，主持发表大量毒草作品之外，他最突出的是"做官当老爷""革命意志衰退""回避矛盾""玩物丧志""养狗养猫"。

大字报揭发说：严文井甚至给养的猫记日记，这是"何等的腐朽！"

大批判会揭发说：严文井见外宾参加宴会之后还要将鱼骨头鸡翅膀打包，说是给猫吃，这是丢中国人的脸！

——今天听这些揭发批判都是笑话了：写童话的作家养宠物，记宠物日记理所当然；饭局之后打包不浪费也正是好习惯。当年这可是让"革命群众"义愤填膺：这样的"反革命修正主义分子"、没落阶级的"孝子贤孙"还不该打倒？

严文井只有低头认罪，诚诚恳恳地接受批判，他别无选择。

真正比较了解严文井是到湖北咸宁五七干校之后。那年严文井五十六七岁了，是仅比谢冰心、臧克家年轻的"老头儿"。当年在延安时期严文井就是"鲁艺"的教师，是吃"中灶"的；那时冯牧和贺敬之还是学生，而李季因为文化底子薄，没有考上"鲁艺"。可见严文井资格之老。

但是严文井并未受到照顾。在沼泽泥泞、寒冬酷暑中从事强体力劳动，严文井要跟我们二三十岁的年轻人一样垒田埂，修大堤，挑担插秧，拉着板车一天走几十里山路。也亏得严文井的身体底子好，否则就"报销"在向阳湖了。在干校初期，物质生活贫乏，常常只有陈年糙米加上咸菜，严文井明显地瘦了（我一年瘦了20斤）。严文井、郭小川等十几人住在生产队的仓库里，有时不得不偷偷去供销社买两个肉罐头，夜里与大家共享；如果被连里知道了，肯定被点名批判：对抗"五七道路"，资产阶级的享乐主义！一次，他们无意中议论干校的生活怎么样？结论是比抗战时强些，比解放战争时差！这话传到连部军宣队那里，立即在大会上点名：散布今不如昔？什么意思？这是阶级斗争的新动向！

严文井只有唯唯称是。他是胆小的，谨慎的。是啊，自己是2号走资派，还没有"解放"，可不能再乱说了！

干校的阶级斗争一波接一波。清查"5·16"分子开始了，一连十几次动员。怀疑对象都是"文革"初期年轻的造反派。他们屋里的阎纲接连几夜被押到专案组提审，被打被骂之声不绝于耳。阎纲半夜被押回来，第二天一早再押到湖里劳动，晚饭后接着审。如此反复，铁打的身体也受不了啊。经历过延安"审干"的严文井、郭小川自然心里明白孰是孰非。一天晚上阎纲回来，严文井偷偷塞给他一块熟的狗肉，说：食堂宰了一只狗，我给你留了一块，快吃吧！阎纲当时就感动得泪流满面。

不久，周明、我和十来个年轻人都遭到了和阎纲一样的命运。郭小川、严文井常常默默地看我们一眼，他们没有说话，但他们的眼神已经说明了一切。不是批判严文井革命意志衰退吗？不是批判严文井"圆滑""明哲保身"斗争性不强吗？原来那不过是他内心存留了多一点的善良和清醒罢了！联想到第一次在批判邵荃麟会上严文井的表情，我忽然醒悟到，原来许多事情是要换个角度甚至是要倒过来看才行的。

我们这些"5·16"分子不久就回到了群众之中，此时的严文井快要宣布"解放"了。他对我们没有歧视，有说有笑。他和郭小川是同一天宣布"解放"的，周围一些同事起哄，要他请客吃糖。严文井想到"文革"初不是批判他有架子"做官当老爷"嘛？那就借此机会同大家打成一片，一起乐一乐。正好我第二天被派工进城里去拉食堂用品，严文井交给我两封电报稿,是给他妻子和孩子的,意思是他已经"解放",永远跟党革命之类。郭小川也交给我类似的信件让我进城去寄。我临走,严文井悄悄塞给我几块钱,嘱我买两三斤"什锦糖"请请大家。严文井还补了一句:你也有一份哦!我高高兴兴地走了。

哪里想到两天后就开全连大会。军宣队队长严厉批判道:有的走资派,组织上对他宽大,"解放"了他,他请什么"解放糖"来拉拢群众,这是什么作风?你以为"解放"了就没有问题了?

不要说严文井,我们都听得战战兢兢。

林彪事件之后,干校进行了整党,严文井是作协第一批恢复组织生活的,新的以老干部为核心的党支部也逐渐掌握了连队的领导权。李季走后,严文井出任连指导员。应该说,多年的争斗大家都厌倦了,原先浓浓的、草木皆兵的阶级斗争气氛得以缓解。尽管许多人还没有做最后结论,但整个作协也就是5连人与人之间尽弃前嫌,比较和谐了。这不能不说跟老干部的为人和政策水平有关。

从1973年初起,我和严文井、李季、周明、崔道怡、谢永旺等人,先后成为人民文学出版社的同事。那时作协没有恢复,到文学出版社工作是最对口的,等于重操旧业。我在出版社一呆就是13年,直到严文井、韦君宜退休才离开。这不能不说跟这两位前辈对我的关爱、培养、尊重和宽容有关。

最典型的例子是粉碎"四人帮"之后，严文井、韦君宜出题，要求抽出专人，写一部关于"丙辰清明事件"的书。他们第一个点了我的名，当然也是出于对我的政治表现和写作能力的信任。严文井就说了一句话："怎么写？你们自己定。"

我和郭宝臣写的《命运》的初稿出来后，出版社有的副总编辑担心政治上出格，要犯错误。严文井破例让社里所有有终审权的人都看一看，除了外文部的人，大约有7个人看了，意见还是有不一致的地方。严文井召集了一个会，最后拍板：让作者自己从量上动一动，请屠岸终审，孟伟哉做责任编辑。这就是《命运》得以面世的经过。出版单行本的时候，严文井、韦君宜联名写了序。

转眼过了25年，转眼有10年没有见文井了，但他的音容笑貌犹在昨天。一个文坛著名的前辈，一个帮助过我帮助过许多后进的好人，我会永远记着，人们会永远记着。

2005年

为了下一个早晨

黎明还没有来到这所被雅称为燕园的著名学府。楼群、塔影、湖光、松林，连同长满连翘、丁香和刺梅的路边土坡，无不沉浸在朦胧的夜色里，像是泼在宣纸上已经濡开了的淡墨。它们都在默默地等待着雄壮的晨曦。

朗润园地处偏僻，比起燕园的其他角落更加静谧。四点钟光景，朗润园一座楼下的灯亮了，一位老人起床了。一二十年来，他都是这个时间起床。简简单单地抹一把脸，他便走到了靠窗的书桌跟前，准备开始他一天的工作。

偌大的一张书桌，堆满了前一天就摊开的各种中外文书籍、报刊、夹书的纸条、各色的卡片。桌面的空地小得只能容下两沓稿纸和一个水杯。

老人戴上眼镜，时而翻阅那一堆堆书刊，时而抬头凝视开始发白的天幕，时而握笔疾书。窗台上摆着三四盆常见的花草：文竹、仙人掌、萝卜花……，花盆也是最常见的那种粗糙的青砖色的。

忽然，他像想起什么，弯下腰拿起脚边一个瓶子，站起来，身子向前探去。原来，他连浇花的水壶都没有置备，那酒瓶里盛的便是浇花的水。细细的水流把花叶洗得发亮，他微微笑了。

他离开了藤椅，坐到一张小马扎上。就在书桌旁边，是两个大木箱，箱盖上同样堆满了各种中外文书籍、杂志、夹书的纸条、各式的卡片……，更甚于书桌，箱盖上几乎没有空地了。原来，他在写作一篇学术论文的同时，还在进行另一个翻译项目。在另一个房间里还有一张书桌，同样摊开着各种材料。那里还有他的"第三战场"。近年来，他习惯在两三个"战场"同时作战。他计算着剩下的时间，紧迫啊，每一分都不能白白放过。

这间不足20平方米的屋子里，除了书桌、单人床和作书桌用的木箱，竟然放了11个书柜或书架。靠墙的几个书架还全部是"顶天立地"的，要踩着高凳子才能取书。于是整个房间内可供人活动的空间只剩下一条宽不足1米、长不足3米的走廊。

门被轻轻地推开，老伴出现在房门口。七点整，她叫他吃早饭，牛奶、花生米、烤馒头片——他爱吃烤馒头片。他像个老农，让老伴烤了盛在一个布袋里，放在他的工作间，饿了好就着茶吃。

七点十分,他走出了门,走过弯弯的湖边小路,走过条石搭起的小桥。微风把水浮莲和青草那种清香而又带涩味的气息送到他的鼻孔里,他深深地吸着,不由自主地加快脚步。这是他三小时紧张工作后的一次体育锻炼。

不,这是他去系里上班。东语系的办公楼是一座中国宫殿式的建筑,飞檐画梁,巨大的屋顶显示着一种古老的庄重、幽深和神圣。然而,这位老人的办公室在这座楼里相当于传达室的位置,同整座楼的威严极不相称。

同屋的年轻人也早早地到了,那是他的助手。年轻人一面向他汇报,一面把一大堆文件、信件、杂志交到他手里。老人点着头,坐到自己的办公桌前。桌上堆放着别样的书籍、材料。哦,这里是他另一处战场,他每天要在这里工作三四个小时,处理系里的教务、行政方面大大小小的事情,回答国内外学者的各种询问,指导学生、研究生和教师的各种课程和研究项目。

他穿着一身快褪色的灰蓝布中山装,从来没有熨过,皱巴巴的。两个袖子因为老是在桌子上磨,显得有些油亮。他年轻时穿长衫,也总是压出一身褶子,从不想到要挂起来。

"里边有人吗?"有一次,有人推开了这间"传达室"的门。他把眼镜往上抬了抬:是个毛手毛脚的小伙子,看样子是个新生。

"老师傅，我把行李放门口，请你照看一下。我去办个手续就来。"

"行行行。"老人答应着，继续埋头做事。迎新大会上，那个小伙子发现看门的"老师傅"坐在主席台上，他呆住了。

他岂止是像守门人，他实实在在当过守门人，那是在十年前，他一月中有几天被派去学生宿舍的传达室看大门。他像做学问一样认真履行他的职守，为学生们分信分报，楼上楼下地传呼电话。

他便是闻名中外的学者季羡林。从1946年起，他便是北京大学东方语言系的主任，一级教授。1978年之后，他担任了北京大学副校长。

他作为语言学家、民族学家、作家、翻译家、史学家、教育家，涉猎的领域太广了。他的博学在国内外学者中是罕见的。他精通英语、德语、拉丁语，精通古代印度的吠陀语、梵语、巴利语，懂得俄语、法语。他是世界上少数几个能读懂古代中亚地区、新疆一带的吐火罗语的学者之一。他还是印度史、佛教史的权威。因此，社会科学院的语言所、宗教所、文学所、外文所、考古所、历史所、南亚研究所，"大百科全书"，各大学的外国语言文学系……，都跟他的工作有密切关系。管事也好，顾问也好，挂名也好，他兼任着大小50个辞也辞不掉的职务，人们对他实行着"轮番轰炸"。唉！谁让他是个大杂家呢。

不时有人推门进来向他请教。他中断手头的工作，耐心地解答着。来人一走，他马上又埋头潜心工作。了解他的人，总是把话尽量说得简明扼要，尽量少占他的时间。但即便是一个人几分钟，十个人加起来，也就够可观的了。

……他沿着来时那条小路走着。正午的阳光刺得他眼球发胀，浅浅的湖水蒸腾着一股热浪。他不觉得热，在那间阴凉的"传达室"里坐久了，这暖和的阳光、流动的空气恰好能使他放松一下疲惫的身体。回家路上的这十几分钟是他一天中第二个三小时紧张工作后真正的休息。

老伴准备好了午饭，简单的三两样家常菜。他基本食素，偶尔吃点牛羊肉。来客人时，才让炒两个肉菜。他从不提什么要求，至多要一根辣椒、一根葱什么的，山东人嘛。

午餐一般是三个人：他，老伴，还有他的婶母。他在这个家庭里竟是年龄最小的。三个老人相依为命。八十多岁的婶母还很健康，有时同70岁的侄儿开着玩笑："老师傅回来啦？"

儿女和他们的孩子大都参加工作了，他们在节假日来看他。平时要来，他就无法工作了。那本来就挤的三间堆满了书的房子也盛不下。

他过惯了清苦和安静的生活，那样最便于他集中精力，在他热爱的那个天地里纵横驰骋。自1946年他担任北京大学教授、东方语言系主任之后，一直让贤惠的妻子在济南老家同抚养自己长大的叔叔婶婶作伴，自己却只身住在北京一个挨着坟地的冷清的小院里，饿了，同人力车夫一起光顾路边的小吃摊；渴了，捅开炉子烧上一壶水。暑假里他才到济南家里看看，没等开学又返回北京了。以后住到西郊中关村，他还是一个人。用大茶缸子把从食堂里打回的饭菜放到火上一烩，就是一顿饭。有一次他发高烧到40摄氏度，起不了床，系里发觉他没去上班，也不知原因。他的一个在城里工作的孩子来找他，差一点儿连门都没有敲开。直到1962年他的叔父病故，妻子才同婶母一起搬到北京来住，他的生活也才有了照顾。这时他已是快50岁的人了。

各色各种的书籍散发着淡淡的气味，清香的或带潮味的，异国的或古旧的。他习惯在这种气息的包围中躺到他的木板单人床上。那是他的唯一可以歇歇脚的岛屿，四周便是浩瀚的书的海洋。经过凌晨以来紧张的脑力劳动之后，他利用中午时间闭上眼睛喘息一下，以获得重新去海浪中搏击的力气。他睡着了，有时还会做梦。也许梦见了童年时住过的屋子，黄土屋顶黄土楼，一片芦苇和水的清光；也许梦见了莱茵河畔哥廷根的金城，那是他青年时代度过了整整十年的地方……

1934年夏天，他靠着在黄河河务局当小职员的叔父的接济和他的家乡——原清平县给的奖学金，从清华大学西洋文学系毕业了。次年秋天，他这个农民的儿子又考取了清华和德国交换的研究生，到了著名的哥廷根，那是座培养出许多诺贝尔奖金获得者的蜚声世界的大学城。在那里他度过了并不平静、舒适的漫长的十年。

他到达德国时，正值希特勒上台后的第二年。不久，第二次世界大战爆发了，德国的成丁男子几乎都从军了。各种食品开始实行定量供应，而且越来越少。有几年几乎天天挨饿，甚至饿到像果戈理《钦差大臣》里一个饿汉喊的"简直想把地球一口吞下去"的程度。

在战火和饥肠辘辘之中坚持学习，需要何等的毅力啊！他选的是梵语和巴利语，同时学习南斯拉夫语、俄语，整日同这些枯燥的文字打交道。没过多久，他的导师、德国著名的梵文学家瓦·斯米提教授被征入伍，论文没人看，文凭拿不到。他又随已经退休的国际著名的德国西克教授读波颠阇利的《大疏》《梨俱吠陀》《十王子传》，学习吐火罗语，学这后一种语言简直像猜谜，全世界能读通的人不过寥寥几人。他争分夺秒地苦读着，终于成为斯米提教授的第一个获得博士学位的学生。

当他躺在郊外的林中躲避空袭,嚼着发着腥臭味的面包,听隆隆的轰炸机群编队而过时,自然想到家乡、亲人。祖国的、亲人的音讯均在千山万水之外,一片渺茫之中。最长的一次,他32个月同家里失掉了联系,他甚至想到亲人们可能都已死在日寇的刺刀下。绵绵无绝期的乡思使他得了无法根治的失眠症。他在梦里寻找着母亲的身影,他哭着醒来。他绝望过,以为今生肯定是客殇异乡,再见不到亲爱的祖国了。

直到1945年的深秋,德日法西斯垮台之后,他跟几个中国同乡到达瑞士,又辗转了大半年,才于次年夏天回国,结束了漫长的流浪生活。

……他醒来了,刚刚两点。他不过睡了一个小时。电话铃响过两次了,老伴推门进来。还有人在隔壁房间等他。

找他的人得挂号、排队。他的时间总是排得满满的,远到一年内各地开的各种会议,近到一周内系里或南亚研究所里的各项工作。好心的朋友或学生劝他有些事不必管,有些会不必参加,参加也不必听完。可他认真惯了,答应参加的会他都要善始善终。而许多会都是非他出席不可的。

有一天晚上,他已经躺下了,电话铃响了。

"季副校长,我们这楼停水了。""我家里也没水。""那请你赶快反映反映吧!"

"行行行!"

谁让他没有架子呢?别人什么都愿意找他。

有人在他的桌上发现过这样的纸条:"学生开饭时间有十一点一刻,十一点半,十一点三刻三个方案,据学生反映,倘十一点一刻开饭,晚下课晚去就吃不上好菜,……"

这是这位一级教授亲笔记下,准备在校长办公会议上发言用的。他生气地感慨道:"就一个熄灯打铃问题,讨论了几年还没有解决。"

几十年来,他养成了一个习惯:不管好坏,总得思考点什么,写点什么,决不让自己的脑筋投闲置散。上下班的路上,散步的时候,他打着腹稿,不知什么时候会从口袋里掏出一张旧日历、卡片、旧讲义纸甚至是烟盒之类记上几句。等公共汽车的时候,他想起了什么,会买上一份《讽刺与幽默》之类的杂志在空白处书写起来。外出开会参观,别人自由活动,他往往还得开会,可他常常能带回来一两篇散文。

七大卷印度古典史诗《罗摩衍那》就是这样挤时间译出来的。从他在学生宿舍当名副其实的看门人时起,他每天给自己规定定额,今天一张纸条,明天一张纸条,一行一行地译,一节一节地抄。在看不到国家和个人前途的年月,这项极其庞大、艰难而且旷日持久的工作,像微弱的但真实诱人的光芒照亮着他,支撑着他,使他不至于完全丧失对生活的信心。这部汉译文达五千页、九万行的巨著,历十载风雨,呕十年心血,这需要怎样的坚韧不拔的精神啊!

他在《罗摩衍那》译后记里写道:"我现在不敢放松一分一秒,稍有放松,静夜自思,感到十分痛苦,好像犯了什么罪,好像是慢性自杀。"

会议结束了,客人告辞了,夕阳西下了。他走下台阶,站在窗前的梧桐树下。那么多年,他竟没有留意这两棵梧桐属于什么品种。

他绕湖信步走着。遇到相识的师生或工友,他停下来打招呼,聊上几句话。这是他一天之中第三次真正的休息。

他继续往前散步,眼前是大图书馆了。五月的草坪绿得像涂了一层油,显得鲜嫩又成熟。小片的空地广场上,有年轻学生在那里打网球、羽毛球,跑步,踢足球。用功一点的,早早背着书包进馆了。大门口挤满各种各样的自行车。

他羡慕这些年轻学生,羡慕他们赶上了一个民族振兴的好时代。50年代,他常跟学生一起布置会场;80年代了,他还硬跟学生一起去远郊植树。他觉得年轻人思想活跃,敢于提出新问题,因而主张把研究同教学结合起来,把研究所设在学校里。他赞赏现在一些年轻人的才华,喜欢跟年轻人在一起讨论学术问题,解答他们的各种提问,勉励他们刻苦攻读;他还给他们出研究题目,像批改作业一样一字一句地帮他们校订大厚本的印度教经典的译文；他甚至亲自替学生查找资料。曾有不相识的青年给他来信，对《中国大百科全书》某些条目提出意见，他都亲笔回信。他主张年纪大了就应下来，让中青年上，服从新陈代谢规律。最不好的是不退而休。他坚信科学是无私的，只有无私的人才能真正推动科学前进。

他想起自己的青年时代，作为一个弱国的青年寄居头号法西斯国家，那里的人民却从没有歧视过他。他的房东老太太几乎把他当亲儿子那样照顾，临别时痛哭不止。他更怀念他的两位导师：西克教授和斯米提教授。他们把自己的研究成果、想法、资料，无保留地交给他这位苦读的异国青年，对他极严格又亲切和蔼。这不仅仅使他得以完成学业，而且给了他精神上极大的安慰，给了他勇气，坚持到法西斯帝国的垮台。

他是一位从旧社会过来的知识分子的代表人物，也是一位从科学实验中接受唯物史观，从爱国主义走向共产主义的知识分子的代表人物。

1956年，他加入了共产党。他以一个新党员的朝气和真诚，以过节一般的心情参加党的每一次组织生活。有一次要开支部大会，正好周总理请他赴宴，急得他到处找支部书记请假。

他觉得自己是到晚年才真正了解人生的意义和价值，这种了解成了推动他前进的动力。只要一息尚存，他就要像春蚕一样吐丝不止。

……远方落日的余晖衬托着燕山山脉黑色的廓影。上弦月悄悄地走向中天。燕园的黄昏空气格外纯净。他绕着湖滨，又踏上了回家的小路。

自然，生活在变化，他也在变化。他不再像人们说的那样"清心寡欲"，只知道扎在书堆里。他开始看点电视新闻、动物世界、科学与技术，喜欢跟孩子玩玩。并把这些看作是接受外界"信息"的一种途径。

他还是个重友情的人。每逢春节，他都要去看望他的老乡和老友、诗人臧克家。1946年他从德国回到上海等待招聘时，曾得到臧克家夫妇的关照，睡在他们家的"榻榻米"上。不久前，他写信给克家说："你也老了，我也老了，我们还能见多少次呢？我希望一年能见两次吧。"

他出版了数百万字的专著和译著，将大笔稿费交了党费，捐赠家乡的学校，购买国库券，……

他正在进行的工作有：主编80万字的《印度文学史》，撰写《印度佛教史》《中印文化关系史》，译注吐火罗文本《弥勒会见记》等。他觉得自己所剩的时间不多了，要尽量为后人多积累点资料。

朗润园里，静静的后湖边上，那盏橙色的灯又亮了。他又开始伏案工作了。不过，他不会睡得太晚，为了下一个早晨，为了再下个早晨，……

1983年夏

季羡林：被遗忘或被删节的

偶尔翻开27年前的日记，居然发现27年前我和季羡林先生两人之间的一次长谈的记录。于是回忆之闸訇然打开。

那是1983年的4月下旬。那时我在《当代》杂志，主要分管报告文学、散文和诗歌的初审或复审，同时经常应一些文学报刊之约写些文章。《人民文学》编辑部约我去采访季羡林，写成散文还是报告文学由我定。他们为我开了给北大党委的介绍信，我向《当代》请了假，事情就定下来了。巧的是北大党委办公室接待我的刘文兰正是我在校时的团委书记，原本就熟识，于是很快让我和季先生本人以及他的助手接上了头。我被安排住在当时的留学生宿舍勺园，离季先生办公的外文楼很近；就是走到季先生住的朗润园也不过十几二十分钟。

我的采访进行得很顺利。季先生的工作很忙，我不能打乱他已定的工作日程。我就多次沿着季先生从朗润园的家步行到外文楼的小道走啊走，也算是找找灵感吧，况且这是个很好的季节。我先后采访了他的助手,他的老伴和婶婶。仅去季先生家就不下三次。应该还采访过别的人,时间久远竟记不全了。

我在勺园住了整整一周。感觉心里大体有数了,就告辞了。《当代》还有工作不能耽误。这年夏天我在当编辑之余写完了《为了下一个早晨》,写得比较抒情,也就六七千字,算散文或人物特写都可以,给《人民文学》交了差。哪知编辑以莫名其妙的理由给毙了。我出于无奈,也是壮着胆子改投了《人民日报》。当时《人民日报》发行量达数百万,影响自然超过《人民文学》。我也没有想到《人民日报》于次年2月22日以副刊大半个版的篇幅发出,标明"报告文学"。

于今重读旧作,发觉当年我那篇《为了下一个早晨》更多还是着笔在季先生战火中负笈德国10年的种种艰难,在北大任教任职时的朴素、勤奋、谦和,当然也概括提到了他科学上的主要贡献。然而我有一个重要疏漏,这就是季先生对那些年暴露出来的教育体制方面的毛病已经有所察觉有所诟病,我的文章却很少或者根本没有提及。

日记记载我与季先生唯一一次长谈是1983年4月25日。地点就是在季先生家他的那间仅20平方米、四周都是顶天立地的书柜和书架,而人的活动空间不足4平方米的书房。

季羡林：被遗忘或被删节的

杨匡满 散文集

季先生是这样说的——

"我从1946年起当东语系主任，说我是杂家，就是什么都沾点边，什么都不深入，念书的时间少。我相信鲁迅的话，时间像海绵，你挤，就能出水。外边总有一些莫名其妙的会，你是系主任，副校长嘛。我提了好几次了，想摆脱。外边有多少会跟我有关？我没统计。年轻人上得太少，这是旧习惯势力。去年在西安参观汉武帝茂陵，旁边有卫青、霍去病的墓。霍大将军18岁打仗，23岁去世。

"我们当教授时岁数不大。现在年轻人比我们强，知识面，吸收知识的工具，广播、电视，等等。这两年我带研究生，我要吹毛求疵：外语在行，汉语不行。但是确有人才，其中有的大学未上，有的大学二年级，表现在论文上真有水平，后生可畏。比有些中年教员甚至教授都高。这样'左'的情况，'文革'前就有，留校的质量不高，业务尖子不足十之二三。

"一辈子跟二十来岁人打交道，到头来不了解现在20来岁人。这就是代沟。有些事应该在中学就解决，比如外语、汉语、历史。我第一次去印度是1950年，华侨高兴，印度人对我们另眼相看；第二次1955年去印度，那时经过了抗美援朝，华侨说，真正看得起中国人是从这时开始。半殖民地知识分子就得有骨气，饿死也不低三下四。现在对学生进行爱国主义教育无从讲起。清华开了近代史课，北航开了唐诗宋词课，起的作用出人意料。学生说，我们不知道祖国有这么伟大的作家作品。谁也没想到会起这作用。

"说到比较文学，只讲欧美的？欧洲讲以欧洲为中心，我们不能。印度古代文化就超过希腊。

"我在清华学西洋文学，后去德国搞梵文。1945年，有人约我去英国剑桥大学。从生活、念书，当然去英国好。我有思想斗争，回绝了。我说，先回去看看，去国11年，不能再离开了。不能搞古典语言就搞别的，有多少书多少材料就写什么翻什么。语言历史都搞，德国小说印度作品都翻过。我不是天生杂家，是逼的。

"三中全会是里程碑，于我个人也是。过去跟外国断绝了关系，本来是同行，可以寄赠作品材料的。1978年后我去了日本、西德，跟以前的老师同学见了面，32年后又跟国外同行接上了关系。但资料还是不行，有钱也买不到。1978年通过北大、北图订某本书，至今渺无音讯。

"我写文章，起了头放下的不知有多少。写一个题目，就应把与此有关的前人的文章都看。

"日本明治维新时期上欧洲，什么书都买下来。搞印度文学、新疆少数民族语言也得有此魄力。搞我这一行，能把资料买全，20世纪是没指望了。我是靠人送一点，自己买一点对付着。我像走钢丝,写着写着,没书了,放下,不然出笑话;以后碰到了书,接着往下写。因为对个人没有什么了不起,人家会说:中国就这水平?……"

季先生的这一段谈话在我那次采访笔记中占了一多半的篇幅,然而我发表出来的那篇文章竟没有引用它们,只是就器重年轻人的问题提了一句。如是当年篇幅所限,则可以理解。如是当年观念还比较守旧,如今早该是公布它们的时候了。那么,是我当时根本没有写到,还是被编辑删节了,似乎已找不到答案了。于今重读笔记本上季先生的这一段谈话,觉得仍然有现实意义。我不禁有些羞愧之感,觉得对人隐瞒了什么,对不起读者。

我们常常犯这样的错误:对别人的谈话,尤其对大师或领导的谈话,断章取义,为我所用,而不是全面地准确地去引用,不是尽可能一字不落地、原原本本地向读者转达。这其实是一种更不好的风气。

曾经开过一次一位部队作家的作品讨论会,他的两篇写陈独秀墓前感念和张灵甫抗日的短文,引出了一个还原历史的话题。迄今为止我们通常见到的写陈、张历史的文字,都有重大的偏颇、疏漏,或故意地隐瞒、删节,因而都失之片面。前者常常忽略了陈在传播马克思主义和建党上的贡献,也忽略了陈是因为不同意斯大林的意见才导致被开除党籍的事实；后者则常常被删节了作为抗日名将的前半生。历史需要我们拉开距离才得以看得更加完整更加清晰。如今这距离早已拉开了，我们其实不需要太多的勇气的。

这话有点扯远了。因为我那篇《为了下一个早晨》毕竟没有伤筋动骨，仅仅是一点点遗忘或删节而已，还未必是故意的。

2011年2月

我不知是喜悦还是忧伤

我从未到过南斯拉夫，仅仅从一位大学毕业后去进修塞尔维亚语的老同学那里听到它的美丽，它的富庶，它的宁静以及它的浪漫，那也是好几年前的事了。我还从荧屏和绿茵场上看到过南斯拉夫，它的剽悍，它的技艺，它的明星好汉们。

近年南斯拉夫发生分裂和战乱之后，我几乎每天都怀着一种惶惑迷惘的心情来看每天新闻联播中必定会有的前南斯拉夫尤其是波黑地区的局势。也常常涌起一股莫名的忧伤。

去年秋天，诗人邹荻帆告诉我他要去广东惠州参加一个海峡两岸的诗人聚会，还说他要去南斯拉夫参加一个国际诗歌节并接受一项奖金。我忽然想到台湾诗人中会不会有柏杨太太张香华，因为张香华曾寄赠过我两本她的诗集，我还没有回赠，我将我新出版的《天堂之歌》交给荻帆，请他便中转给张香华。我想那样我便尽到了礼节，仅此而已。

我没想到的是仅仅过了一个月，我收到了张香华女士寄自台北的一封短笺。

匡满诗人：

在我赴南斯拉夫之前正好读到您的大作，请允许我选其中三四首推荐给南国文坛，因为他们正好要我编一本《中国现代诗选》。临行匆匆，不及得到您的首肯，但我希望您也和我一样乐于见自己的作品译成外文——塞尔维亚文，传播异域。只是南国内战不已，民生日疲，无力付稿酬。书出版后，我会寄上请留念，相信您会原谅我的匆忙。我十一月回台后再和您联络。祝安好！

香华
1993.10.12

我在欣喜之余，既佩服张香华女士的周全与效率，更佩服南斯拉夫人对诗歌的钟爱和痴情。连面包和牛奶都紧缺的年月，他们都没有忘记诗，还是一个遥远的异国的诗。

不久我便见到获帆。他和我讲到受制裁中的南斯拉夫的见闻和南斯拉夫朋友的热情。我开玩笑问他的"诺贝尔诗歌奖"奖金多少，获帆认真地说："一百美金，是个意思，对通货膨胀达到天文数字的南斯拉夫来说很不容易了。"

杨匡满
散文集

我不知是喜悦还是忧伤

　　我更没有想到的是仅仅过了半年，1994年4月2日，我便在台湾的《联合晚报》上得知塞尔维亚文版《中国现代诗选》已经顺利问世的消息。消息是张香华本人写的，肩题是《烽火诗心》，主题是《只有南斯拉夫人会这样》。说它是消息不如说它是一篇散文。张香华在回顾了与南斯拉夫汉学家睹山·巴引博士的交往和编译出版中的苦衷之后，这样写道："很难想象的是，南国的人对中国文坛的熟悉和了解，因此诗选涵盖的幅员广大，大陆诗人计二十位，台湾诗人十三位，美国、香港、菲律宾、新加坡等地的华人诗人七位，总共四十位诗人的作品。这些作品很难说毫无遗漏不同风格的作品，但，在诗坛的代表性上，确实反映了睹山和我的思考和酌量。"

　　两周之后，我收到张香华的短笺，言该书已由海运寄出，预计5月底，至迟6月中旬可以寄到。

　　果然，6月10日我从长江三峡云游归来便收到了装帧别致、印制得极有特点的塞尔维亚文本《中国现代诗选》。我从每个作者的照片和拼音认出了艾青、白桦、冯至、傅天琳、公刘、邵燕祥、刘湛秋、舒婷、邹荻帆、黎焕颐、野曼以及余光中、洛夫、罗门、向明等人。

　　200多页，由于用纸很厚，显出书十分厚实。我轻轻抚摸它光洁的封面，真不知是喜悦还是忧伤。欣慰、敬佩、歉疚、困惑，五味杂陈的感觉油然而生。

战乱中的南斯拉夫还有绿茵还有诗，还有中国的诗我的诗。我直想流泪，痛痛快快流一场泪。

或许恰如张香华女士所说，只有南斯拉夫人会这样。张香华女士几次前往南斯拉夫，都只能经维也纳到布达佩斯再坐六七个小时巴士抵达塞尔维亚。一位因炮弹突然入侵厨房炸死丈夫的寡妇，拿出雪白烫平的桌布铺在仅剩的桌角来招待中国客人用餐，令她感动不已，也更为那些无辜的人民及文化工作者难过。

可我又能为他们做些什么呢？我和我的同胞们的诗，能给战火下的他们一些慰抚吗？

1995年

只为他人作嫁衣

妻子告诉我：谢老师刚来过电话。她指的是谢素台，《安娜·卡列尼娜》的中译者、著名编辑家龙世辉的未亡人。

我赶忙给谢素台回电。谢素台希望我能写一篇纪念龙世辉的文章，并说相信我能写好，因为我该是最了解龙世辉的。我答应了，那是不容推辞的。但我同时感到茫然若失。那么多年的零乱的记忆和纷繁的感情组合成一个混沌的画面，只有得到沉淀之后才能来整理。我觉得，不熟的人不好写，太熟的人也不好写。

两年前4月的一个星期天，黄埔同学会第19期学员在京聚会，地点就在龙世辉家里。19期学员除开躺在医院走不动的，都到了，一共21人，将三间房子挤了个水泄不通。这些当年的抗日热血青年一个个还是身板挺直，正襟危坐，慷慨回首往事。按说我是晚辈，没资格参与这样的集会的，可那天主人特地邀请了我，他们希望通过我向报界披露一点黄埔学子的声音。那一天的午餐也体现了军人风格：由谢素台和另一位"黄埔太太"为每人准备了一份啤酒、面包和炸鸡腿。还记得那一天是倒春寒，风很大很冷。

没想到我的文章还未动笔，便被怀疑得了肝癌而要做多种多样的检查。一时间我脑子里是一片空白。

龙世辉听说我病了，5月2日那天骑了40分钟自行车来看我。我记得，他并没说多少通常的安慰话，更多的是以他对生死的达观来感染我。"了不起真是那个病，又怎么样？我老龙来送你！"

他说，前一阵医生也怀疑他是肺癌，查来查去那几天是很难受的。"结果排除了，原来是一段气管有些弯曲，片子都拍不清楚。所以，尤其是这几天，我劝你要把握好自己的情绪，该干什么就干什么。"

说到这里，龙世辉婉转地提到，黄埔同学问他文章是否见报了，见我这个样子，他也不好催我。那年鲍昌肝癌住院，一个作者去看他，不敢再提请他写序的事。鲍昌却主动说，过两天我就给你文章。鲍昌果然践诺，可不久便去世了。

临去，老龙留下一袋刚上市的草莓，劝我多吃。他是从不给自己买水果的。我留他吃饭，我说："我在你家吃了无数次了，你就这一次陪陪我。"他说："我从不在外面吃饭，是因为家里要靠我做饭。"

他骑上那辆旧车的时候,我突然发现他比以前清瘦多了。

以后的一周是我等待"判决"的日子,我不仅完成了那篇写黄埔同学聚会的通讯,还为中国华侨出版公司的一本纪实文学集写了序,又写了一组诗《拒绝死亡》。我不能不承认,是老龙的话触动了我。

对我的怀疑是真的解除了。如今回想起来,对龙世辉的怀疑排除得过于草率。也就是8个月以后吧,龙世辉被协和医院确诊为肺癌晚期,而且是最凶险的小细胞未分化肺癌。他从不住院,一住竟出不来了。

我和妻子一起去协和医院看他。谢素台在走廊里对我们说:"只对他说是大面积肺炎,已经控制住了。"三四个月未见,龙世辉一下子苍老了10年。因为化疗,头发一下子变得花白和稀少。我克制着心中的悲哀,只说些外边的见闻。可龙世辉主动说:"医生不跟我说实话,可这么个治疗法,我还不懂吗?我跟医生说,你就老实告诉我,我也好安排时间。我这样的人还怕死吗?死也是正常年龄了!"

一个月后我再次去看他,发现他气色好多了。他带几分得意地告诉我:"我的体重增加了4斤,连医生都觉得惊讶。不过还得两个疗程才能出院。"我由衷地钦佩他的毅力,心想他不愧是一条好汉,或许能闯过这一关。十四五岁时他闯过一次生死关：那时他在湘西老家，高烧10天不退，人已昏迷和抽搐。他妈妈说，这孩子怕是没救了。找了附近唯一的老中医，老中医也说，怕是没救了，只有一个办法可以试试：雇两个壮汉到一里外的凉水井轮流不断地挑水往他身上泼。他妈妈照着试了，几小时后，他高烧退了，奇迹般地活了下来而且活得十分壮实。

想起龙世辉这一段传奇故事，真有信心期待下一个故事出现。

龙世辉听说我妻子因妊娠反应太厉害而住院，便要我不要再去看他。"我是垂死的人，你要去迎接新生的人。"

夏天到来的时候他转院了，并且来过两次电话。我听得出他依然是底气十足，便没有在意，准备等我从黑龙江出差回来再去看他。他还是那句老话：你不要来。

就这样，等到我8月中旬从北大荒回来，竟再也见不着他了。我知道他反对遗体告别，"我样子那么难看，别让大家难过了。"他遗嘱里会有这一条的。

作为一个文学界数得着的老编辑，应该说老龙没什么可遗憾的。《林海雪原》《青春之歌》《芙蓉镇》《将军吟》《代价》等一批可以在文学史上整段整段记述的长篇，都曾倾注老龙的心血，有的还是他花几个月时间逐句逐段改出来的。或许可以这样说：当今中国文坛大部分著名的小说家，无不得到过老龙的哪怕是一点一滴的帮助。

八宝山革命公墓的礼堂，里里外外都挂满了花圈和挽联。冯牧、冯骥才、蒋子龙、张贤亮、从维熙、张锲、曲波、牛汉、玛拉沁夫……似乎是一张中国作家"非常"代表大会的名单。这张名单簇拥着这位为人作嫁衣裳40年的无名英雄的遗像。

按说，作家都应该是驾驭语言艺术的专家。实际上有的是，有的不是。确有些作家有虚构情节即编故事的能力，却缺乏文学的基本功；也有的作家知识面偏窄或缺乏提炼生活的经验。一个好编辑的作用便是高屋建瓴地审视并向作家提出修改意见，直到亲自动笔帮助作家调整结构，修改病句，甚至订正错别字。

这也便是抽着劣质烟，喝着酽茶，每每伏案到深夜的龙世辉40年呕心沥血的生涯。

作家们感激他，知情的读者更感激他。可以说，没有他便没有《林海雪原》。《青春之歌》也曾被一家出版社"退修"而使作者一度情绪低落，老龙和另外两位编辑硬是把稿子要来，老龙提了热情的意见并终于促成它问世。40年来由他接生的文学"婴儿"怕该数以百计。当然，也有的作家忘了他也忘了自己是如何成名的，老龙对此只对我说过一句轻描淡写的话：感激他的人大都起先把他作为老师继而把他作为朋友。于是，老龙的案头、床头终年堆着求他看、催他看、甚至"命令"他看的大部头书稿，以致老龙的烟越抽越凶，茶越喝越浓，咳嗽的声音也越来越粗重。

他的家里三天两头断不了有作者来。知道他爱喝酒的，给他带瓶酒来。老龙自然管饭。进饭店进不起，老龙也无此习惯。于是买只鸡买斤肉，总是老龙自己下厨房，猛火快炒，连烧菜也体现了一个人的性格。再佐以辣椒和臭干熏肉，便是龙式便宴的特点。这大概与他有四分之一的侗族血统有关。兴味高时他还自己兑制麦饭石玫瑰茶饮料，加上糖招待不近烟酒的客人，他自己是从不沾糖的。我也曾把这多半是归我喝的饮料称之为"龙氏可乐"。

老龙对自己的烹调技术始终感觉良好，食客却大多不敢恭维。但人们还是习惯于到老龙家里小聚，或者就是路过老龙家顺便"搓"一顿，因为老龙习惯于留朋友吃饭，甚至是留初识的作者吃饭。而朋友或作者也习惯于老龙创造的坦率、自然与真诚的氛围。在他的饭桌上你可以什么都不顾忌，什么都可以讲，包括你的隐私。或许老龙真能帮你排解难言之忧。

这种对作者的热情，与对稿子的热情是同样的。在《当代》杂志编辑部里不时可以听到老龙的大嗓门，那大概就是老龙在"吹"某一部稿子了。读到一部好稿子他便不能克制,这种作为一个编辑的感情的投入是难得的。一个好编辑应当先"热",才能有所发现,待到具体加工时再"冷"再细致一点。这后一点老龙同样做得不比人差,可前一点某些编辑就做不到,给作者迎头一副冷面孔,有潜力的作者也就跑了。

曾经有温小钰、汪浙成的一部写大龄青年爱情问题的中篇寄来,老龙读后便叫:"这样的稿子,领导如果不发,我便自杀!"同事均大笑,笑老龙说得太重太邪乎,可老龙这份为好文章两肋插刀的热肠又几人能有呢?

曾经有部队作家的一部国际题材的报告文学寄来,我作为责任编辑不到一天便签了肯定的意见,老龙读后同样大加赞赏。可由于另一位编辑过于冷静与小心,作者把稿子抽回在别处发表并引起了轰动,此后一提起这事老龙便气得要骂娘。

不少类似的故事在作家群中流传,难怪蒋子龙评论说:这才是老龙的性格。

老龙是《当代》杂志创业时的"元老"之一,他在那里的3年是《当代》的全盛时期。他55岁了,按当时人民文学出版社的规定不再任行政职务。他提议由年轻得多的同志接任,提了4个名字均未获采纳,于是他当即表示离开《当代》。不久,他出任了作家出版社副总编辑,直到退休。

"我是个粗人,我本该去打仗的,吃编辑这碗饭纯属偶然。"老龙不止一次这样跟我说。

黄埔19期学生,正是抗战最艰难时招收的。有的青年步行上千里路前来报考,学校也迁到了山沟里。青年们无不卧薪尝胆,准备着与日寇的最后一搏。

老龙还是湖南分校里那期学生中的小头儿,自然是各项军事训练科目名列前茅。他最得意的是唯有他敢于与曾在日本留学的教官对劈刺。然而,一场大病剥夺了他上疆场的机会,他不得不回老家养病。而这时,军校19期学生开往湘贵交界处与日寇浴血苦战,这也是抗日战争中最后一次战役。待到老龙归队,形势陡转,日寇投降,无仗可打了。老龙说,如果他那时不病,或许就没有现在的老龙了,因为同学中生还的很少。

自然可以去打内战,但老龙不愿意。他脱了军装,天之骄子空军的军装。不打仗想升官发财也可以,对他说来唾手可得,他的姐夫是国民党少壮派高级将领。但老龙犟得很,他考上了辅仁大学,当了一名穷学生,啃书本,睡双层床,到校门口吃猪油渣喝血汤打牙祭,过得津津有味。北平和平解放之前,北平警备司令部受他姐夫之托,派人给他送南飞的机票。他考虑了一下,推辞了。或许可以这样问:如果他接受了机票呢?如果中国文坛根本就没有过这位无私的编辑？的确，这样的事情既不好推理也不好假想。我只能说，一个人的偶然行为（对老龙说是必然）常常能影响一段历史。如果从这个意义上来评价老龙对中国文坛的功绩，怕是恰当的。

没有从武是个遗憾。于是老龙爱"吹"他的体格，爱吹他的徒手搏斗，以后又爱吹他的球技。他说他当排球队长时曾扣球将对方一个球员扣倒在地上岔气半分钟缓不过来。这大概也是一种心理上的补充吧。

细细回忆起来，老龙恰恰没在自己的文学能力上吹过。甚至可以说，有时他还有一点自谦自卑，说自己没才能，只能帮帮别人。他对于古典文学和传统的现实主义手法，可以说驾轻就熟；对于这些年新起的诸如现代诗派、魔幻现实主义、意识流之类，他感到陌生但并不排斥，散步或串门时他也不耻向年轻同志请教。我想并不是所有编辑都有这种艺术上的兼容精神的。可以这样说，老龙是在一个清贫的时代选择了一个清贫的职业，他的大半生是在简朴甚至是拮据中度过的。他的父亲解放初被错杀，30年后才获平反。他是长子要赡养母亲，他是长兄要抚养弟妹，他还要尽父亲的义务。他的稿费不多朋友却很多。饥饿的时候，他进过小饭馆，为的是捞两碗不花钱的稠面汤；可别人送他的一个鸡蛋他却慷慨地分了同屋人一半。这些今天看来可怜可笑的细节当年还真是天方夜谭般美丽。

也就是这十来年，老龙开始过得比较轻松一点，也添了一点二三流的家具。他也做了几回黄金梦，梦想自己做了百万富翁之后拿出钱来赞助女排（他是个彻头彻尾的排球迷），还梦想买一栋楼办一家出版社给文学界朋友出书。他说到这些设想时总加大嗓门，似乎明天就可以举行新闻发布会。

突然有一年，这个黄金梦居然有了一个清晰的轮廓：那是他去香港见他的从台湾专程来的姐姐。几十年的隔绝，观念自然很不相同了，但姐弟那份感情总还很深。临别，姐姐告诉他，她和姐夫临离开大陆前在湘西老家的某处埋有二三十根金条，现在打算把这笔财产送给他，如果能找到的话。

拿着姐姐的字据，老龙着实激动地筹划了好一阵，主要是拿这笔钱做什么。不过他最后的决定既不是赞助体育也不是买楼，而是捐给中国作家协会。因为马上要成立中华文学基金会。老龙的此番豪情惊动了他的湘西老乡、贺龙元帅的长女贺捷生以及贺捷生的丈夫、武警政委李振军，一封信写到湖南省委书记毛致用那里。于是，武警出动保驾老龙衣锦还乡，根据老龙姐姐提供的示意图连夜挖掘。

挖掘结果是空手而归。当年兵荒马乱，盗匪横行，连老屋都难辨认了。看来，黄金是早被人掘去了。空欢喜一场，老龙依然如常。书稿和作者是他最大的财富，几十条"黄鱼"算什么？或许老龙的最大遗憾是没能看到他自己的自传体长篇小说的出版。老龙替别人改了一辈子小说，退休之后，62岁之后才有时间来写自己的小说。他那根长长的生命之烛，一直在照耀别人，等到照耀自己时，只剩下短短的一截了。

我有幸做了这部小说的第一读者。给我的印象是：老龙在营造氛围、描写细节、驾驭人物语言方面，确实精到地体现了一位编辑家的功底。掩卷之后，我又似乎不满足，似乎感到他有些为自身的经历所局限，而未能在传统的文学手法上多一点突破。但我感到这是不能苛求于老龙的。待到他能静下来，以自己生命所剩无几的热力，接连一年半时间，通常伏案笔耕至午夜，才得以完成这部30万字的巨著。老龙的健康状况急剧下降，这是最重要的原因。

我想无论是作家或读者都会有兴趣从他的书中了解这位编辑家的一生的。

其实老龙早已不仅是一位编辑家。他的寓言作品被选进多种版本的寓言、童话集，被选进《中国新文艺大系》，曾获得全国寓言创作一等奖。然而这些作品，是他用为别人作嫁衣裳的一点点空闲，他生命的五十分之一、一百分之一的时间写出来的。他完全可以多用十倍的时间自己来写，那又将怎样呢？

他去世前两年才出版了他在世时唯一的著作：《龙世辉寓言集》。很薄的一本，连书脊上的字都看不大清楚。但我相信它的分量很重，会留下来，会经得起时间和读者的检验。有的人凭着活动能力或"赞助"一年能出好几本书，倒未必能给读者留下什么。

老龙也有追悔莫及的，那便是抽烟。他是直到进了医院，医生把谢素台叫出去说老龙病情严重，老龙这才开始戒烟的，并且劝别人也别抽烟。

老龙生前喜欢蓝色。这是一种豁达的色彩，海洋和天空都是蓝色。他说："我什么都经历了，没什么可留恋的了。"他要重新成为大自然的元素。火化的那一天，天空正是一片蔚蓝。老龙可以瞑目了！

1992年

在塞尔维亚作协做客

一年一度的贝尔格莱德国际作家聚会已经连续举行了24届。说到作家聚会，其实来的几乎都是诗人，所以叫它贝尔格莱德诗歌节更合适。这个节原来是由南斯拉夫作协主办的，这些年自然由塞尔维亚作协主办了。不过别小看这个节，二十多年来有10位诺贝尔文学奖得主参加过呢。本来今年中国作协不准备派团了，可塞尔维亚的朋友说：你们不来怎么行呢？诗歌节还有一个中国日。就这样，我们一行5人在国庆前两天的凌晨飞抵了这座名城。

主人把我们安排在离作协不远的布拉格饭店，出饭店左拐上一条小街，沿慢坡上行，绕过莫斯科饭店和共和国广场，就到达法兰西大街7号，那座旧式小楼就是塞尔维亚作协。其间大约要步行20分钟，还不能太慢。其他国家的代表也都安排在附近的饭店。塞尔维亚作协可不像中国作协财大气粗，他们没有一辆公车，据说也只有一个拿工资的工作人员。举办这样大型的活动要向文化部申请部分经费，再就是靠安德里奇基金会拨款。安德里奇是前南斯拉夫唯一的诺贝尔文学奖得主。根据他的遗嘱，以他生前死后的版税成立了基金会。举办这样大型的文学活动还得有一些志愿者，大多是"离退休老干部"。比如到机场接我们的是塞尔维亚文化部前部长、出任过驻捷克大使的斯托伊契奇；安排我们一行，也是大会秘书长的是作协外联部主任、出任过驻澳大利亚大使的德拉甘。

早饭当然是在饭店。中、晚两餐则由作协马路斜对面的一家老战士食堂包伙，作协给我们发了几张花花绿绿的饭票。这样，在贝尔格莱德的一周中我们每天要两次往返法兰西大街，等于是行军锻炼了。说到吃饭，几乎餐餐都是一块大肉饼，一碟生拌洋白菜丝，一杯饮料，一份汤和甜点；区别只有洋白菜上或是加几片黄瓜，或是加几片西红柿。两天下来，尤其是享受惯了天府美食的两位叫苦不迭。但转而一想，塞尔维亚青年就是凭着这样简单营养却绰绰有余的饮食，在世界足坛、篮坛、排坛、网坛都创造了骄人的战绩。

开幕式的前夜是欢迎酒会。作协的两层小楼，宽敞的木楼梯和同样宽敞的木走廊，连接起七八间大大小小的欧式办公间，墙上都镶着绛红色的木板，大书柜也是绛红色，营造出一种古典和庄严的氛围。据说有少数房间已经出租给什么公司了，但多数还是作协的地盘。参加酒会的24个国家的54

位诗人，可以自由穿梭于各个房间。也有不少人就在走廊上边端着杯子边谈话。不通英语历来是中国作家的弱项，我们只能扎堆而行。但主人有意把我们安排进了作协主席那间办公室。同时被邀请的只有俄罗斯的6个人。这次俄罗斯来的作家最多，中国其次，别的人数就不等了。许多国家只有一个人来。

  酒会没有致辞，没有预定的发言，只有说笑、照相，以及我们的手势语；没有佳肴美酒，只有果汁、香肠、啤酒和小甜点。相聚使我们很开心，语言不通又让我们很无奈。当然有塞语翻译，还是我国前驻塞尔维亚的文化参赞刘鑫泉。可诗歌语言的沟通靠一般翻译显然是不够的。好在这次我们来了两位女诗人，于是她们的服装、容貌就成为外国诗人们谈笑的重要话题。塞尔维亚作协主席斯尔巴也在，他是个胖胖的短发的老头，一件套头衫外加一件夹克，很宽厚很慈祥地望着你，却不说话。

  第二天的开幕式，是租在市中心一所中学的礼堂举行。这所礼堂可容400来人，有时还可以举行音乐会。开幕式是开放式的，除了24个国家的诗人，贝尔格莱德的文学爱好者、学生，可以随便来。我粗粗数一下，到会的大约200人吧。开幕式的方式我们谁也想不到：舞台中央一张不大的长桌，就坐着作协主席斯尔巴和秘书长德拉甘。自然没有中国开会时必不可少的桌签了。斯尔巴依然没有穿西装，像市场上卖水果的老头。

作为开幕式的序曲，以木笛大师博拉为首的木笛、钢琴、手风琴三人组合友情演出，演奏了几首悠扬的曲子，把人们带进一种牧歌般的境地，我听得几乎有些陶醉了。想到目前在我们国家各地举办的这节那节，无不以一场大型歌舞来拉开大幕，动辄花上几十万几百万才算"文化搭桥"，我不由得十分感慨，我们是不是太奢侈太浪费了？

紧接着，主持人提议为前一天刚刚去世的贝尔格莱德市市长奈纳特起立默哀。然后就是文化部部长助理伊瓦娜代表部长向诗歌节表示祝贺，她的祝贺词只有30秒钟。

再接着就是各国的诗人轮流上台用母语朗诵他们的诗作，事先译好了英文并转译成塞尔维亚文，由演员再朗诵一遍。与会的女诗人较少，根据秘书长提议，我就指定四川诗人冉冉代表我们了。

诗歌节的日程其实主要是参观访问。以后几天里，我们参观了安德里奇纪念馆，离贝尔格莱德很远的一处墓葬，一个静谧又初具现代化的乡镇，通体白色的教堂，民族英雄纪念馆，铁托墓，两次大战的兵器博物馆，……反正除了远郊，都靠坐公共汽车或者走路，难得乘一次出租车，就跟拉练似的。在国内娇惯了懒惯了坐车惯了，这些天倒是把腿上的功夫又捡回来了。有些国家的诗人转道去黑山共和国了，我们没有办签证，就去参观了当年被炸的中国大使馆。

那天我们去食堂路过共和国广场时巧遇塞尔维亚第一小提琴特里波，因为翻译刘参赞在使馆文化处多年，他的朋友太多，且都是这里的文化名人。特里波当场邀请我们在中国国庆节晚上去他家做客，还邀请南斯拉夫国际科教文体合作委员会前主席斯塔梅诺维奇夫妇作陪。斯也是诗人，还曾是驻俄罗斯大使。

一所普通公寓，一次家庭宴会，小小的派对。特里波的住房仅三小间，厅也不过十几平方米，但布置得十分优雅，没有一件多余的东西。特里波太太已经在厨房摆好了一盘盘煎番茄、煎大椒、香肠、牛肉饼以及黄瓜和生菜，供客人自由取用。喝的是上等的葡萄酒。每个人都要喝酒、唱歌。于是中国民歌、塞尔维亚民歌、俄罗斯民歌、意大利民歌，你就放开嗓子唱吧。特里波时不时坐到钢琴前作即兴伴奏，还跟他太太做鬼脸开玩笑。最精彩的当然是特里波父女三人的钢琴、小提琴协奏，这个音乐家家庭曾经到中国演出。没想到的是，斯塔梅诺维奇从口袋里掏出一把口琴，他的口琴悠扬得好像是从牧场上传来，把我们带回了少年时代。

没想到的还有大使夫人拿着一本英文版《中国妇女》，封面是铁凝照片。她问我：为什么中国前两任作协主席都是年纪很大、资历很深的作家，而这次选了一位年轻女性？我说：这几年中国涌现了一批很有才华的女作家。

国庆后第二天是在托波拉市举行朗诵活动。照例先是中小学生的民族舞蹈，然后各国诗人登台朗诵。当辽宁女诗人萨仁图娅穿一身蒙古袍登台时，可以说引起了剧场小小的轰动，因为人们特别是那些中小学生，一定是第一次见到这样的"奇装异服"，于是要她签名的、照相的围了一圈又一圈。

是晚回到法兰西大街，在作协一楼唯一的小礼堂举行中国诗歌之夜。我作为团长讲了一段关于诗歌的过去和现状的话，对于塞尔维亚在战乱和被制裁的年代里还出版中国诗歌并选了我的诗表示了感谢，甚至还对许多塞尔维亚教练来中国帮助中国足球表示了敬意。来自四川的评论家曹纪祖也讲了几句格言式的话。我看到大家真诚地笑了，鼓掌了。我想我们此行的任务也就完成了。在场记者表示要全文发表我的讲话，我想我们可能看不到报纸了也看不懂呀。

有诗没歌不叫诗歌晚会。刘参赞的朋友、塞尔维亚第一女高音梅里玛从外地赶回贝尔格莱德，就为的是给中国日助兴，她唱的是中国歌曲《思念》（你从哪里来，我的朋友）。当晚会结束，大多数人散去之后，她留下来和我们继续唱歌。

一周时间就这样匆匆而过，分别的一刻终于到来。在共和国广场边一家餐厅，几乎没有说过什么话的斯尔巴主席动情地说，你们这一次是最亲切最成功的一个团；他还提出，希望在中国出版塞尔维亚当代诗人的诗选，同时在塞尔维亚也出版当代中国诗人的诗选。我说，我会转达大家的情谊，尽管我不知道会不会再有机会见面，但我会永远想念塞尔维亚朋友们，想念贝尔格莱德。

2007年10月—2008年10月

台风擦过乌苏里斯克

我喜欢去那些不是景点,或短期内不会成为景点的地方旅游;我也更喜欢邀约三两好友同行,而目的地也最好有三两好友。

于是乌苏里斯克成了我这个夏天的向往。这个地图上最小的圆点,这个在西伯利亚和远东都常常被忽略的城市,竟然让我隐隐激动了一些日子。

与我同行,准确地说领头的是退休多年但身体相当健壮的牡丹江市前文联主席兼画院院长刘国仲。还有两位同行者都来自大连,周海斐和谭铭桥。他们都曾是大连开发区的元老,周还曾是首长;他们也都退休多年,是我数十年的老友了。他们青春时代有下乡甚至插队落户的经历,我借此忽悠他们:在酒店在大城市待久了,不妨换个环境,跟我去远东乡下走走,领略一下异国风情。

乌苏里斯克有老刘的好几位俄罗斯画家朋友。苏联刚解体那些年,俄罗斯相当困难,老刘接待了他们,安排他们住在自己建的被称为"遂初园"的乡村别墅里，写生、创作，一住三两个月，天天有酒有肉，还可以钓鱼，一切免单；还安排他们去镜泊湖游览，帮他们卖画。他们中有俄罗斯功勋艺术家，也有几年后成为功勋艺术家的。因此老刘的名字在乌苏里斯克画家中如雷贯耳。

但是我不放心老刘。这个英俊然而粗粗拉拉的龙江汉子犯过许多低级错误：前年他在广西北海给我电话，邀我去海南住一阵，我亏得没有上飞机。他以为海口和北海是一回事。再前两年福州的朋友邀他去作画，他自以为福州是省，厦门是它的省会，于是买票飞往厦门，害得朋友到了福州机场又赶往厦门机场。而老刘讲起这样的事情总是笑眯眯的还带点光荣感。就在前几个月他还把护照丢了。你说，跟这厮走，还不是凶吉莫测吗？何况他俄语没有几个词，仅会肢体语言，拥抱啦、啃脸啦、干杯啦之类。都是快70岁的人，别把命折腾进去，再搭上我两个好友。

可老刘信心满满。他是牡丹江市人大常委，旅游公司也破例为这个最小的团配一个翻译。有翻译我心里就踏实了。

我们的大巴是9点半钟从绥芬河出关的，几十米就进俄罗斯境，就查护照；到20公里外的波格纳奇内，又有俄边防警察两次上车查，过海关再查。每次耽误5分钟10分钟，加起来是多少？这让去惯了香港、东京的大连朋友好一阵感慨和无奈。好不容易出关了，来接我们的小巴是一辆日本杂牌二手车，连垫在地上的麻袋片似的地毯都又破又脏，车厢里一股尘土味。这让我想到巴勒斯坦或阿富汗难民，无非也就这样吧？开车的尤拉是格鲁吉亚人，我很奇怪格鲁吉亚人怎么移民到了远东。

穿过丘陵就是旷野，旷野接着旷野。无边的绿和间杂的枯黄，牛蒡花和芦苇花，偶尔有几个草捆。大片闲置的耕地上，没有牛群羊只，宁肯荒芜也只留给自己子孙。沥青公路也就相当于中国的二级公路，其中三两段还没有铺沥青，跟我15年前经过时没什么两样；倒是新增了几处桥墩，但看不见有人在施工。俄罗斯就是这样，不慌不忙，悠闲得让你没有脾气。唯一的优点是道路上车很少，也几乎没有交叉路。车像练蛇一样游向大海。

116公里走了整整两小时。翻译用手机跟瓦洛佳联系上了，车直奔市中心，只5分钟，就停在了乌苏里斯克饭店对面马路边。

老刘快步穿过马路同等在那里的瓦洛佳拥抱。我们心里一块石头终于落地了。想必老刘早在牡丹江已通过翻译向对方做了介绍，瓦洛佳也像老朋友那样拥抱了我。

萨沙也到了饭店大堂。他与瓦洛佳都是功勋艺术家。一位已经81岁，一位74岁，这让我们激动又不安。办入住手续费了点时间，因为听说远东可以用人民币，就没去换美元。其实不行。瓦洛佳只好陪着老刘和小翻译去附近的西伯利亚银行换钱。这时间我和萨沙就这么互相望着，微笑着，我偶尔说几句，还不知他听懂没有。

进了房间，老刘说，整个乌苏里斯克也就这个宾馆，五六年前他住过，这次来已经装修了。从中国的标准看，至多也就2星级，但很干净，走廊都是木地板再铺地毯，电梯口和服务台装点着几盆绿色植物和花。电视是中国产21英寸的，要在中国10年前就淘汰了；卫生间的设备也都是中国产品。这跟食品不一样。15年前我在海参崴的超市见到许多中国食品，我还买了两盒广东产的牛奶。而今中国食品的声誉一落千丈，被逐出了俄罗斯市场，除了几种水果是从中国进的，再没有中国货。连方便面都是韩国产的。

远东和北京时差是3小时。下午3点就该吃晚饭了。也就是说，到乌苏里斯克的第一顿饭，午饭和晚饭合一起了。

瓦洛佳开的车，只拐了两个弯就到了饭店。萨沙已经在门口等候，而奥丽亚和她丈夫伊万已经从180公里外的海滨别墅赶来。伊万也是全俄美协的会员。他们两夫妇年轻，50岁上下吧；再就是阿拉·玛拉多夫娜，她也70岁了，是乌苏里斯克儿童美术学校校长，俄罗斯功勋文化工作者。奥丽亚、谢廖沙都是她的学生。

这样，除了正住院的谢廖沙，乌苏里斯克美术界的大腕儿就到齐了。老刘的魅力和肢体语言有了充分显示的机会。俄罗斯的餐厅跟中国一样，不准自带饮料。老刘带的什么参茸壮阳酒之类只好统统送给他们。大瓶的伏特加打开了，除了老刘我们谁都喝不惯。老刘搂完这个又搂那个，不断说着"走——"，也就是干杯。大连的老谭曾经留学英国，奥丽亚懂英语，这就多了个翻译。我和老周的俄语都"丫丫呜"，只好跟阿拉一起唱歌。阿拉调侃我，说我唱的歌她都懂而我说的俄语她没怎么听懂。我就调侃老刘，说刘是中国的大地主，大家一起打倒他。

直喝到唱到暮色苍茫。原来餐厅离住的饭店不远，我们就穿过小广场溜达回去。这一片是乌苏里斯克设市时最早的建筑。1866年设市时候建的邮局，居然还在用；再有军事书店啦，银行啦，都是百年以上的建筑，也都在用。装修一下，油漆一下，都跟新的一样。

顺路经过美术家协会，我们就上去看一下展厅及几个画家的工作室，对俄罗斯东方画派有了个初步印象。可毕竟是晚上，有的屋灯光也坏了，我想明天还会来的。

夜里居然很闷热，很快又起风了。为了明天的日程大家争了起来。老周和老谭当然希望去海参崴，早去晚回，海参崴毕竟是旅游城市，可看的地方多。可是得单租一辆车，怎

台风擦过乌苏里斯克

么租,价格如何?瓦洛佳说路上可能要查通行证,并做了一个警察让你双手背着脑袋下蹲的动作。因为亚太经合组织首脑会议要开了,据报俄方出动了上万名军警。刚过一会儿,小翻译又说通行的问题不大,但超强台风布拉万马上要到。我和老刘去过海参崴,主张就在乌苏里斯克"深度游"。如此两次反复。这样的时候,往往"小角色"起关键作用:翻译小李去过无数次海参崴,他积极性不高,又重提那个通行证的事情,老周和老谭就无奈了。老周建议去画家村,可那是在海边,要驱车180公里,谁来租车开车?来回一折腾,骨头架子都散了。最后的结果只能是牺牲大连友人的愿望。

凌晨即起,风大了,云朵舰队似的从头顶驰过。我和老周走出宾馆散步,好好看看这个城市。

原来宾馆就在城市最中心。往北百十米就是广场,就是市政府大楼。那楼仅6层,火柴盒状,简朴得不能再简朴,也没有门卫。从墙上的牌子看,乌苏里斯克报也在楼里办公。近马路上一尊很高的雕像,颜色发乌,我竟分不清是铜铸还是铁铸。是一个举枪士兵的雕像,雄伟、质朴,又显得粗糙。我注意到基石上刻着1918—1922的字样,还有一行字是:为了苏维埃的光荣。我即刻明白了,这是为了纪念苏联国内革命期间红军同邓尼金白军的斗争。

广场旁边居然还有七八个人在施工,铺地砖,绑钢筋。

原来是几个中国人。工头模样的是个挎包的女人，他们是黑龙江东宁来的。一个很帅的小伙子，我说你可以去拍电影，他笑了。问他工资多少？他说一个月合人民币7500元。这么说来还是可以的，估计俄罗斯一般工人的收入也是可以的，只是劳动力太稀缺。

环顾周围，这座远东的平原小城，除了政府大楼，除了8层高的宾馆、广播电视楼，很少有超过3层的建筑。但建筑物之间疏密有致，也都保留着一个世纪前的风格，看得出城市的规划来。

用过早餐，风夹着细雨越刮越大，雨伞根本没有用。看来台风真来了。人行道上突然飘落了许多树叶，在跳着旋舞。有很多酸梨树果子也掉了下来，老刘说拣了是可以吃的。听说大连、海参崴那边树枝都刮断了。

最终的决定自然是放弃海参崴。我们顶着细雨去美术家协会，原来往南只一站地，往左一拐就是。这时候我才注意到一个小的交叉路口，人行道边有一尊铜像，一个人站立着，一只手托着下巴沉思的铜像。比起广场那尊战士像来，这雕塑艺术水平要好得多。它应该是20世纪五六十年代苏联兴盛时期的作品。我一看碑座，是尼古拉·涅克拉索夫。原来宾馆、广场、政府大楼所处的街就叫涅克拉索夫大街。我只奇怪：涅克拉索夫到过远东吗？到过乌苏里斯克吗？一个月后我在北京拜访俄罗斯文学的权威高莽先生,他特地查了俄罗斯大百科全书,涅克拉索夫并没有到过乌苏里斯克或远东,倒是他的好友杜勃洛留波夫曾流放到这一带。高莽先生看了我拍的照片,也觉得有意思,因为在俄罗斯的城市,普希金像是很常见的,而涅克拉索夫的像,他只在他家乡萨拉托夫见过。我于是只能用涅克拉索夫的诗来解释了:"在俄罗斯谁能快乐与自由",原来即使在西伯利亚,在远东,俄罗斯的灵魂也高高地矗立着。

然而风雨好像突然间拐弯去了别处,浅浅的天光透过云层洒下来。大街上一辆中卡开道,后面是长长的方阵。我以为是什么游行,不对,并排走在前面的是一位东正教神父和一位穿绿军装戴蓝色贝雷帽的军人,跟着的头两个方阵都是军人,然后才是群众的方阵,主要是妇女。队伍相当长,足有半里地,既无标语也没有人呼喊,队伍显得很平静很肃穆。

今天不是礼拜日,也不像送葬的礼仪。我奇怪地问翻译,他也不知道。他问过瓦洛佳,我才得知他们是去教堂,这是个为士兵祈祷的日子。我恍然悟到:俄罗斯人对疆土、对士兵多么敬重。

美术家之家到了。昨晚走的是侧门,今天是正门。白天的感觉真是不一样。一层是展厅、销售厅,二层是画家们一人一间的工作室。比如俄罗斯功勋艺术家萨沙（亚历克山德鲁·瓦西列也维奇·特卡钦柯）、瓦洛佳（弗拉基米尔·阿尔焦莫维奇·谢洛夫）、奥丽亚（奥尔加·基莫芙娜·尼基特奇克），以及俄罗斯文化部奖金得主谢廖沙（谢尔盖·伏拉吉莫维奇·戈尔巴其）、全俄美协会员伊万·捷连奇也维奇·尼基特其克等。

走进萨沙的工作室，一种沉郁、辽阔又五彩缤纷的感觉扑面而来，就像俄罗斯大地那样。海岸、港口、树林、木船、乡居、原野，萨沙眼中的天空似乎更多了些暗蓝色，我不知道是否是那个年龄段的俄罗斯人的心境。一看便知，萨沙的作品有好几幅取材于牡丹江老刘的庄园。瓦洛佳的年龄比萨沙略小，风格有些相近，但他笔下的天空多些浅色，近景的线条也更细些。再看谢廖沙、奥丽亚和伊万的画作，他们的色彩明显地鲜亮。我想他们毕竟是年轻一代，或许经历不一样，视角不一样，情感深处积淀的东西不一样。

俄罗斯的远东画派是俄罗斯绘画艺术界值得骄傲的一支队伍。俄罗斯有三大美术学院，即列宁格勒的列宾美术学院、莫斯科的苏里可夫美术学院，再就是海参崴的远东美术学院。远东画派多以大自然、田园为背景，继承了俄罗斯传统的写实主义风格，又借鉴了从古希腊、意大利文艺复兴直至近代巨匠们的表现技巧，甚至融入了印象派的绘画语言。

而无边的辽阔苍凉、漫长的冬季、多思和忧郁、对温暖的向往，……这一切又渗透进有俄罗斯性格的骨髓，也渗透进他们艺术的骨髓。我是相信地域文化这一概念的。25年前我曾经乘火车横穿西伯利亚和乌拉尔去欧洲，白桦林接着白桦林，荒原接着荒原，我体味到为什么俄罗斯才能出柴可夫斯基和列宾，体味到当年正是荒寒辽阔的西伯利亚才庇护了高贵的欧洲。

我这个门外汉也只能如此胡乱评说了。我请教了北京一位画家，他说俄罗斯美协成员有七八千人，其中功勋艺术家不过一二百人。我又从网上查到，凡是功勋艺术家都有20年以上的职业经历（舞蹈家除外），参加过国内外多次展出。而且，授予这一称号需有俄罗斯总统签字。当然，人民艺术家更需有功勋艺术家做起点10年以上的资历，并且有国际影响，那是更高的荣誉了。请想想，乌苏里斯克总人口不过16万，居然有三位功勋艺术家，你能小看这座城市吗？

展厅和每个工作室四壁都挂满了这几位画家的作品，让你除了惊叹便是震撼。萨沙的画已经是非卖品，他说他不再画海洋系列。俄罗斯油画被视为国宝，不准带出境；出境需出具文化主管部门证明及发票。除非画家自己带，不然，海关如果查到，一律没收。

老周邀请他们于明年春暖花开之后到大连长住一段时

间,既休息也作画。秘书长奥丽亚说最好搞一个展览,时间10天为宜。老周和我还当即交给奥丽亚1000美元,预订她和伊万的画,请他们明年带到中国。奥丽亚要写收条,我们说不必了,奥丽亚坚持写了,并注明了画作的内容、尺寸。

午饭还是去昨晚的餐馆,就在近旁。归途逛了一家百货商店,按中国的标准来说不大,但应有尽有,特别是食品之丰富,更是15年20年前不可比拟。

下午我们应阿拉·玛拉多夫娜的邀请去她的学校。从宾馆往北,穿过广场,左拐进一条小街就到。刮风下雨使得本来就年久失修的人行道上积下了许多枯枝落叶,可你看不见一个行人扔的塑料袋、餐盒、易拉罐或者空酒瓶,也没有衣冠不整者或行乞者。这也让我五味杂陈。

阿拉的学校是儿童美术学校。三间教室,每间都叠放着小二十个塑料凳子。两个厅挂满了学生们的画,其中有临摹的"蒙娜丽莎";边上放着许多铜炊、花瓶、水壶甚至中国屏风等收集来的实物,既是一种收藏,也可让学生们写生。厅里还有钢琴,电视正播一段美术家们开会发言的录像。于是老周和老谭拿我开心:快拍下来!他们正朗诵你的诗呢。

奥丽亚来不了了,她和伊万要紧急赶回他们的家,得赶180公里啊。他们的别墅就在海边,游艇也拴在海边。这次几十年不遇的台风会造成什么结果呢?我们只有祝他们好运了。

台风擦过乌苏里斯克　　杨匡满 散文集

　　阿拉自己动手，切黄瓜、西红柿、萝卜、香肠，从中国餐馆买了两个咕咾肉之类的熟菜，打开伏特加和矿泉水，烧好茶，就是盛宴了。阿拉抱来一堆木柴，在壁炉里码放好。现在是夏天，可壁炉里火焰升起才是真正的盛宴。

　　阿拉点火，举杯，致辞。大家一阵欢呼：乌拉！老刘致答词，邀请阿拉跳舞。都是奔"70后"的人了，都回归童真了。我们跟老刘打趣：20年前你怎么没有勇气，在遂初园把阿拉搞定不就完了？省得为跳个舞跑那么远，还让那么多人陪着。

　　谢廖沙突然进来，他还住着院，瞒过了医生和家人，来看看他的老朋友国仲和几位新朋友。他说车在外面等着，他只能呆半小时。

　　都是有情有义的人哪！我还觉得，无论是德高望重的萨沙还是学生辈的奥丽亚、谢廖沙，他们身上丝毫没有那些所谓艺术家的孤傲、虚浮和狂狷，却有更多的质朴、真诚和谦和。这难道仅仅是一种地域性格？

　　我们不敢让病人多呆，也不敢让老大哥萨沙太累着。由于老周、老谭和我自牡丹江返程的机票已定，我们明天午前必须离开乌苏里斯克，赶回牡丹江。况且明天的车辆还没有定下来。人生就像一场接一场宴席，再难割舍也会曲终人散。

　　夜幕垂下，西天几片红云。台风擦过，几乎没有留下痕迹。掐头去尾，我们在乌苏里斯克停留的时间不会超过48小时。我最早的如意算盘是住一周，后来兼顾其他几位的意愿改为4天，再后来由于老刘"那厮"忘了俄罗斯海关周六周日法定休息不放行，让我们在他乡下干等了两天，而赴俄行程也不得不再缩短两天。这实实在在让我无奈。我们不也像这次台风来去匆匆吗？或许只留下几片落叶，还有歌声。

还是两位最年长的来送我们。然而萨沙的儿子叶夫根尼也来了，他昨晚刚从中国回来。他早已是全俄艺术家协会会员，也是阿拉的学生。他近年来往于哈尔滨、广州和乌苏里斯克，搞画展和商业活动。如此看来，老一辈画家的接力棒已经交到了叶夫根尼手中。

萨沙给我们联系了一辆车送我们去波格拉尼契，车比来时旅游公司联系的那一辆好多了，车费却不到来时的一半。大家握手、拥抱，共同期待着来年的聚会。

诚然，我们留下了诸多遗憾，特别是老周老谭，没能去海参崴，那毕竟是旅游城市。中途在格城休息时我们遇到了从湖北甚至从云南腾冲去海参崴的旅游团，我们没能像他们那样去看远东大铁路的尽头，看两次大战的功勋潜艇，看阿穆尔湾，看跨海大桥，看它的夜生活。但假如你随便报名一个旅游团，这些都可以补上。而乌苏里斯克虽然没有什么景点，淡泊得就像它所处的平原旷野，你要是错过了这一次，就永远没有机会。

再见了,乌苏里斯克!普希金说:一切过去了的,都将成为美好的记忆。我想,再多的遗憾终归不如去了一次,哪怕只有48小时或者更短。

2012年9月 乌苏里斯克—北京

裕固帐前的遐想

我一听说要去金川的裕固族帐篷做客便想起我的匈牙利朋友卡尔玛·埃娃。上初中时我便知道中国有55个少数民族，可至多也只能记下三四十个。我真正记住了裕固族竟是由于卡尔玛·埃娃的到来。

那是1985年秋，我在北京接待卡尔玛·埃娃。她是以布达佩斯欧罗巴出版社高级编辑和汉学家的身份来执行中匈文化交流协定的，主要是同人民文学出版社商谈互相翻译介绍两国当代文学作品的事项。她以前翻译过元杂剧《秋胡戏妻》《生金阁》和《看钱奴》，她在北大毕业时的论文还是关于元曲的。

难得来一次中国，总得去几个城市旅游一番。我们尊重卡尔玛·埃娃的愿望，先安排了她的敦煌之行。对于国外的汉学界来说，敦煌无疑是如同麦加一般的最高圣地。

敦煌之行使她十分兴奋。她既惊叹于久违了20年之后的中国的变化，也说了些不尽如人意的地方。临了她说："不过我最大的遗憾是没能去探访一下裕固族，他们就住在祁连山南，离敦煌不很远了。"

裕固族？我这才唤醒这个初中时一闪而过，如今很遥远很模糊的字眼。而这位匈牙利知识女性何以对它特别青睐呢？

第二年我回访匈牙利，在卡尔玛·埃娃的陪同下，接触了许多位研究中国历史、文学、艺术、民俗的汉学家。几乎所有的汉学家都跟我提到这个知名度似乎并不太高的裕固族。

欧罗巴出版社的同行告诉我：他们出版的中国藏族民歌选一次印了6000册，两天内销售一空，准备加印1万册。如果专门出版裕固族民歌选，或许发行量会更大。

我被这数字惊呆了。于今藏族民歌选在10亿之众的中国都未必能销1万册，匈牙利人口不过1500万，何以对中国的民歌有如此大的热情？

卡尔玛·埃娃告诉我：这是因为藏族民歌中许多想象、比喻同以前的匈牙利民歌很相像，裕固族民歌中相像的更多；当然，这更是因为许多匈牙利人都以为自己的祖先是从亚洲过来的，具体地说是从中国西北部过来的。

我终于醒悟到这种强烈的寻根意识和深层的文化探索。匈牙利有文字记载的历史仅一千年，一千年以前他们居住在哪里？据考证可能是在伏尔加河下游。那么两千年前又在哪里？

匈牙利人被东方人视为西方人，又被西方人视为"从亚洲来的"。匈牙利语言既不属拉丁语系，又不属斯拉夫语系，它属于芬-乌戈尔语系的独立语种。如今与它语言上最接近的民族是散居在亚洲鄂毕河流域人仅数千的伏古尔族和奥斯佳族；匈牙利人姓在前名在后，这在欧洲又独一无二；匈牙利人的饮食最接近中国人的口味；匈牙利人的平均身材在欧洲显得矮小，很多人的眼睛是黑色的；……

难怪我处处感到匈牙利人对我这个中国人的好感，以至不多说话的欧罗巴出版社的司机突然跟我开玩笑，说匈牙利的小姑娘都喜欢我，……

当我的遐想从多瑙河—蒂萨河平原飞回这河西走廊与腾格里沙漠之间的金川时，我们一行人已在金川公司屈丰泰先生的引领之下来到了草原裕固帐的大门口。在手提放音机播放的粗犷与辽远的歌声之中，唐达成、蒋子龙、程树榛、陈丹晨、高洪波、袁和平和我以及台湾来的李锡奇、古月——接受了主人献的红哈达，并将小铜碗里的酒用手指往上往下弹了两下，然后一饮而尽。

眼前的两顶裕固族帐篷呈方形，它的顶也是由两个对称的梯形和两个对称的三角形拼成。这或许就是裕固帐的特点吧。

掀开门帘，我们鱼贯而入，沿帐篷四周坐下。我很快注意到前来招待我们的三个年轻人，其中两个是姑娘，均穿着与藏族差不多的服装，一个小伙子则穿着与蒙古族相近的服装。

最引我注意的便是这小伙子。他鼻梁略高，眼睛大而凹陷，头发略微发黄，肤色白而发红。我在第一时间里觉得，他如果穿上西装走在布达佩斯街头，大概没人会怀疑他是地道的匈牙利人。

那两个姑娘肤色较黑，从长相上看，一个像蒙古族，一个像藏族。

我想证实自己的感觉，禁不住问小伙子："你的父母都是裕固族的吧？"

小伙子答说："是的，父母都是。"

而两个姑娘当中，一个答说父亲是裕固族，母亲是藏族；一个答说父亲是蒙古族，母亲是裕固族。

我迫不及待地将小伙子拉到帐篷门口，让高洪波给我们照相。我要将它寄给卡尔玛·埃娃，让她知道祁连山下确实有酷似匈牙利人的人。

我问小伙子叫什么名字，他说叫吉斯卡尔。对那两个姑娘的名字我便忽略了。

回到帐篷里，新一轮敬酒又开始了。吉斯卡尔和两个姑娘不住地唱着，双手捧着铜制的酒碗。客人如果不饮，他们便不断地唱，直到你把碗中酒饮完。当然，有的客人实在不善饮，他们也不再勉强，抿一口也可，毕竟是90年代了嘛！

我听出了歌词里有这样的意思：

"我是远方飞来的小鸟，请你相信我纯洁的心。……"

吉斯卡尔26岁，出生在离金川400公里的祁连山南的草原，两年前从兰州商学院毕业。他还没有结婚，有个女朋友是汉族的。他来这个旅游景点工作是为了感受一种新的生活，也可以说是闯荡天下吧。当然，也是因为这座戈壁滩上新兴的小城所具有的魅力。

的确，沿海的人甚至内地人或许都不知道，这个他们想象中一定还十分荒凉的金川，如今也是满街的商店和新楼，随处可见的卡拉OK和舞厅酒吧。甚至这戈壁小城还有三个标准的公共游泳池，按人均来说恐怕要超过北京至少十倍二十倍。再拿这草原裕固帐所在的金川公园来说吧，在那些槐树、枣树和大理花、波斯菊之间，碰碰车、蛋卷冰淇淋、美国玉米花和高架天车应有尽有。这一切既是金川人几十年辛勤创业的结果，也是改革开放之风吹遍中国大地的结果。

不过我最忘不了的还是吉斯卡尔。

我又想到匈牙利学者对中国挖掘秦汉墓特别关注，而他们也期待着有朝一日开掘蒂萨河河床底下的墓葬，期望从这些墓葬中寻找中匈之间更多的联结点。因为尽管匈牙利民俗学家认定匈牙利人的祖先在中国西部，或可说就是当年匈奴的一支；但对于历史学家来说，必须有更多的文字和实物作依据，必须有赖于语言学、人种学、民俗学、考古学等综合研究的成果。

夕阳西下的时候,达成被人拖进了旁边一顶小帐篷留"墨宝"去了,子龙捞鱼虫似的同裕固族姑娘对舞,我们几个拉成一圈忘情地跳起踢踏舞,……

我要把这一切尽快地告诉卡尔玛·埃娃和我的匈牙利朋友们。

1993年9月

中华垂钓第一人

"中华垂钓第一人"是我小住波恩时送给陈永禹先生的美称。这一称号是否确当是否过分很难说。因为我对于垂钓是99%的外行，年届四十有七仅仅垂钓过一百分钟，且是由善钓者帮着安放鱼饵的。我对于钓界的各项纪录各种"之最"自然也一无所知。

我是在莱茵河桥边的香江饭店认识陈先生的。老板黄凤祝先生向我介绍说，陈先生是台湾来的学者，要我们交个朋友。

陈先生给人的印象憨厚而平常，中等身材。他祖籍浙江，生在台湾，也就四十岁模样。他来西德攻读语言学博士已有两年。

有趣的是我和陈先生相处的几天里几乎没有一句话谈到他的语言学，也许那是个枯燥的题目。陈先生这样谈到自己：他这半生都用在钓鱼上了，一听说钓鱼连老婆都可以不要，常常钓到半夜以后才归，老婆慢慢也习惯了。他父亲多次谴责他不好好读书，他觉得也是，于是决计到西德来好好读两年书。谁知见了莱茵河手又痒了。

问起陈先生垂钓的"战果",他如数家珍。他说曾在琉球群岛钓起过重80公斤的海鱼,他说曾作为台湾两家报纸的专栏作者撰写垂钓系列文章而使报纸发行量大增;他说他著有《台湾海钓大全》一书,希望有朝一日在大陆也能出版;他说他的钓竿和特制尼龙绳值一两千马克。

啧啧,我佩服得五体投地。可我想,毕竟耳听为虚,眼见为实。一天傍晚,陈先生骑摩托来找我和山东诗人桑恒昌先生,带着全套钓鱼装备。波恩大学的台湾留学生翁小姐也兴冲冲地前来助阵。

陈先生在莱茵河边选了一个地方。我们几个在沙滩上坐下,摆开啤酒和吃食。陈先生一竿又一竿,从容不迫地把鱼钩甩到很远的水中去。

接连好几竿,鱼饵已尽,鱼未上钩。说明莱茵河尽管污染,还是有鱼的。且水面上时有大鱼搅起的浪花。我们三个外行开始怀疑陈先生是否吹牛了。

于是我提议说:"陈先生今晚钓不到大鱼,我们集体自杀!"

桑先生接茬应道:"对!堂堂中华岂能无人,我和杨先生代表大陆,陈先生和翁小姐代表台湾。"

陈先生不为我们激将法所动,目光依然专注于水面。20米开外有一挺着啤酒肚的德国人也在垂钓，于是攀谈几句。我们扔给他一罐啤酒，彼此更有了一种亲近感。他给我们介绍说这儿有一个钓鱼协会，主席是一位以钓鱼为命的老头儿，光为钓鱼就买了四五辆摩托，他的车后老是跟着一群孩子。

说时迟，那时快。陈先生鱼竿一提，一条斤把重的鱼跃出水面。我们三个同声欢呼起来。

我说："陈先生救了我们，今晚大家不必自杀了！"

陈先生淡淡地说："这是条鲈鱼，太小了，我看不要了吧？把它作鱼饵算了！"

没等我们表态，陈先生已用小锤将鱼脑一击，并解释道，不能看着它痛苦挣扎。我第一次听说这种"鱼道主义"，觉得非常新鲜。莫非它是写进"钓鱼宪法"的吧？

陈先生已三下五除二地用剪子在鱼肚和鱼背上剪出几道口子，并将鱼脊击断。陈先生又解释道：这样它就能随水摆动，而伤口新鲜，大鱼特别爱吞食这种已受伤又没死的小鱼。

陈先生果真是精于此道，原来一行有一行的学问。陈先生将钓竿重又奋力甩向远处，我们三个则边侃边唱歌边赏月边饮酒。这辰光实在是美妙得很。

午夜将至，寒气袭来。大家裹起毯子和防寒服。陈先生有些歉意地说："要坚持也可以，午夜是最能钓大鱼的。不过今晚看来希望不大，回去睡觉吧！"

我们实在困了，好在也不准备自杀。同陈先生开了句"兵败莱茵"之类的玩笑，便道了晚安。

不久我便离开波恩回到了北京。在这个不平静的夏天里，几乎忘记了那个轻松的波恩之夜。

立秋过不几天，突然接到西德来鸿，展开一看，竟是陈永禹先生的诗体短简：

> 你说
> 你爱记载山海的大事
> 但也留心涛缘的泡沫
> 今天我才知道
> 在我们曾经相聚
> 的河畔
> 一个小小的泡影
> 竟是巨鲶曾经逍遥
> 的吐纳

信末还有一句："上月中偶得佳绩，钓得巨鲶一尾，特此奉告，顺颂万安。"

陈先生信中还附了复印的两张中、德文剪报，大字标题是《跳进莱茵河力克欧洲鲶》，副标题和引题分别为"陈永禹钓走传说鱼霸,平息钓圈骚动""据说这尾超级巨鲶在波恩甘乃迪桥下已出没数年……"

据报载,波恩的老钓友说这尾巨鲶在甘乃迪桥下出没已数年,曾多次中钩,均以蛮力绷线断钩而逃,引起钓友群骚动,把它形容成一尾2米长、头大如牛的巨鲶。陈先生钓中的正是这一尾,没有传说的那么大,可也有1.1米长。陈先生此次用两尾活鲫鱼作饵,并启用30磅母线和防咬的纤维丝线。巨鲶于晚10时左右上钩后挣扎了近半个钟头,陈永禹跳进莱茵河方将巨鲶捞入网中。

另据报载,许多德国老钓友在获悉巨鲶被人钓上岸后,都表示悬念已决,可安心睡觉。而且让外国人钓走,对争强好胜的钓友圈来说,正是皆大欢喜的解决。因为大家可保颜面,谁也没输。

我大喜过望!堂堂中华,真有的是奇才哪!

对于陈先生来说,可贺的还有他刚刚完成了洋洋5万言的博士论文。

我不禁忆起那个夜晚,忆起陈先生是那种淡淡的含蓄的胸有成竹的学者风度,忆起他说过的希望能回大陆,能到长江黄河垂钓的愿望。至于他够不够得上"中华垂钓第一人",我想不是我所能作结论的。

1989年9月

第 2 辑 · 感恩以及念旧

念旧或者感恩

其实念旧就是一种感恩，感恩也必定念旧。2009年的秋冬之交，时值国庆一甲子，我的日历上排满了会友的节目：近10位高中同班同学相聚于崇文门饭店；趁"全运会"去济南会会两位"资深球友"；大学同系同年级校友相约在燕园五院；干校室友吴兄自厦门来，相约在鑫华饭店，次日陪吴兄拜访干校三位老友；攀登珠峰时的"山友"，曾在同一帐篷的画家詹某来，相约在华腾大厦；两周后趁去中山开会之际到广州回访詹某；……

巧得很，2009年适逢我高中毕业50年，大学入学50年，去"五七干校"40年，还有参加登山队进藏31年。

高中时代是最为感念的。我的学校简称为"上中"，大家都住校，入校时近半数同学还系着红领巾，整日里唱歌嬉闹。许多无关紧要的细节包括洋相，那些善意的恶作剧，于今成为津津乐道和争论不休的话题，成为建立一生友谊的佐证。为逝世的同学寄托哀思，为有困难的同学出谋划策，为新婚的同学庆贺……。令我最难忘怀的是，1961年我得了肺结核，正是在京的几位中学女同学，几乎每月为我凑5斤粮票，好让我多一点营养。她们都是谁，谁牵的头，都不记得了，似乎也无关紧要了。

燕园的相聚就不同了。同学中有五分之一是调干生，于今最年长的已逾八旬，来不了了，只能托人带话。坐轮椅的、由家人或同学陪同的都有。老班长带几位"年轻"的女生为这次聚会做后勤，让自己儿子当司机当搬运工当摄影师当招待员。七老八十的组织几十人的聚会实属不易，没有劳务费，全靠那一点同学情谊。第二天还由部分在京同学陪外地来的参观鸟巢和水立方。

这些年大家纷纷乔迁，好些同学失去了联系。如今一碰面，居然有住得不远甚至在一个街区的。于是追悔莫及又大喜过望，相约一起健身的，一起弹琴唱歌的。大家不约而同地发现：同学中从政者尽管有"级别"的不在少数，但百十来人中没有出过一个贪官。

我刚参加工作时的室友也是干校室友的吴兄来京，则另有一番风景。他带着老伴，带着一大堆茶叶竹荪之类土产从厦门来，他要还一个愿：看望那些在特殊年代关心过他的人，受到"审查"时给过他温暖话语和微笑的人，手头紧时借过他钱的人，内人生孩子时照顾过他们的人，……他都要一一拜访，说几句感谢的话，请他吃一餐饭。吴兄60年代中期在京工作5年，可离京已40年。其间出差来过几回，都是匆匆来去。于今享儿女福了，可北京对他已遥远又陌生，连东西南北都分不清了。北京的变化令我这样住了半个世纪的人都不适应，何况是他。于是几乎是命令我做他的向导，免得走冤枉路。在我导游下半天可以走访两家，吴兄终于如愿以偿。只是没时间重温他和我的"旧居"，成为憾事。

我和画家詹忠效则相识在1975年京郊的国家登山队集训地，相知在1978年中国、伊朗联合攀登珠穆朗玛峰的大本营。我们几个文人同住在大本营南头的帐篷，从属于"记者组"。那年记者中有人行军时突发高山病牺牲的，所以说我和小詹是生死战友也不过分。小詹是我们中间最年轻最勤快的一个。他不顾高山反应，每天拿着画夹子跑出去画速写。画牦牛，画珠穆朗玛山景，画队员，画绒布寺的断壁残垣。那时他独到的线描功夫已经在全国美术界引起了注意。我们的帐篷也因为有他被伊朗队员踏破门槛：都是来看他甚至求他作画的，而小詹几乎有求必应。小詹学历不高，完全是靠勤奋和灵气跻身中国一流画家的行列。他得过1979年全国书籍装帧插图一等奖，唯一的一名，连"狂"得出名的范曾都称赞他的线描。改革开放之初他就出任广州《现代画报》社社长，与任仲夷成为忘年之交。以后他去了美国创办《美中画报》，以此为平台访问了两国许多高层和著名人士，对促进两国人民了解起了桥梁作用。

　　这几年小詹把事业主要放在广州了。广州大学聘请他为教授，艺术硕士生导师，并准备成立"詹忠效白描艺术研究所"。招收研究生的工作马上要开始，他的繁忙可以想见。而我在美术方面是外行，只有仰视的资格。那我们说不完的话题是什么呢？是人生，是老友，是"山"里那些事，还有后来一起登峨眉时过了几天熊猫的日子，吃的只有炒竹笋，连个鸡蛋都买不到。

　　令我奇怪的是，帐篷里那个最年轻的小詹怎么也过60岁了呢？他怎么依然孑然一身？这是我常常关心的。

　　转眼到了新春。每年春节之前我们第十届政协委员中的无党派人士总要在北京画院聚会一次，已经连续第3年了。在京的三十多人总是能到90%以上，在天津的也常常赶过来。大家的平均年龄七十好几了，都乐此不疲地来凑热闹，那个热闹真可谓"翻江倒海"。为了什么呢？除了怀旧什么也不为。大家怀念一起游览名山大川时聊发少年狂的日子。就像许多老照片，怎么也舍不得扔掉；就像许多红玛瑙串联了起来，戴在了我们的手腕或者脖颈，将伴随我们今后的人生。

　　念旧就是一种感恩。起始是对父母、亲朋、故土的感恩，而后是对国家、民族、人民的感恩。有几种人是终生不能忘的：你的发小，患难与共的人，关键时候帮过你的人。这或许是我们中华民族的道德底线吧！当然社会上总是有个别不念旧情的甚至忘恩负义者，老百姓称之为"白眼狼"甚至是得志便猖狂的"中山狼"，时间和良知最终会唾弃他们。

念旧，不忘旧情是人的美德。念旧是对历史的尊重，是对人格的恪守，是对人生经验的珍惜。还因为所有的记忆，所有的念旧或者感恩，都是一个人的财富，如同历史是一个民族的财富。珍惜它们也就是珍惜自己的生命。

2009年

宽恕的N个前提

前年我的一位邻居猝死,我跟这邻居仅点头之交。我把消息以短信方式发给了我一位朋友,我知道他们共事过,这位邻居还重重伤害过我的朋友。我以为我的朋友会回以"活该""报应"一类字眼,而我的朋友回答了6个字:愿上帝宽恕他。

宽恕和宽容是近30年来提得很多的一个词。金无足赤,人无完人,人生几十年谁没有点错。但是我想,宽恕还是有前提的。

其一是忏悔。也是最重要的前提。因为如果存在伤害方和被伤害方,忏悔是必须有的。德国法西斯给全人类特别是犹太民族带来过空前的灾难,20世纪70年代身为德国总理的勃兰特在波兰犹太人纪念碑前下跪。勃兰特自己是反法西斯的战士,但此时他代表的是一个国家。全世界因此宽恕了德国。70年前还有波兰的"卡廷事件",即苏联军队枪杀了2万名被俘的波兰军人。于今的俄罗斯总理普京到卡廷献花,也是表示了一个民族的忏悔。

其实个人也是如此。有错是正常的,有罪也是可能的,但看你反思不反思。死不认账的死硬派，不悔过让别人怎么宽恕你？

其二是伤害方遭遇意外，倒大霉、得大病甚至猝死。说难听一点叫恶有恶报也行吧。这种情况下，原先的被伤害方往往起恻隐之心，反而会念及人家多少也做过好事，因而宽恕了他。这就如同我的朋友和我的邻居那样。

其三是时间。时间是柔润的打磨石，磨损了原先的记忆。有些无意的、某种特定历史条件下对个人造成的伤害，也非个人能负责。十来年前我们单位评职称，两个名额可以推荐四个人竞争，第一步是推荐谁，不得不伤三两个人；第二步四评二，又得伤一半。做领导有时就非常难，如何一个个做工作；到头来总有不满的，感觉受了大伤害的对你大光其火。于是一位老大哥说：只好让时间来抹平它们吧！这也是一种无奈。

小到一个家庭里一个单位里，几个人之间的瓜葛，大到两个党两个国家之间的恩恩怨怨，其实都是一个道理。这代人的记恨最好不要传给下代人。国共之间不也是这样，"渡尽劫波兄弟在，相逢一笑泯恩仇"。民族的血脉在传承，时间的伟大也在这里。

当然也有不能宽恕的。希特勒、东条英机，送他们上几次绞架都不能宽恕。

前两年福建南平那个残杀小学生造成8死5伤的郑民生，

还有随即发生的几起类似案件，无论法律还是受害人的亲属，能宽恕行凶者吗？当然，这背后的深层次的社会不公，是需要另行探讨和解决的。行凶者只有在受到严厉制裁之后，由历史和道义给出解释。

二三十年前还有过一个说法，叫做"过去整你是对的，如今改正也是对的"，那潜台词无非是：我是一贯正确的，你得感激涕零才对。这是一条霸王逻辑。整错了人，宣布平反，落实政策，恢复名誉，能安排工作的适当安排，对已去世的抚恤家属，这是理所当然的事。一些老同志当年参与甚至领导了整人，于今向被整的人真诚地道歉，于是赢得了当事人的谅解，也赢得了旁观者的尊敬。这在文学界都有不少例子。

我以为道歉于一个人是一种公德，于一个文明社会是共同的良知。小至不留意踩了人一脚，球场上侵人犯规导致受伤，骂错了人说错了话，大至一个国家发动侵略战争使另一国家生灵涂炭，道歉是必须有的过程。不然谈不上人与人的和谐，社会和国家的和谐，世界的和谐。

那么，对于那些明明错了死要面子死不认账的死硬分子，我们能说什么呢？恐怕只能在命运重重惩罚他之后，说一声：愿上帝宽恕他。

2007年

有感于罗斯福、斯大林、丘吉尔说广东话

罗斯福、斯大林、丘吉尔说过广东话？不是天方夜谭吧？不是。在译制片里真有。

20世纪90年代我出差到深圳，房间电视机能收看多个香港台。有个台正播一部"二战"片，好像就是根据赫尔曼·沃克的《战争风云》改编的，而香港用标准的粤语来配音，外加了字幕。可不是？罗斯福、斯大林、丘吉尔都在用广东话谈判，怪怪的，我看得差一点笑出眼泪来，竟忘记了剧情。我想这样的译制片，或许只有广东人看了很自然。

那时在北京，在石家庄还有几次规模不小的作家聚会，聚餐时总要自娱自乐一番吧？河北作家何申或谈歌常常来一段评剧《列宁在十月》，那是"文革"后期学移植样板戏的做法改编的。无论唱段还是道白，列宁、捷尔任斯基、瓦西里，都说一口唐山丰润那边的话，让听者无不捧腹；于是"革命传统教育"成为一种搞笑，那效果简直超过了赵丽蓉的小品。

还是那个90年代，我时不时回我"母刊"《当代》杂志

有感于罗斯福、斯大林、丘吉尔说广东话

与老同事小聚，一位年轻编辑会很多版本的"语录歌"，其中林彪关于学《老三篇》的歌词改成了这样："棒子面，不但战士要吃，干部也要吃；棒子面，最容易吃，真正消化就不容易了。要把棒子面，当成细粮来吃，哪一级都要吃，吃了就要拉——支援农业现代化，支援农业现代化。"大家都笑疼肚子。要是倒退二十来年，这就是"恶毒篡改恶毒攻击"，至少也得关几年。

艺术的移植或改编其实是很复杂很有意思的，也有它的地方性，受到方言的局限。用普通话给罗斯福、斯大林配音就很自然，让他们说广东话就显得怪异。可见涉及重大历史事件和人物的作品译配或移植，还是得说"官话"即普通话。即使是原创的，如果蒋介石、毛泽东的普通话带点宁波腔或湖南腔，听众还能接受；倘若让他们说山东腔河南腔，岂不成了滑稽戏吗？

明明是正剧或悲剧，一不留神就成了喜剧或闹剧。用方言演小品常有奇效，演正规的历史剧似乎就不行。我还看过赵本山在香港的演出，反应平平，应该是大部分港人不习惯北方方言中幽默的缘故吧？对此我没有研究，自然无权发言。

但是我想：当人类历史的正剧或悲剧，已经可以以喜剧或闹剧的形式为观众接受，这段历史就真的过去了。

2013年

名人塑像及其他

我十几岁便养成了散步的习惯。开始是在校园,以后便在住宅区或街头。不知不觉之中,也在北京走过了35个年头。

可近来漫步街头,总有点若有所失的感觉,总觉得北京的街头少了点什么。一日忽然顿悟:北京街头几乎没有名人塑像。

说没有也不尽然,王府井有优秀售货员张秉贵的半身像,甘家口有优秀售票员王桂荣的立像,昌平有李闯王跃马扬枪的塑像。也只有这三座像,偌大的北京,堂堂的首都哟!

记得两次去欧洲,无论是大城小镇,各种科学家、作家、诗人的塑像随处可见。许多名人去世之后,将他们的宅第捐给了国家,于是这宅第便成了纪念他们的大小不等的博物馆,于是他们的宅第前、街道上便矗立着他们的塑像。这许许多多的塑像,记载着一个国家、一个民族的历史文化和骄傲,体现着人民对他们的优秀知识分子的尊崇。

那么我们呢?仅仅那三尊街头塑像说明了什么呢?

诚然,这十余年来,知识分子的政治地位已经改变。在许多普通人家庭里,鲁迅、普希金、贝多芬、莫扎特等石膏像也不鲜见;在北大校园里,也有了蔡元培、塞万提斯等人的塑像。但说实在,我总觉得这些科学家、作家的塑像从家庭、校园走向街头,才标志着中国知识分子地位的真正提高。

还有那些为我们民族洒尽了鲜血的名将们,尽管有好几条以他们名字命名的道路,但张自忠路上没有张自忠的塑像,佟麟阁路上没有佟麟阁的塑像,赵登禹路上没有赵登禹的塑像,……能否在街口为他们塑上一尊,哪怕不太大,让走过的人们认认他们,也让他们看看今天的生活呢?

我不禁又想到7年前在匈牙利住了一个月,因为要常常自己开伙,天天要同钞票打交道。我发现匈牙利的各种面值的钞票上全是科学家和作家、诗人的头像,裴多菲、科苏特、奥第,等等,唯一的一位政治家也是兼作家的。据我所知,欧洲不少国家的货币都是如此。

于此自然想到我们的人民币。从一角到一百元面值的都是头像,其中只有一百元的是有名有姓的毛泽东、刘少奇、周恩来、朱德像,其余的则全是虚的形象。我想这样设计也完全合理，无可非议，但我不揣冒昧地建议：在我们今后发行新版人民币时，可否将我们历史上那些伟大的科学家、作家、诗人的头像印上去呢？尊重知识，尊重文化，尊重人才也应该体现在实处，体现在人们每天看到的用到的方方面面，体现在很长很长的历史过程，不然，知识分子还是只能"光着屁股坐花轿"，社会上轻视知识轻视文化的风气还是不能根本扭转。

搁笔之前，接到友人一个电话，告诉我矗立在北大校园内的由西班牙政府赠送的塞万提斯铜像上的一柄宝剑，不知被谁偷去了。我被这一消息惊得哑口无言。

1993年9月

雷人及累人的名片

人类交际从什么时候起开始使用名片，我没有考证。只记得解放前是有身份的人之间使用的。中国进入80年代之后，名片大量出现，连街头的名片印制所都随处可见，足以证明有身份的人越来越多，实在是件大好事。

可是我那居住面积不大的家里，名片似乎已成大灾。几个专存名片的册子几年前便已爆满，书桌上，电话前，床头柜，沙发上，乃至衣橱旁无不散落一堆名片。甚至笔记本，随手翻着的小说里也用名片作了书夹。我们家人都是做过新闻工作的，难保一天下来又增加十张二十张名片。久而久之，连整理都懒了。

一见面，一握手，一张名片就递过来了。甚至还没握手，还没寒暄，薄薄的名片用双手奉献过来，于是必得用双手去接方显得恭敬，于是必得再用双手回敬一张才不致失礼。一次聚会或一次饭局下来，一趟参观、访问或出差归来，收获厚厚的一盒也付出厚厚的一盒便是家常便饭了。

但稍隔数月或仅数周之后，无意中再翻看那些名片，大部分竟无印象了；有的虽有印象，估计也不会再主动去联系了。反之亦然，恐怕对方对你也是无多印象了，你要是去个电话，对方准会回答："你是哪位？喔喔，好像是见过的，不过对不起，人太多，没印象了。"于是自己也会感到没趣。

名片的制作也似乎越来越精美和花样繁多：烫金的、涂塑的、防水的、牛筋纸的、印有各种单位厂商标记的或干脆是自行设计的。我得到过的最详尽的名片是上边记载着主人的近四十个头衔，可惜我连一个头衔都记不起来了。我得到过的最简洁的名片是上边仅三个汉字：宋希濂——一位过目不忘的将军；大作家蒋子龙兄则没有名片（他们单位没这笔钱），只好随手撕一片纸写上，这也是最独特的了。

话扯远了。名片之灾使我束手无策。扔掉吧，不礼貌；保留吧，没有精力也没有存放之地；况且我不想当名片收藏家。只可惜冷落了名片主人和设计制作者的美意。

其实，我身边倒是随身带一本不大的电话簿，上边按地区按部门记着我的同学、同事、各种新老朋友的邮编与电话、地址。凡有新朋友确定要同他建立联系的，便将他记录在册，至于他的名片也就无所谓留不留了。而那些经常联系的好朋友，自然是可以倒过来背出他们的电话号码，根本不需要什么名片，哪怕是黄金做的。还记得十几年前我随中国登山队去西藏呆了两个月，由于高山反应，记忆力大减，回京之后连自己单位自己家的电话号码都忘了，只剩下三个人的没忘：母亲，一位中学同学，再就是我的长辈式的朋友、老作家冯牧。这也可见这三人在我心中的特殊地位了。

从哲学上讲，有生便有死，有盛便有衰。名片的兴盛既然已经来临，窃以为它的衰败也不会太久远。既然它已成了一种形式、一种累赘甚至一种敷衍，它的生存和发展想必就意义不大了吧。

我还是珍惜我的电话簿兼通讯录，虽然它是黑色的、小小的，既没涂塑也没烫金，虽然它已经有点脏兮兮，虽然它里边的字体极不规范又有许多涂涂改改，但它是我生命的不可分割的部分。

或许，家庭电脑的崛起，手持电脑"快译通"一类的崛起，将最终代替那些令人生畏的名片和我那个脏兮兮的本子。我将举双手去迎接它们，如同第一次接名片那样虔诚。

1993年11月28日

大将风度与大国风范

陈一冰以几乎完美的动作从吊环上下来；巴西小伙的同一套动作也几乎完美，但落地时有一明显的瑕疵。冠军判给了巴西小伙，陈一冰屈居亚军。

那一刹那我想过，陈一冰或者中国体操队会不会提出申诉？然而没有。然后是陈一冰主动地上前拥抱巴西小伙，向他祝贺；再后是陈一冰向观众招手，展示他招牌式的微笑。

我已经见惯了中超赛场甚至欧美足球场上也有的，为了一次判罚——正确也罢错判误判也罢，运动员追着裁判，围攻指责裁判。当然我也常见欧洲一些超级赛事上，一旦裁判出牌，即使是红牌，运动员一声不吭表示服从直至离场。

陈一冰让我们见证了什么叫大将风度。

中国体操队也让我们见证了什么叫大国风范。

有大将风度才有大国风范。

本来，错判误判漏判就是竞技体育的一部分，也是魅力之一。本来，尊重服从裁判也是体育的基本规则之一。

陈一冰虽然以一面银牌告别奥运会，但世人无不知道他的表现无异金牌，更何况他已经得过许多面奥运金牌，他是真正的"吊环王"。他说他没有遗憾，其实我们也没有遗憾。这就够了。

忽然想到另一个问题：这届奥运会又出了5例兴奋剂事件。涉及美、俄、哥伦比亚、乌兹别克斯坦、阿尔巴尼亚5国选手。有意思的是他们知名度都不高，玩点小伎俩，想撞点小运气，因而也远不如1988年汉城奥运会上的约翰森那样轰动世界。

这又让我想起前几年美国一位女子短跑世界级名将主动承认几年前服用过兴奋剂，表示悔恨并主动交出金牌。这样的诚实赢得了人们的宽容和尊重，也很让我感动。我以为这也是一种大将风度和大国风范。

迟做要比不做好，诚实比金牌更重要。这不能给我们一些启发吗？

2012年

忽悠或者撒谎

我到北方定居都半个世纪了,对忽悠这词一直不甚了了。直到几年前赵本山一个小品《卖拐》,使忽悠这个北方词火遍了全国。我想这或许是赵本山的一大功劳。

奇妙的忽悠,包含着说大话、吹牛、说话不算话、开空头支票,直至撒谎、欺骗等许多层次的丰富的含义。但忽悠与撒谎毕竟还是有程度上的差别。

"明天下午我请你吃饭啊!你等我电话。"到明天晚上了还音讯全无,这叫忽悠。

某年去南方某中等城市考察,市领导大侃其宏伟规划,称要在十来年内建成纽约式的大都会。这就忽悠大了,但还不算撒谎。

"你不是说今下午请我吃饭吗?""根本没有的事!我凭什么说这话?"——这就是赖了,不是健忘就是撒谎了!

曾有某新贵为平息一些老干部的意见,撇开左右甜言蜜语,郑重承诺,一二三四。一年之后他面对质问矢口否认:

忽悠或者撒谎

"我怎么可能说？我根本没有说过。"这就是十足的撒谎，耍政治小手腕了。反正没有第三者在场，死无对证，撒谎者利用的就是这一点。

某单位要竞聘干部，于是某人抛出鼓舞人心的目标，以此博取信任票。到年末竹篮打水，指标泡汤。但位置到手了，轻易下不来了。这也只能说是忽悠吧！

忽悠是某些人的习惯或者性格，只要不害人，说说大话开开心；吹吹牛不上税倒也无伤大雅，你习惯了别太当一回事就行。而欺骗则是一种损人利己的卑劣品质。两者之间有模糊的地方又有清楚的分界线。

在现代文明中，说一个人是"撒谎的人"，是一种道德的否定，人格的批判。等于说这人是个无赖，不可交往的人。中国人也素来以"实诚"为看人的第一标准。人非圣贤，孰能无过。一个人可以犯错，多次犯错，但不可以撒谎，不可以一再撒谎。这是幼儿园里的常识。

一个领导者、执政者或者信仰者，对着宪法、党章或者主义信誓旦旦，这就意味着承诺、良心和献身的决心。倘若违背誓言就是抛弃自己的良心、信仰和人格。

当今中国似乎正处在一个"忽悠"与"被忽悠"的时代。有些人为升官发财而忽悠，有些人为平息民怨而忽悠。一系列的文件、计划、目标，一连串的政绩工程、形象工程。过几年回头一看,尽是些写在纸上不兑现的忽悠广告词。这是对群众的大忽悠。

20世纪90年代中后期,各部门被要求制定10年规划。我清楚记得作家协会系统传达的内容有:10年之内,培养100名名演员、100名名主持人、100名名作家、10名文学大师。演员和主持人怎么培养我无权多嘴,那100名名作家,果真是"培养"得出吗?尤其是10名文学大师,挑明就是"鲁(迅)郭(沫若)茅(盾)巴(金)老(舍)曹(禺)"一级的,我真不知我们眼下这样盆景式的土壤和浇灌方法怎么培养得出来。

更大更为"鼓舞人心"的忽悠是体育部门制定的"大跃进"规划:10年之内,中国男足进入世界前8名——这可不是我瞎编,当年有记录在案,前不久我还跟当年的体委研究室负责人核实过。派"健力宝"球员到巴西留学,就是在这种背景下成行的。实际上"健力宝"是在巴西搞了一块飞地封闭起来训练,当然以失败告终。10年之后,中国足球的国际排名跌到历史最低,低于104名。我为此曾写了首诗《第104位》发表在《诗刊》上。至于假球、黑哨、年龄造假,那就不是忽悠的问题,而是当着千千万万人的眼睛撒谎和欺骗,只能引来一片声讨。

这样的大忽悠大撒谎但愿从此绝迹。我们宁可慢一点,低调一点,低碳一点,但一定要扎实一点。这样总能进步一点，不至于跌得那么惨。

其实忽悠者和被忽悠者，撒谎者和被骗者都得不到尊严。忽悠往往有悖常识，撒谎则更是有悖良心道德。撒谎是一切贪腐的前奏，也是一种地道的犯罪。一位作家还说过：政治上采取诚实态度是有力量的表现，政治上采取欺骗态度是虚弱的表现。

我们已经习惯以一些数字来鉴定一个人的政绩。但良心和品德往往无法用数字来体现。测谎器能不能区分一个人是诚实还是忽悠或者撒谎呢？我不知道。但事实告诉我们：凡是腐败分子无一不是惯于撒谎的。

一个多月前收到一个段子：不撒谎，未成年……说谎直视慷慨激昂的，是官员；说谎令测谎器都失灵的，是高级官员。

段子归段子，我也不都苟同。但这个段子说出了老百姓对一些官员，尤其是高官忽悠或者撒谎的一种强烈反感。

在此我也不妨大胆地提个建议：既然我们的监督机制尚不完善或者说还存在很大漏洞，是不是可以考虑在考察提拔干部时，用测谎器作为一种辅助手段呢？其实我明明知道这样的提议是荒诞的，因为建立一个真正公正民主的选拔机制和问责机制比什么都重要。

2007年

有感于收藏悼词

盛世收藏，中国出现收藏热已有30年了吧。从邮票到古玩钱币，从字画到火柴盒打火机，从旧家具到各种票证，乃至民间工艺品，这些都不稀罕了。

忽然想到前些年一次小聚会上听一位老兄说道：他是专门收藏讣告及悼词的。他的话顿时引来满座惊诧间或还有喝彩。该老兄做了一番启蒙式或导论般的发言——悼词的学问最讲究了，什么人用"优秀"，什么人用"杰出"或"卓越"，都是有规格的；什么人用"一贯"，什么人用"坚决"，也是有区别的，如此等等。真可谓老兄一席话，胜读十年书了。中国的语言文字本来就丰富，不少在外语中仅用一个词表达的，在汉语里却分出了许多个层次。修辞学如此影响到人——主要是有官职的人的后事料理，是否也是一种特色？我不知道别的国家别的民族是否也这样。

其实逝者已在冥冥之中，绝不会计较对他的评价是"杰出"还是"卓越"；也从来没有听说过他们的遗嘱中有过类似的交代或要求。倒是常常听说一些活着的人，主要是他们的亲属，要争一个规格，争一个名分，争一个光宗耀祖的面子。或是同事、部下、地位相近者，要攀比、平衡出一个子丑寅卯来。甚至还有因此不得不推迟召开追悼会的事情。

说实在，所有的悼词都已是一片颂扬之声，若是再为某几个修辞争论不休，真正是个悲哀。人活着就为自己准备棺木，大造陵墓，这已经成为可笑和遥远的历史遗迹。可喜的是越来越多的人对生老病死这种自然规律表现出彻底的唯物主义态度，并留下丧事从简，不搞遗体告别，不开追悼会乃至捐赠遗体的遗嘱。多替活着的人想，减轻活着的人也减轻社会的负担，这本身便体现了一种博大的胸怀。

我的一位老友，《林海雪原》《芙蓉镇》等当代文学名著的责任编辑龙世辉，病重时一再不要别人去看他，反对搞告别仪式："我病成这样，那么难看，别让别人伤心了。"

我的另一位老友邹荻帆，病中向孩子交待："我的墓碑上什么都不要，诗人二字便可，这最符合我。"其实邹荻帆担任过《诗刊》主编这样的文学界重要的职务，但他对职务之类并不看重。在发讣告时，倒是中国作协的领导在"诗人"前面加了"优秀"一词。

可敬的还有一位老将军（原谅我忘了姓名），愿以一身旧军装裹体，而把新衣捐给还不富裕的老家。可敬的更有以周总理为代表的越来越多的革命家、先行者，他们把遗灰都撒向了人类的摇床大海，或者大地。

回过来再说那悼词中的修辞之争，便显得微乎其微甚至有几分渺小了。历史总是要拉开距离才看得比较准确，既有当时没有悼词没有墓碑甚至背了恶名，日后得到平反昭雪重新被人们尊敬和纪念的，也有当时曾冠以几个高级形容词日后遭人非议甚至唾骂的。这也是一种报应吧。

说到悼词，还想到近年来的一些悼文。有朴实真切的，如艾克拜尔写的《杨志广生命的最后十天》。据我所知，艾克拜尔到《中国作家》杂志任主编时，副主编杨志广已发现肺癌晚期多时，他们共事没有多长时间。但在杨志广的最后一年特别是最后日子里，艾克拜尔有情有义，悉心照顾，共同抗争，令人潸然。与此同时，一些朋友也看到近年有的悼文，明明逝者生前你对人家不怎么样，甚至连看都不去看人家，却写文章称人家恩师呀父亲呀好兄弟呀，无非是跟逝者套近乎，借此粉刷自己也沽名钓誉吧。不知情的当然蒙在鼓里，知情人读了就感到虚伪起鸡皮疙瘩。

真的很感谢那位收藏并研究悼词的老兄。我建议他连带着收藏悼念文字，开一门"悼词悼文比较学"，或许还有去伪存真的作用，给官场留一点可靠的印记，给后人和历史留点冷门资料和一个特殊的参照系，我想那还是有价值的。

足球也是一种幸福指数

在地球村里，足球也是一种幸福指数。因为它是从流浪汉到总统，从引车卖浆者到绅士的共同乐趣。

到欧洲，特别是德国、荷兰，铁路旁边，高速路旁边，随处可见修剪得很好的球场，两边放着门架球网；学校社区，也无不都有球场。到巴西，里约热内卢绵延不绝的海滩，到处有人在踢球；它是巴西人生活不可或缺的一部分。巴西经济发展得没有我们快，甚至"有点懒"，但他们看起来比中国人快乐。啤酒、爱情和足球，是他们过日子的三大部分。

足球的快乐包含着：有许许多多人玩，有许许多多人看；还得自己喜欢的球队常常能赢。

可惜我们没有。我周边有多个社区，小二十万人口吧，有古玩城，眼镜城，火锅城；独独见不到足球场，哪怕是半个小场地。原先有两处公共游泳馆，"非典"时关了一个，"奥运"后又关了一个，让人费解。

我们的中小学生体质越来越差，中学生800米都跑不下来，还谈什么竞技？你拿那么多奥运金牌又有多大意义？

我是十一二岁就成为球迷的。印象最深的是1956年南斯拉夫国家队来访，在上海江湾体育场，"北京青年队"——实际上就是变相的中国国家队出战。看台爆满，连草地上都坐了万把人。我远远看见贺龙也在主席台上。那天中国的小伙子踢得很有气势，尽管2比4输了，但观众还是过瘾的满意的，人家是世界强队嘛！要是放在今天，中国队跟世界强队还能踢出这个比分吗？

足球的快乐确实奇妙。一人快乐了全家快乐，一队胜利了全城欢呼，甚至举国狂欢。这种快乐金钱买不到，谁也制造不出来。还因为足球是一种世界性语言。

所以我有理由认为：我们中国人的幸福指数不高，甚至比许多小国家还差得远呢。但愿我们能清醒：幸福虽然包含许多因素，但足球是重要的一部分。

吃喝风与"食文化"

大陆不久前一项民意测验表明,当前民众对吃喝风及大建楼堂馆所意见最大。仅就北京一些高级饭店所见,竟日车水马龙,食客盈门,其中公款请客占其营业额之大半。

俗话说,"天高皇帝远"。首都尚且如此,外省许多地方自然更甚。据讯,安徽一村庄仅在1986年间有账可查的吃喝费就花了三万多元,乡民因县委撤销了该村"吃喝书记"的职而燃鞭炮庆贺。另据讯,1987年有五六位作家、记者到云南某系统采访,省厅宴请时的陪客竟达三十余人。

一边是副食品的供应不足与涨价,一边是公款挥霍,成桌的美味佳肴倒掉。这种灾难自然间接转嫁到无缘享受公费宴会的普通百姓头上。

有关部门规定接待外宾只上"四菜一汤"是一大改革。但这一改革上循而下不效。大陆还有一句俗话是"上有政策,下有对策"。你这四菜不是没有规定数量质量吗?变通加码的办法有的是,不予理睬的也有的是。不信你去看看,公款宴请内宾外宾的，有哪个桌子上真是四菜一汤的？虽说大陆大部分居民温饱问题已经解决，并正由温饱向"小康"过渡，但毕竟无论"温饱"还是"小康"，都尚属"初级阶段"的较低水准。况且还有上亿人口的温饱并未解决。如此饕餮，怎能奢谈共同富裕？

中国以"食文化"闻名于世。但如此确立一种科学的文明的与国情相符的"食文化"是大可研究的。不能说居家粗茶淡饭然后借公款满席酒肉是合乎科学和文明的吧？

窃以为既灿烂丰富又不乏陋习的"食文化"，既是一种传统又是一种惰性。其陋习不禁则国运难盛。

吃喝风屡禁不止既是社会风气的败坏又是一种落后的民族习俗。"食文化"的改革乃是一场更难的更深刻的更旷日持久的革命，又是不能不提倡的革命。这对于提高整个民族的文化水准，革新社会风气与民众心理都是大有裨益的。

1988年6月

第3辑·远去而不应忘记

《马家军调查》回忆

【题记】

沸沸扬扬的《马家军调查》事件已经过去16年了。《马家军调查》无疑是20世纪末中国文坛最有影响也最有争议的一部纪实作品，它的波及面从一般文学爱好者直至社会各界各层面乃至上层政界；它也远远超出体育领域，涉及我国社会转型时期的新闻、法律、道德、文化心理、商业等一系列问题。

这是我在《中国作家》例行的发稿单上签字同意发表这部作品之前始料未及的。我肯定不是《马家军调查》的第一读者，但在《中国作家》杂志，我肯定是它的第一读者、它的终审人兼两个责编之一。于今回想波翻浪涌的往事，也算对昨日今日的千百万读者有个交代，也是仅供他们评判是非时的参考。

一、突然来的赵瑜留下的"重磅炸弹"

1996年春日的某一个上午,我在沙滩原文化部大院内的二层简易小楼上班。这个小楼完全像20世纪中叶一个修建铁路时的工棚,一座临时建筑,却已临时了15年。先前《文艺报》在此办公,后来就成了《中国作家》这样一个"司局级"刊物的办公场所。凡外地来京的读者作家都无不为它的简陋感到惊讶。

赵瑜突然来了。九年未见,他似乎还是老样子。头发短了点,人胖了点。我们是一同参加《中国交通报》的西双版纳笔会,在昆明的宾馆里初次见面的,我恰巧被主人安排和他同屋。那时,他的《强国梦》《兵败汉城》均未出手,他基本上还是个默默无闻的青年作者,只在山西小有名气,好像《新华文摘》还刚转发他的作品。三十出头的赵瑜一副锋芒毕露、血气方刚的样子,无论议政议文,臧否时弊,都滔滔不绝,给人舍我其谁的感觉。自然,他那种敏锐出击的同时也显出某种不成熟。太潇洒了,有时就有点欠自我约束;这对一位青年作家来说,可以提醒他但似乎不应苛求。况且他那种北方大汉的真诚与憨厚,让你明显感到是一个可以交往而无须提防的人。

我印象最深的是在豪饮之后的一个夜晚,我们同车去一个傣家村庄。在打谷场上,在篝火和汽灯的照耀下,我们一起同傣家青年狂舞,从傣族舞直到迪斯科;赵瑜跳得如醉如痴大汗淋漓,临别时他不断向傣家青年送飞吻——这在当年很新潮很前卫。

那九年间,他读到我在《人民文学》上发表的诗《离婚者》后给过我一封短信,我们再无别的联系。

九年后几句寒暄,我已明显感到赵瑜不像当年直来直去,用语夸张,不留余地,而已经颇能注意吸收和理解对方的意见。一言以蔽之:我感到赵瑜成熟了许多。

赵瑜随即说明来意:他带了一部长稿《告别辉煌——马家军兵变纪实》,已请几位朋友看过,想再请我这老大哥看看。"我知道在目前形势下很难发,我不着急,只想听听意见。"

稿子就这样留下了。40多万字,蓝黑色印墨的打印稿,厚厚一叠,又是密密麻麻的小号字。

我当时自然没想到赵瑜留给我的是一枚"重磅炸弹"。

我把稿子带回甘家口。在最初的几天里,我只看了开头的一两章。作者的切入比较慢,再加上一看标题我就感到这篇东西太敏感,既然赵瑜自知目前发不出,那就搁着慢慢看吧。

这一搁便是一年半。这期间,我曾同一起登山的老朋友、时任国家体委政策研究室主任的王鼎华谈起过。王鼎华

《马家军调查》回忆

也在马家军营地住过些日子,也认识赵瑜,知道赵瑜在写书。王鼎华向我表示,赵瑜写马家军的东西现在恐怕不好发。我也曾同时向任国家体委宣传司司长的何慧娴暗示过有这本书,何慧娴也明确表示马家军的事不好触及。

说实在,那时无论王鼎华或何慧娴,直至国家体委高层领导对马家军的看法、态度我根本不清楚。我是直到1998年夏末才知道王鼎华在马家军"蹲点"之后,给体委打了一份五六页的报告。鼎华跟我说:赵瑜书中涉及的马俊仁的一些主要问题,我的报告里差不多都有了。鼎华几年后又说:他的报告几乎比赵瑜的书还尖锐。

这期间,我还把稿子给了《新体育》的骨干记者李丹,她"七运会"期间采访过马家军近一周,甚至到马家军食堂看过,尝过鳖汤;她挑她最感兴趣的一章即第14章《药魔重创马家军》,迅雷不及掩耳地读了一遍,给我留下了一句话:"我相信赵瑜写的这些东西都是真的。"她还说到当年采访时,她只感到马俊仁的做派不对味,因此未着一字。

我既吃惊又不吃惊,因为我在体育圈里朋友众多,他们对兴奋剂问题、教练员训练中的作风问题等议论得已经够多了。

时值1997年的冬天,赵瑜给我来电:想把稿子取走,给另一家出版社的朋友看看。我颇为无奈,只好答应他两天后来班上取。

就在这两天，我认认真真地将40万字从头读了一遍。我逐渐被吸引，进入角色；逐渐被震撼，忍俊不禁或陷入沉思。我更被赵瑜如此下大功夫如此深入细致的采访折服。这在日渐浮躁的报告文学界真是凤毛麟角。这部作品的真实、丰富、尖锐与启示，也是不可多得的。甚至可能具有某种里程碑式的意义。

当时，鲁迅文学奖首届评奖工作正在启动，我作为报告文学这一项的评委会副主任，自然有感于近年的报告文学中，真正贴近现实、能深刻地干预生活的作品寥寥，不少有才华的作者似乎有意避开今天而转向历史：抗战史、长征史、民国史……。难怪报告文学学会副会长兼秘书长傅溪鹏在评委会上提出，再写下去就是清代、明代了，还算不算报告文学？

但是，涉及影响如此大的马家军，涉及一系列可能引起麻烦的问题，我还是认为眼下不发较为稳妥。在电话里我向赵瑜表示，我相信有一天它能发表，希望他妥为保存，留下这一段历史。

我将我的意见报告了章仲锷——他在《中国作家》主持常务，一般情况下他不负责报告文学的终审。当时还有一篇卢跃刚的《大国寡民》也在我处。卢跃刚曾以《在底层》给《中国作家》带来麻烦，受到有关部门批评。作家协会为此召集各报刊出版社负责人专门开了会,章仲锷和我都在会上做了检讨。此后,作协专门设立了"报刊领导小组",以示加强纪律约束和对报刊社的管理。我以为《大国寡民》将陕西一个已处理两年的毁容案件用二三十万字的篇幅大书特书,固然是显出作者正直、义愤和才思浩荡,但似乎没必要写那么长,把《中国作家》牵涉进一场官司也不值得;再则,眼下不少报告文学作者有一种习惯性的毛病:议论过多,而且颇有点救世主的味道,缺少那种历史的客观与冷静,那也是我不很欣赏的——这意见我也报告了章仲锷。还跟作协的两位陕西籍同志通报了情况。章仲锷翻阅了《大国寡民》原稿,赞同我的看法,并说:对赵瑜的作品也要慎重。

赵瑜如约来杂志社。星期五,只有少数人在班上。天很冷,赵瑜运动员出身,身体棒,衣着很单的样子。

赵瑜一到,我就把他介绍给隔壁的二编室主任萧立军,说明赵要将稿取走。萧立军当即表示要把稿子再留几天,他看看再说。我也重申:如果有一天可以发,那么首先在《中国作家》发!赵瑜也没再坚持:反正一时半时也不好发。如果《中国作家》能选发那么十来万字,他就很知足了。

下一个星期一,《中国作家》社委会五人(除章仲锷、我、萧立军,尚有总编室主任何建明和一编室主任杨志广,何、杨二人均于1999年7月出任《中国作家》副主编）碰头会上，萧立军力主五个人都传看一下。他以为是不可多得的好作品，绝对轰动，如果大家都同意，就集体负责，整期推出，"炒"一把，《中国作家》太需要这样能"震"一下的作品了！

于是没看过赵瑜稿子的章仲锷、杨志广、何建明轮流传看。一周后的社委会上，五个人就当时所能想到的疑虑和问题，交换了意见。萧立军认为删去14章即可，至多再加一个后记；我认为，光删第14章还不行，其他章节暗示兴奋剂的地方还很多；萧说，那就有多少删多少。我和章仲锷认为，我们的出发点还是"补台"，即除开对全文要动一个大手术许多小手术外，作者还需加写一章，即马俊仁汲取教训之后在"八运会"重新崛起的内容，写它几万字，算是个光明的尾巴。我补充道："说白了，从量上，批评马俊仁的，削弱一点；说他好话的，多增加一点，全书就平衡了，既然我们还是把他作为英雄来看待的。"

章仲锷说，实在拿不准，可以矛盾上交，即送作家协会党组副书记，主管报刊工作的陈昌本看。

杨志广当即反问：你是想发还是不想发？我表示，如果作者全部接受我们意见，可以不送审。萧立军也强调了社委会集体负责的意见，至于他后来文章中说的"即使是捅破天

《马家军调查》回忆 / 杨匡满 散文集

也是五个人承担了",我记得当时并没有人讲,或许是后来他兴头上或开玩笑时说的。赵瑜很快来社,我和萧立军同他谈了修改意见,他表示完全接受,并说春节后即去大连马家军营地补充采访,有个把星期就行。

二月底三月初,赵瑜从辽宁返京,希望编辑部帮他找一处安静地,他躲几天加写最后一章。于是办公室帮他在附近找了处便宜的单间,给他拿了一大沓稿纸。

大约一周之后,新加的一章《再造马家军》约3万字就出来了。我、萧立军和章仲锷迅速传看。时值第九届人大召开之际,关于机构改革的各种传言不绝于耳。有一种说法是国家体委将合并到某某部,成为一个局,我们以为这对发表《马家军调查》倒是一个好的时机:体委忙于分流,考虑各自归宿,恐怕顾不上赵瑜写的马家军了。据说体委宣传司的同仁曾在方庄的一家小饭店里会餐,颇有点散伙前的惜别,还不知明日谁谁谁上哪儿呢。说实话,都这时候了,体委一些领导对马俊仁的看法我还是不清楚,我也并没有去着意打听。光凭删去的第14章里伍绍祖、刘吉等人的公开讲话是看不出什么的。赵瑜刚刚补写的一章里有这样的细节:马俊仁自称同中央保持一致,并不在要求保留国家体委的提案上签名。可这似乎也说不清他同国家体委的关系究竟怎样。我只是在末章中作者议论到体委时增加了一点充分肯定体委历史功绩的话语。

3月中旬，赵瑜的长篇开始电脑录入。赵瑜原先的软盘与我们的电脑不兼容，颇费了一番周折。随即，章仲锷因心脏病住协和医院，等待做电击术。于是3月19日的第一次座谈会便由我一人主持，地点就在编辑部极其简陋拥挤的小会客室里。清茶一杯，没有劳务费，与会者完全是看朋友面子的"友情演出"。倘若是别的作品讨论会，怎么也是像样的场所和拿得出手的一个红包了。《中国作家》清贫惯了，《中国作家》的朋友也清贫惯了。连录音机都是借来的，中途断电还烧坏了，不得不赔人家修理费。

与会者中，解放军艺术学院前副院长赵鹜少将来得最早，还准备了详细发言提纲；雷达是抱病从医院赶来的，他曾是《中国作家》副主编，这个面子他必须给的；最热心的是《中华文学选刊》的刘茵；还有就是专门从事报告文学研究的李炳银……

最后的定稿工作是由我和萧立军直接担任责任编辑来完成的。除全删第14章外，还删去一些多余的情节和议论。萧立军做全面的文字上的加工和压缩，以期一本刊物容得下全篇；我则着重删有关在国际上敏感的兴奋剂的句段，如"游泳队出事以后，马家军营地人心惶惶，士气低落"，如由17名队员签名的"辞职报告"也即"兵变宣言"中的"我们再

《马家军调查》回忆

不希望出现游泳队的结果"等明确暗示的句子,凡"药"这类字我都瞪大双眼推敲一下有没有嫌疑。

为做到万无一失,同时也保证质量,我们破例再让编辑郭小林和方文分别通读,并叮嘱他们凡遇可疑的用"药"之处一定"斩尽杀绝"。

那期杂志的"卷首语"是我受编辑部之托写的,化名欧阳闻雪,那是我第一次写小说用的笔名,后来办报纸时写通讯和评论也用过此名。我阐发了如下观点,也有点导读的意思:

不仅是体育情结

欧阳闻雪

……

体育作为一种世界语,如同音乐和美术,不需要翻译,跨越了语言和民族的界限。大众传媒的迅猛发展和卫星电视的空前普及,更使得我们这个星球愈来愈像一个村庄。然而终究是一个多民族的村庄。在这个地球村里,在没有战争的情况下,竞技体育便成为展现各自民族精神风貌的一个窗口,一个民族的综合实力,它的意志、智慧与自信,通过它迅速展现给其他村民。

自然,还有这窗口里面的每一个民族深层次的文化积淀。而关注这种深层次的文化积淀恰恰是作家们的优势,也是义不容辞的社会责任。这种责任超出了他们的体育情结。

《中国作家》本期以几乎全部版面隆重推出赵瑜历时三载的力作《马家军调查》，正是基于上述的思考。

作家赵瑜曾以《强国梦》和《兵败汉城》在文坛体坛以及社会上引起广泛注目。可以说，《马家军调查》是他的"三部曲"之一，是他更趋成熟，也更具价值的作品，相信它对当今的报告文学创作，会有某种启迪。还可以相信，广大读者在被这篇作品深深吸引直到掩卷之后，在感受某种强大的辉煌的同时，还可能会有一些沉重的叹息。这些叹息无疑是我们民族智慧与文化道德的一种提升。

《中国作家》素来重视贴近现实、关注重大题材、深刻揭示矛盾、生动表现人物性格命运的报告文学作品。应当说，近年这类作品并不多见。因此，《马家军调查》的问世尤其显得可贵……

我想，可能有许多读者没有读或干脆读不懂这些话外之话。至于我们的苦衷，就更不便说了。

二、出版史上少见的争夺战

在此期间，赵瑜隔三差五来编辑部。我们也问他掌握的证据究竟有多少。他坦言从到马家军营地起,就三天两头将掌握的第一手材料(手记、原件、录音带等)背一个小书包上邮局寄回老家,以免过于集中引起马俊仁怀疑。这些材料都已妥善保存,不怕一万就怕万一,引起麻烦时就用得着了。他还估计老马不大可能打官司,刊物一出他就会去做老马的工作。

赵瑜频繁来杂志社的另一原因是与我们商量同出版社签约出书的事项。一个多月内先后有五六家出版社来看稿和洽谈。频率之高,读稿之快,更迭之快,怕在出版史上都少有。也并非如后来传媒所说,赵瑜这部书被所有的出版社都拒绝都不敢发表或出版,恰恰是解放军出版社的两位负责人审阅通过,而且已经同赵瑜签约。只是赵瑜无意中发现他们决定无论书出与否要把出版日期定在4月末,即抢在《中国作家》版权页上写的5月10日之前。赵瑜不干了:稿子是《中国作家》编辑花大力气加工,也是《中国作家》承担首要的风险。赵瑜说:这不行,必须在《中国作家》出刊之后。于是双方趁合同生效之前毁约。此一小事可见赵瑜还是挺讲义气的,不然一大笔预付金就到手了。

还有一个原因是此事起初由一家文化公司牵线,这中间环节的利益怎么办也成了难题。

我记得我当时还开了句玩笑:马家军真打起来打不过解

放军。

人民文学出版社是由何启治、高贤钧两位副总编率队来的，总共6人，连合同书都带来了。

何、高二人是《白鹿原》《大国之魂》《中国知青梦》《尘埃落定》等当代著名作品的催生者，他们的艺术眼光想必代表了国家出版社的水平。大家在美术馆对面的一家傣家风味的餐厅边吃边看足球，相谈甚欢。他们对《马家军调查》一书的评价也无须多言。唯有一个问题引起了出版社发行部门负责人的疑虑：今日集团会不会打官司？会不会使出版社成为"第三被告"？赵瑜说明了一些情况和他写作的依据，但看来没说服他们。何启治和高贤钧毕竟不是出版社的最高决策者。他们一行在向社长陈早春汇报之后，据说这位一向老成持重、谨慎至极的掌舵人表示，他不担心马俊仁打官司，只顾虑今日集团。陈早春以"五四文学"见长，对当代创作不甚熟悉。他一票否决，别人怎么争也无济于事了。

广东人民出版社得到情报后迅速派编辑于4月下旬飞抵北京，连夜阅读样书，夜以继日同赵瑜谈判合同细节，终因坐镇广州的第一把手下社长的犹豫，以及在交软盘时间、预付款等细节上的某些分歧未能签约。那位广东编辑一会儿用旅馆电话，一会儿用手机同南方大本营频频联系。时而关山阻隔，时而柳暗花明；就在可以一锤定音之时，手机一响又重头来过。信息时代的买卖用"风云突变"这个词汇都显得不够了。

作家出版社、社会科学出版社的情况大同小异，下边的同志很积极，到了一把手社长那儿就卡住了。正为《黄帝内经》一书困扰的作家出版社社长张胜友甚至还发了脾气。他表示要等刊物出来听听反响之后再做决定，这其实也是慎重的表现。最后是北京出版社，可说以迅雷不及掩耳之势和赵瑜签约，且已排出书校样，但就在此时他们也"慎重"了一下，跟刚刚回社的第一把手打了招呼，于是停机撤稿。

应赵瑜和出版社之邀，我写了一篇散文式的序文。因书未出版，它也就未能发表。今将它的清样全文登录如下。

序

杨匡满

九年没见赵瑜，人生的曲折坎坷竟没有在他脸上留下印迹。依然是那张显得嫩气的学生脸，只是胖了一圈，或许是长发剪短了的缘故。

然而一坐下来细细地端详也细细地交谈，我突然感觉到他在依然保持着山陕硬汉耿直秉性的同时，多了几分稳重与成熟。无论评点人或事，都显出宽容大度和替对方着想的视角，这使我高兴之余多少有点惊讶。

我们是十年前在昆明认识的,一同去西双版纳,一同在澜沧江边度过了比较原汁原味的泼水节。不像近几年这种民俗旅游带有了许多人工造景的虚假。我们一行在景洪附近的一个傣族乡村的打谷场上,在汽灯的照耀和手提录音机的节拍中,同傣家青年们忘情地狂舞,既跳傣族舞也跳迪斯科。赵瑜无疑是我们之中最放得开的一个。深夜登车离去之时,他很新潮地向傣族女青年们送着飞吻,而傣族青年们也以欢呼回报他。

那时他的《中国的要害》刚刚问世,还有别的三两篇写中国社会问题的报告文学。《强国梦》尚且没有出笼,坦率地说,我在佩服他的敏锐与勇气的同时,多少也觉察到一丝偏颇和粗疏。当然,这对于一个刚到而立之年的青年作家,又是不必去加以挑剔的。

倏忽之间过了十年,其间收到过他的一封短信,是评论我的一首诗,因知他正浪迹天涯,竟未能复信。

这一回赵瑜是听说我到了《中国作家》和章仲锷拍档,特地来看我的。在握手的一瞬间,似乎就预示着要发生什么。

果然,他临走时留下了厚厚一沓打印稿《告别辉煌——马家军悲剧纪实》。他说:"我已给一些朋友看了,我知道它现在发不出去,只是想请你作为朋友看看,不着急的。"

于是,赵瑜的书稿在已经延宕了一年之后在我案头又延宕了一年。我为他书中披露的大量事实震撼不已;我被他的娓娓叙述、雄辩与抒情的精妙结合深深打动；凭着我的直感，我认为这是他更为成熟的和奠定他在中国文坛地位的作品。

然而我不敢就这样将它发表出去，这也并非出于胆怯。马家军毕竟太辉煌也太敏感了。

我只能对赵瑜说：你好好放着，相信它有一天能问世；只要时机一到，请一定先在《中国作家》上发表。

我的编辑部的同仁们终于运用集体的智慧找到了一种方法，使得这部作品不仅保留了它鲜活又厚重的历史真实，还平添了现在进行时的意义。这样，无论对马家军还是对读者都显得公正，对中国竞技体育的改革也会有启示。我相信中国的体育史上，会给它留下一笔。至于对这部作品文学价值的评价，我想不断会有评论家理论家们提到它，我自己同评论疏淡已久，已没有资格多发言了。

为了这本书的书名，赵瑜和我们曾绞尽脑汁。"是谁重创马家军""是谁主宰马家军""马家军风云"，等等，争论了斟酌了三个多月。最后还是赵瑜自己的灵感："调查马家军。"我只是将"调查"二字挪到了后边。

王军霞在读完《马家军调查》后给赵瑜写了一封信。赵瑜在电话里给我念了这封信的全文，我听着听着，不知不觉中热泪盈眶。我希望本书的读者们也能尽快看到这封信，这位伟大的小姑娘的不平常的文字，无疑将帮助我们加深理解这本书里所写的一切，也加深理解赵瑜本人。这本书已经在引起热烈的讨论和争论，这也恰恰证明它决非平庸之作且必将为后人载入史册。

上述这几段"出版史话"都是后话了，它表明了一个饶有趣味的现象：百分之百的都是第一把手不敢最后拍板，而那些副总们、编辑们则很少例外表现出少有的热情。

三、伍绍祖把电话打到我家里

现在我必须回到1998年的3月下旬，这其实是个更为重要的时间段。此时，《马家军调查》一书已箭在弦上，但未最后校完和签字付印。尽管我们不对外声张，毕竟知道的人已不少，现代通信工具使得我们无密可保。于是我们计划将原定的5月10日出刊日期实际上提前到4月20日，早些发到读者手里，尽可能地避免风浪。

3月24日晚8时许，国家体委宣传司司长何慧娴电话打到我家里（据何慧娴记忆为3月中旬）。

我认识何已十余年，我有家人是她的下属，而她和她夫君《人民日报》副总编李仁臣，两人加入中国作家协会又是我当了"介绍人"的，彼此都以朋友相称，也从不隐瞒什么观点。何慧娴电话大意是：一、伍绍祖听说了赵瑜的稿子，担心兴奋剂一事捅出去于国家不利；二、伍绍祖、袁伟民对马俊仁都很反感；三、作者有权想怎么写就怎么写。这是我第一次听到体委最高领导对马俊仁的看法。我在电话里说，我们补充了许多说马俊仁的好话，这样整篇就摆平了。对此，何慧娴在电话里未表态。我请何转告伍绍祖，请他放心，我会从国家利益出发，定稿时将兴奋剂删得干干净净。

第二天即3月25日晚，我外出归来才知道，伍绍祖亲自来过电话，并要我10点之前往伍家里回电话。

我同伍绍祖认识已久，因地位悬殊，来往不多。十几年前我写施光南时采访过他，他是施中学同学，曾热心为我提供了不少素材。他到国家体委上任伊始，我作为《华声报》记者到他家采访过；1992年春体委请一批圈外专家为中国足球出主意，他邀我与会发言，这对我这个超级球迷来说是莫大的荣耀了。除此之外，我只能从赛场的看台上仰望主席台上的他了。

10点差十来分时我拨通电话。

我先开了句玩笑：他的电话又是6又是8，真吉利，不像我的号码可以叫人气死。

伍绍祖说：什么吉利呀，我日子不好过，马俊仁在会上老骂我。

然后，伍绍祖这样问：听说赵瑜的书快出来了？

我答：没那么快，怎么也得5月。

伍绍祖又问：是不是压一压？

没等我答，伍接着说：如果要发，兴奋剂的事希望一定删掉。至于别的，作家怎么写有他的自由。

我一听，不啻是一颗定心丸。我重复了给何慧娴谈的话，并且举例说，例如"游泳队出事之后，马家军营地人心惶惶"之类暗示性的话语，我都会去干净。

伍绍祖又说，国际田联至今拿着马家军比赛后的尿样B样，一旦有新的检测手段就会败露，……

俄顷，伍绍祖问：赵瑜在不在北京？

我答：他在山西，过两天就来。

伍说：找个时间，你和赵瑜一起来，我们聚一聚，谈谈心。马俊仁这个人能通天，辽宁省里也有人支持他。有些事，你们还可以写内参。

我说：我们觉得赵瑜写得比较客观，大不了我这个《中国作家》的负责人免职，也没什么了不起，我还可以当作家。

我与伍绍祖的对话就到此。我的电话无录音，似也不必有那设备。我想我是凭我的良心来回忆的，不带任何夸大或虚构。像这样事关重大的对话，在一生中都不会有很多次，因此当《马家军调查》很快演化为一场轰动海内的事件时，我在脑子里将此次对话已不知重复了多少遍，也对一些好友谈起过。

我在工作笔记上记下了何、伍谈话的要点。第二天到杂志社，向三位社委会成员即杨志广、萧立军、何建明做了传达。不久，又到协和医院向正等待做电击术的章仲锷做了介绍。可以说，大家心里很踏实了，至少国家体委方面不会反对这部作品，尽管他们还无人看过。退一步说，即使体委不支持，只要不是特别地反对，《马家军调查》这部书稿也是没有退路，不得不发了，只是风险肯定会大得多。

需要补充的是，我的老友王鼎华也来了电话，他以为文章已经出来了，向我索要刊物，并提醒我：马俊仁这个人是翻脸不认人的。

几天之后，刊物由我签字付印。标题最后定为《马家军调查》。关于题名，还是赵瑜自己提出：调查马家军！大标题已请书法家题毕。快付印了，我说，倒过来，"马家军调查"，语气上显得缓和与客观一些。

四、文学圈、体育圈的最初声音

4月下旬的开头一两天，《中国作家》1998年第3期样刊即《马家军调查》就出来了。我们有意压了几天,以便吉林省作家协会的一家书商能在"五一"过后就把他们订的五万册刊物发出去,主要是发东北发辽宁;也便于我们通过邮局把刊物优先发到订户手上。

另外,我早在两个月前就向我的邻居、时任《北京青年报》记者的陈国华(也即《人有病,天知否》《故国人民有所思》两书的作者陈徒手)介绍了《马家军调查》一书的进展情况,引起他极大兴趣。4月末,我将样刊送他一本。4月30日的《中华读书报》上,率先刊出了何建明的推介文章《赵瑜调查马家军》;5月1日,《北京青年报》以一个整版篇幅摘登了部分章节;由此揭开了沸沸扬扬数百天的《马家军调查》风潮。

赵瑜自然早早地拿到了几本样书,并且很快给了王军霞一本。

"五一"过后,我们即向作家协会党组书记处的领导送刊物。给体委领导伍绍祖、袁伟民以及何慧娴等人的刊物是派人直接送去的。

5月上旬的最后两三天,东北和北京的书报摊上出现了白底蓝字的大幅《马家军调查》广告,颇为煽情也颇富刺激性的广告词是书商拟的。第一行标题为"金牌的摇篮也是腐败的摇篮",我看到后生了气:"太耸人听闻,去掉!"因此第二次广告改印红字时去掉了这行字。

一块巨大的石头，就这样落进了广阔的水面。

最早的反应来自国家体委系统。我赠送给《新体育》的几本刊物在那儿被争相阅读；《体育报》高级记者张晓岚来电，随即派人来买走一批刊物。

5月7日晨，我拨通何慧娴家的电话，何慧娴说，她是连夜看的，基本上看完了，感到触目惊心。她又说：中国的体育史将记住《中国作家》杂志和赵瑜，你们为体育界做了一件大事。我自己也值得很好深思和反思，我过去也说过些违心的话。最后，何慧娴还谈了她的担心：辽宁方面会有什么反应？马俊仁会不会闹？会不会有人在马俊仁的逼迫下作伪证？那赵瑜就惨了。她希望出现最好的结局，那就是广大的读者将马俊仁推上道德法庭。

何慧娴说得很动感情。我很快将何对《马家军调查》的主要的一些评价向杂志社几位社委通报。需要插一句的是：中国足球队在去年亚洲十强赛失利之后，何慧娴在大连的记者招待会上有一个"定位"说，引起了球迷及媒体很大反响，准确地说是反对的不少，骂她的不少；《中国作家》恰恰是文学圈球迷的中心和"集散地"之一，尤其是年轻气盛的"侃爷"们，也跟着骂过。

听了我的转达，杂志社球迷的领军人物之一，一向对何慧娴嗤之以鼻的萧立军说：看来，我们对何慧娴的看法得变了。从那天起，我在杂志社听到的说何慧娴坏话的明显少了。

我还跟何慧娴说了我们准备搞一个作品讨论会的想法，并请她参加。她说她很愿意参加，具体时间到时候再看，但她愿意推荐一些体委圈里有思想有独立思考精神的人来参加。

也是5月7日早晨，我赶在伍绍祖上班之前拨通了他家里的电话。我请他届时来参加讨论会，他表示作品还没来得及看。他还说：这一周比较忙，下周找个时间我去看你。

据悉，5月6日晚，王军霞在伍绍祖家。可以判断，王军霞在4月底就得到了赵瑜送的样书，她已经全部读完。在伍绍祖家，《马家军调查》大概会是他们谈话的主要内容，伍绍祖会对这本书的看法征求王军霞的意见。伍绍祖说要来我家看我，想必也与此有关。

我是在若干天之后看到王军霞"批点"《马家军调查》的。小姑娘读得很细，评得很细，字里行间，透露出她对马俊仁教练的"哀其不幸，怒其不争，既爱又恨"的情绪。有的地方她批道："完全是事实，还有更严重的没有写"；有的地方她批道："马导，我还是永远感激你的。"如此等等，足见这位农村姑娘、世界冠军看问题还是很全面很有分寸很通情达理的。

我还想到：这部中国唯一的欧文斯奖得主王军霞批点过

的鸿篇大著，或许有一天应当公之于世，有一天应当出现在某个文学博物馆或体育博物馆里。

王鼎华刚刚从体委政策研究室主任的位置上退下来，他的反应是：感到非常震撼。

时逢北京劳动人民文化宫一年两度的书市。在《中国作家》杂志社租用的摊位上，《马家军调查》当然是今年的主题。但销售者则是一位书商。5月9日，赵瑜被请来签名售刊。那天我和章仲锷都去了书市转了两三个小时。

公平地说，这一天售刊情况还称不上"火爆"，还有冷场的时候，书商便叫卖几声。热闹的时候有七八人排队等候赵瑜签名。据统计这一天售出了三百来册，中等吧！

有的读者打听：是那个写《强国梦》的赵瑜吗？北京电视台《中国体育报道》节目组的人还现场拍了一些镜头。

只听到一位五十来岁的妇女大声嚷嚷：别在那里糟蹋马俊仁了！我未及同她谈话，她已愤愤然离去，没有买书。我朝她说了一句：欢迎有不同意见！也不知她听到没有。

中国作家协会党组书记处几位领导的反应也极快。5月13日作协机关传达文件的干部会上，我正好坐在党组副书记、前文化部副部长陈昌本和党组成员、书记处施勇祥旁边。施勇祥连说了两句："不错，不错。"陈昌本说："写得很生动，很客观。"我简单介绍了删节情况，陈昌本回复："你们还是说了马俊仁不少好话嘛！"几乎是同一天，高洪波给我一条短信，称赞这期杂志"很精彩"；而最为激动的要数陈建功，他开动电脑（他是作家圈中的电脑专家），修书一封给老章和我。

下面就是陈建功给我们的信：

仲锷、匡满：

你们好！

读过了《中国作家》发表的赵瑜《马家军调查》，为赵瑜高兴，也为《中国作家》而高兴。

这是一篇回肠荡气之作。它不仅仅是马家军调查，也是中国体育界的"调查"，是中国政治界的调查，是中国文化深层结构的"调查"。赵瑜在作品中把一个作家对社会对人生的独到发现和思考表现得淋漓尽致，使我对他充满了敬意，也使我对《中国作家》充满了敬意。我相信这感觉不仅仅属于我个人，也将属于每一个读者。因此我忍不住想向你们表示祝贺。我个人认为，这篇作品，是对报告文学乃至中国新时期文学的新贡献，是给"真理标准讨论20年"的最好礼物。我之所以要给你们写这封信，还因为觉得这一作品在得到热烈欢迎的同时，或许也会遭到非议。但我认为，为这样一部作品，不管会有什么风波，都是值得的。我们要支持作家对社会对人生的独特思考与发现。这是20年前"真理标准讨论"给文学界带来的最直接的成果,而这一成果的继承和发扬,实在是文学界走出目前的状态的关键。

仲锷在电话里说,准备以此为契机,推动《中国作家》今年再推出一批好的小说,我以为这一主意很好。最近(翟)泰丰同志指示作协要召开作家"改稿会"。我的初步想法是,叫"改稿会"或"约稿会"且不用管它,但一是要把这种会和作家出版社、《人民文学》《中国作家》等的出版发表结合起来,以发挥作协报刊社的作用;二是要把这一会议和我们的文学主张结合起来。这样才不会使我们的"会"流于空泛。因此,结合你们的设想,我建议你们和立军、志广、建明等商量一下,拿出一个中篇小说"改稿"(或约稿会)方案,会议可开成小规模的,选择几位好的作家,集中讨论中篇问题,意在组织好的中篇。我拿到你们的方案后,力争此会由作协出面开,(或是创研部和《中国作家》联合)一是有全局作用,二是等于为《中国作家》组织了作者和稿件。此意见妥否,请酌定。

本来想去看看仲锷再言此事,因恐又要推几天,故匆匆写一信,余容面谈。

颂安

建功

1998年5月13日

建功还说，发这样的作品，哪怕书记处书记不当都可以。

建功信中说的"风波"果然来了。9月，作协党组决定由建功兼任《人民文学》杂志主编，正报批宣传部就传出了"一群老作家"上书告陈建功的事，罪名之一便是陈建功支持《马家军调查》。这是后话。

五、赵瑜没拽住马俊仁的四轮车

辽宁的反应比我们和何慧娴预料的还要快还要强烈。

原因是《北京青年报》一个整版选载之后，辽宁的报纸、天津的报纸紧接着就选载。这些选载有一个共同特点，即是多取书中或批评或调侃马俊仁缺点的部分章节，而且往往冠以耸人听闻话语，例如"马俊仁撕队员乳罩"之类的副标题、肩题之类。这样，很自然便在马俊仁的家乡，引起辽宁省体委的注意。辽宁省体委主任崔大林等人是早知道赵瑜写了一本马家军的书的，如今报纸出来了，难道全书都是这个调子？都是这类"糟蹋""埋汰"马俊仁的内容？此时他们肯定未读过全书，但作这种猜测和判断，也是合乎逻辑的。

据悉，5月8日，以辽宁省体委的名义，由崔大林签发的传真到了国家体委宣传司。另一个说法是辽宁省体委通过省委宣传部发出的。

我当然不可能看到这份传真。我从体委宣传司的电话里得知了这份传真的大意：《中国作家》杂志即将出版赵瑜诋毁马家军的作品，请予制止。

国家体委（时已改称国家体育总局，但人们习惯上仍称"体委"）和中国作家协会是两个系统，体委自然不好直接干预作协的刊物。宣传司这样答复辽宁体委：作品已出版，请你们认真通读全文，本着党性原则来处理。

我不知此份答复是谁草拟经谁批准发出，但我认为这样做是公正的、无懈可击的：你读都没读，凭什么说它是坏作品？体委又有什么权利制止别的系统的一部文学作品出版？辽宁省体委的要求，实在有点违反常规了。

据赵瑜得到的消息，就是在这一两天，崔大林带着3个人从沈阳驱车赶往大连见马俊仁，可以推想是专门为了《马家军调查》，很可能是动员马俊仁上告。

据赵瑜得到的消息，马俊仁的第一反应是写没写用药的事？答说没有，马俊仁也就松了一口气，没动。因此，崔大林的算盘也就搁浅了，在马俊仁那儿碰了软钉子。

这几天里赵瑜与马俊仁，与马大嫂频繁地通着话。各自的手机向对方敞开着。赵瑜明白，这是两个老朋友最需要沟通的时候。

从春天开始，山西作家赵瑜在大部分时间里都在北京，这是因为中央电视台交给他一部有关改革开放20年成果的专题片。他作为编导要策划，拟解说词，调动人员，指挥拍摄；今天采访这个人，明天又出发到那儿拍一组镜头。其紧张忙碌是可以想见的。

赵瑜在西城的某条胡同里有一处房子。我至今未有造访的荣幸。他本是北京人。这房子是他母亲的还是朋友借他的我也没弄清楚。他的摄制组在中央音乐学院附近的一条偏僻的胡同里，挂牌是山西某某地区办事处的小院，他们租了两三间房子。

这是普通不过的招待所，连半个星都够不上。他的房间里充溢着一种北方汉子的粗犷气息，小桌上堆着满满或空空的酒瓶、剩下的酒菜，书桌和床上堆着各种书报资料。唯一醒目的是，墙上贴着一张该电视节目的摄制时间表，日程排得满满的。

赵瑜就在这样的环境和氛围里，为他的产儿《马家军调查》做各种各样的斡旋和答辩。当时，和作家出版社、广东人民出版社的谈判都还在紧张地进行，而电视台和他手下的摄制人员又在催他，很难想象他怎么应付得过来，怎么静下来把片子拍好。

我靠在右边的床上休息，他坐在左边的床上。他说，他还是得给马俊仁再打电话：老马，你别光听别人给你念小报，别听人给你瞎撺糊。你手头有没有那期杂志？你能不能从头到尾读一遍？要不我去大连，给你一字不落地读一遍？你别以为我都在说你坏话，你听听这一段……你再听听这一段……

马俊仁的四轮马车已经从坡顶准备往下冲了，赵瑜死死地抓住缰绳，劝他别冲，劝他三思而后行。

不过赵瑜始终信心十足：老马不会打官司，那样闹对他有什么好处？

这些天里，我因要代表杂志社一方参与同出版社的谈判，几乎天天都见到赵瑜，并且要共进午餐或晚餐，我可以证明的一点是：即便赵瑜只面对我一个听众，他除了说马俊仁没什么文化、一两千字的文章都读不下来之外，没说过马俊仁别的坏话。间或还为他解释开脱几句。

是啊，要说的都在书里了。

此时，约5月15日，以辽宁省体委出面的第二份告状已经出台，这一回不光是告到国家体委，而且告到了中央宣传部和新闻出版署。大意是《马家军调查》是一部反对社会主义体育事业的作品，且不实之处达五十余处，还举了若干例子。然而，有关部门指示：不要炒作。可能辽宁省体委急了一点，一部三十余万字的文学作品不是说告就能告倒的。有关人员审读一遍，讨论一遍，向首长汇报一次到几次，再征询有关部门的想法，起草一个带倾向性的意见，可不是三五日一两周就能办到的。特别是经过"文化大革命"之后，中央有明文，对一部作品，一个作家，决不会再轻易扣什么"反对社会主义"之类的政治帽子了。

话分两头。此时章仲锷和正在北京的薄熙来夫人谷开来往来频繁。章仲锷说，开来小时候和他一个院子，他是看着她长大的，开来一直称他"大章叔叔"。开来后来成为著名的大连市长薄熙来的夫人，并且赴美留学，成为一名律师。

我那时没见过开来大律师，我只能从章仲锷的电话里得知这位有可能对《马家军调查》起举足轻重作用的大律师的态度。

5月13日，章钟锷和开来通话达创纪录的两个小时。章仲锷向我转告：开来表示要站出来为马俊仁作辩护，"赵瑜将会无地自容"，并说马俊仁根本不存在兴奋剂的问题。

"大章叔叔"两个小时都未能说服开来。但他知道开来只看过小报未看过全书。因之坚持要求她务必读完全文。开来刚送章一本她的成名作《胜诉在美国》，出于职业习惯，章便帮助她校读她的书稿。在文学界，章仲锷作为一位著名的老编辑，他的仔细和文字功底还是令人称道的。他从开来的书上挑出了几百处错讹。自然，开来也要给点面子的。

5月15日，老章告知我：开来看完了全书，态度已变，表示马俊仁如果要打官司,她将劝说马打消这个念头。

大约就在这一两天,浙江《体坛报》电话采访我问及此事,我便将章仲锷的话如实奉告。后来开来在她的《我为马俊仁当律师》一文中指责我"子虚乌有",即指此事。究竟是老章年纪大当时就记错了,还是开来自己说过马上矢口否认,我就不想弄明白了。

六、只有麦当劳和矿泉水的研讨会

赵瑜和马俊仁终于彼此关机

我把时光再倒回几天。《马家军调查》刚刚在《北京青年报》选载,我便通过邻居陈国华向《北京青年报》的领导转达,建议共同发起开一个中型座谈会,也算新闻发布会或研讨会吧。陈国华曾在作家协会创作联络部工作,也算是我的先后同事了。更重要的是他女儿和我女儿同校,他们夫妇接送孩子时常把我孩子捎上,省却了我不少麻烦,他们的热心肠也为大院里的人们称道。因此,我有什么文学界的讯息往往首先向他通报。

《北京青年报》很痛快地答应了。5月11日下午,我和萧立军驱车前往报社,同主事的"北青报"副总编辑何平平和部门主任何小娜商谈一些座谈会细节，确定时间、地点、邀请人员、记者名单，并做了分工，哪些人由他们通知，哪些人由我们通知。

尽管我们没在那儿喝上一口水，但事情还是顺顺当当。

辽宁省体委的原主任、党组书记、现任辽宁省社会科学院院长的阎福君，那两天正好在北京。他读完了《马家军调查》，并且写了一篇七八千字的读后感，是一篇有理论有思辨色彩、有反思和批判精神的情理交融的发言稿，并且在开头便作了沉重的自我批评，为他在任时没有很好关心那些身心受到摧残的孩子而感到内疚。整个发言是一篇从马家军扩展到整个竞技体育的很有水平很冷静的文章。

我们自然邀请阎福君。我们还以快件方式，同时对崔大林、马俊仁发出了邀请，措辞相当恳切。对王军霞的邀请自不必说。我们有一种良好的愿望，也可称作一种策划：把他们请到一张桌旁坐下，王军霞这个懂事的孩子会讲几句马导永远是我老师，只希望他反思一些事情；而她现在回想起来"兵变"时她的做法也有些不妥。如果马俊仁也能做些自我批评的话，哪怕只一句两句，马俊仁的威信便会倍增，他更不愧是一个英雄。这样一个马、王、阎、崔会面的大团圆格局，不也是体育界一条大新闻吗？

这是《中国作家》一群书生闭门生出来的善良愿望。

阎福君表示：如果马俊仁来，他就不参加了。

王军霞表示：如果马俊仁不来，她也没必要来。

作协副书记陈昌本婉转地对我说：马俊仁就不要请了吧，他那个性格！

但我们还是满是诚意地请了。结果各种好心纷纷辜负。

国家体育总局系统请谁？杂志社出面请了写《中国姑娘》的作者鲁光，写了登山题材《辉煌与悲怆》的作者张健，还请了《新体育》副总编辑黄伟。有一部分名单，是何慧娴在5月12日的电话里向我建议的，他们是：

熊斗寅　体育科学研究所研究员

李力研　体育科学研究所副研究员

栾开封　国家体育总局政策法规司副司长

古　柏　《体育文史》杂志副主任

李伯飞　《中国体育报》社会体育部主任

卢元镇　北京体育大学教授（赵瑜也邀请了卢教授）

何慧娴当时嘱我不要外传。我想，事过境迁，我披露此事不见得是不尊重她吧？倘如此，我只有表示深深的歉意了。

我们自然邀请了何慧娴本人，还有王鼎华。王鼎华出差未归，何慧娴很想来，但可能有所不便。

《中国作家》和《北京青年报》联合通知发出刚一两天，即5月14日或15日，我突然接到电话：《北京青年报》单方面决定退出此活动。这使我们陷入被动，因为新闻界的邀请信是由他们发的。

我后来从陈国华那儿得知是刚刚走马上任的《北京青年报》总编辑拍板的，据说还训了下边一顿。或许这是一种显示谨慎的悬崖勒马的决定。何小娜在电话里则说到赵瑜的一段谈话引起他们领导不满也是一个原因。或许是赵瑜对他们的转载不够满意。其中的是非我想毕竟是不重要的。

《北京青年报》"临阵脱逃"，陈建功很生气。

我们于是紧急磋商，中国作协创作研究部（由书记处书记陈建功分管）和山西省作家协会立即决定与《中国作家》合办座谈会。

陈建功让我打电话给"北青报"：他们出面邀请的人我们一概不请了，请他们作善后处理。

我们有理由对"北青报"的做法深表遗憾。我们补充做了些邀请，但有的显然来不及了，譬如几家大报文艺部记者本来是可以来几位的，当然，消息发不发，怎么发，是他们的事。

其实，截至5月中旬，据不完全统计发表关于《马家军调查》消息或书评，或开始选载连载的，已有《中华读书报》

《北京青年报》《文艺报》《文学报》《报刊文摘》《北京日报》《太原日报》《成都晚报》《新晚报》《羊城晚报》《成都商报》《体育文摘》《体育快报》《生活晨报》《新闻出版报》及北京电视台；另有北京有线电视台、山西电台、山西文艺台已准备播送。

《马家军调查》几成燎原之势。要求转载的电话频频到来。为此我们拟了声明：不得掐头去尾断章取义，专摘一些看来耸人听闻的东西，而要求他们全面完整地转载，否则定当追究。从某种意义上说，我们声明的出发点既是维护马俊仁的声誉，也是维护严肃文学的声誉。

然而，水已经泼出去了，面对许多以商业利益为目的的小报，你管得了追究得了吗？

5月20日，我接到关于《马家军调查》的第一个电话采访。对方是《沈阳晚报》的记者董世军，他表示不大同意赵瑜的观点倾向。我问他是否读了全文，他说还没有。他说如果有正面歌颂马俊仁的报告文学你们发不发？我说只要真实和艺术水平够当然发。他对我的谈话的报道基本上还符合我的原意，不妨摘录如下：

《中国作家》：目的是为了揭示体育界一种现象

《中国作家》杂志社副主编杨匡满在接受电话采访时，首先承认推出《马家军调查》，需要极大的勇气。他诚恳地说："马俊仁是英雄，但这并不说明不能揭示他的另一面，我们推出《马家军调查》不是想搞垮马俊仁。至于有无不实之处，我认为《马家军调查》总体上来看没有问题，可能在有的细节上有不同看法。但编辑部不可能去核实每个细节，如有不实之处，作者应该公开更正。"杨匡满显然已了解到辽宁方面的强烈反响，他说："我们希望辽宁省体委和马俊仁以及广大群众在全面阅读《马家军调查》后，冷静地发表看法，不要受某些媒体转载的部分章节和自立题目炒作的影响。我们已在《文艺报》上发表了郑重声明，各媒体不得转载部分章节，只有经杂志社同意后，才可以转载全文。"杨匡满强调："我们是想通过马家军这一典型的发展史来展示体育界的一种现象。"

对于辽宁省体委和马俊仁有可能将《中国作家》推上法庭的说法，杨匡满说："我们不愿上法庭，但我们做好了打官司的准备，我们心里有底，如果打官司对谁都没有好处。"

——转引自《家教博览》

在座谈会之前最后敲定名单的那两天，赵瑜专程回了一趟山西，将有关材料背了一书包到杂志社。这其中有1998年5月15日王军霞给赵瑜的信，1995年3月29日马宁宁给赵瑜的信，1995年3月28日王军霞、吕亿、刘东、马宁宁、吕欧、张林丽、王晓霞、刘莉、张丽荣集体签名给赵瑜的信，她们九人为退队起草的协议书，王军霞的日记，1994年12月17日王军霞给孙队长的信，队医张琦亲笔开的"保健品"处方，李颖抄录的队友通信、曲云霞与马俊仁的合同协议书草稿，赵瑜整理的部分录音等。总之除了录音带、兴奋剂药瓶之外，重要的证据都有了。我当即让杂志社复印一份留底，并指示封入保险箱。

应何慧娴要求，我也携带了几份主要材料去体委给何慧娴过目。我说了八个字"证据确凿，笔下留情"。我给陈建功也讲述了同样的意思。

我还感觉到，赵瑜的确不简单。从他采访的第一天起，就做了若干年后上法庭打官司的最坏的准备。他那些录音带还没亮出来呢，但《马家军调查》的严密与真实已毋庸置疑。

第二天（5月21日），座谈会在东土城路中国作家协会10楼多功能厅召开，许多手中无请柬的记者被挡在门外。董世军坐夜车赶到，我杂志社工作人员听说是辽宁来的，更不放入。我问明他是董世军，破例请他进来。

座谈会的名称最终定为"《马家军调查》交流研讨

会"，《中国作家》起草的新闻稿这样写道：

　　人们对20世纪末期中国产生马家军这样一支团队发生极大的兴趣，人们一直关注马家军的诞生和成长、失败与辉煌的种种变化，对20世纪末期中国能产生这样的英雄团队感到骄傲，但也对马家军发生"兵变"感到遗憾，也对马家军再度崛起抱有钦佩。马家军现象已经不仅仅是一个体育现象，它包含着更深更广阔的社会、历史和文化内容，它是一个由计划经济向市场经济转型的产物，它是一个时代的重要标志。无论它的辉煌或负面的东西，都会引起我们深层次的思考……

　　这份新闻稿可以看作是编辑部的发言，也是一种引导。我们期望一种学术的理论的文化的探讨。从未想到要揭露谁埋汰谁，更未想到引出了一个比窦娥还要冤的人。
　　有关5月21日研讨会的报道已有许多，以《文艺报》为最详。发出邀请信60封，实到80人。这大概也是史无前例的文学研讨会了。
　　我作为会议的主持人，感到最强烈的是一种学术的气氛，这跟与会者多是文学、体育学、社会学、新闻学等部门的专家、博士、教授有关。热烈的发言里充满了冷静的透析，连若干争论也都是视角不同的评判，也都洋溢着朋友间的笑意。作为主持人,我记忆最深的一点是不断地限制发言时间和鼓励那些对《马家军调查》持批评态度的意见。

中国作家协会党组书记处的施勇祥、陈建功、高洪波、金坚范、吉狄马加到会。我请施勇祥讲,施说:建功你就代表吧!于是陈建功代表书记处,对会议对赵瑜表示了祝贺,但发言本身还是只代表他个人,建功的谈话后来广为传播。迟到的高洪波也做了五分钟发言,我给他限时使他未能展开。

远道来的山西作家协会党组书记张不代的讲话作为大轴,他以山西出了老赵(树理)和小赵(赵瑜)这样两位为人民代言的作家感到骄傲。将赵瑜和赵树理并提并予比较,这是很新鲜的,这是否抬高了赵瑜当然可以讨论。

由于发言踊跃,研讨会不得不推迟了40分钟,最后在麦当劳和矿泉水的品尝中结束。

赵瑜在会末的发言没有任何激动的情绪。他除了向编辑,向两年来关心鼓励他的人表示感谢之外,也说到自己某些疏忽,例如老马对运动员有粗暴严厉的一面,但不是三百六十五天天天打人,老马也有爱心的一面,书里注意不多,写得不够。老马也曾为了保护队员不受小流氓欺负动过真格的,老马撕乳罩也有运动生理学的原因可以解释等,为此他向老马表示歉意。

然而这些真诚又小心翼翼的歉意,无法使得已经狂怒起来的马俊仁冷静下来了。连赵瑜做马大嫂的工作也被马俊仁认为"要挟我和老伴"，于是这一对朋友终于彼此关机了。

七、西园寺说：大松博文90年代要上法庭

波音747宽体客机从首都机场起飞。我的同行者有韩静霆、陈喜儒两位先生和李天芳、央珍两位女士。

昨天已有作家协会的同事送给我今日集团打算状告《中国作家》的消息，还打趣说我日本之行未必能够走得成。

也有人跟我开玩笑：官司打起来你就留在日本别回来了。

陈喜儒先生坐我旁边，他是中国作家代表团团员兼翻译，他访日已二十余次，而我们其余四人皆是第一次访日，所以连团长都得听他调遣，他是实际上的秘书长或可说"影子团长"。

陈喜儒也同我开玩笑：正打着官司你走了，你心里踏不踏实？

我笑。说实在的，《马家军调查》如此轰动我并未多么激动，真要引来官司我也不会多么紧张。有一点我心里清楚：我们从来出于一个文学工作者的良心和善意，从未想到去伤害马俊仁或书中出现的任何人物。

成田机场。迎接我们的是日中友协东京都秘书长谷川先

生和野寺美嘉子小姐。寒暄过后，我个人便提出，我想在日本期间见见我北大时的老同学西园寺一晃。

其实我同西园寺一晃一点不熟，他在经济系，我在中文系，而且不是一个年级，没有一起上过公共课。我们只是在一次全校的乒乓球赛中交手，我以一比二败北，他的斯文秀气给我留下了很深印象。

"文革"中我多次见到他的父亲，也即周恩来的老朋友西园寺公一。这位慈眉善目的日本老人同样给我留下了极好的印象，我曾向他问起一晃的情况，老人听说我是一晃的同学非常高兴。

我是带着一种怀旧的心情想见西园寺一晃的。恰巧一晃现在是日中友协的副会长，他在《朝日新闻》社任职。

我想同西园寺一晃谈谈大松博文。大松博文率领贝塚女排连胜300余场，当年仅苏联女排赢过它两局，中国女排赢过它一局。大松以严酷和实行极限训练著称，打骂队员乃家常便饭，因此被称作"魔鬼大松"，而贝塚队也被称为"东洋魔女"。周恩来于1964年邀请大松来华训练中国女排，认可大松从难从严从实战出发，但周恩来也给大松一个明确限制：不能打骂队员。

我当时想，这也是两种社会制度的本质区别。

不知如今的日本人民对当年的大松怎么看。我想，这同马家军不无关系。

西园寺一晃在电话里称我"老杨",他的普通话比我还要纯。

在新宿的豪华饭店CENTURY,一晃依然文雅和秀气地出现在我面前。我们整整34年没见了,记忆的闸门居然一下子打开了。

我们谈燕园的春天,谈当年那张墨绿色的球桌;我们谈周恩来邓颖超,一晃向我介绍了他父亲1968年同周恩来的最后一次,也是单独两人的见面,周恩来对他父亲说,我没法保护你了,你回日本去吧……

话题转到大松博文和马家军。

我说:中国最近有一本写马家军的书很轰动。

一晃说:日本人叫他"马军团",很有名。

我说:马家军的影响超过了当年的大松博文,马俊仁训练之严酷也超过了大松博文。

一晃说:大松在60年代那样做可以,在90年代就要上法庭。

我一怔,若有所悟。我不能不联想到马俊仁。我理解了西园寺一晃的意思:时间将是最好的裁判。

八、中央的关注和我们的汇报

6月7日正午,我们在大阪关西国际机场临时改乘了航班,使我得以提前在傍晚时分而不是深夜回到北京家里。

来不及回味半个月日本之行的种种滋味,我马上被"马家军"的各种各样的信息所包围。我的家人已在我书桌上放了许多剪报。第二天我本可以休息一天再去上班,听说章仲锷因病住进北医六院,我便不敢怠慢,早早地到了沙滩办公室。

我的书包里放着家里带的剪报,又让杂志社的人把半个月来关于《马家军调查》的种种反应统统找来。我用两个小时浏览了一遍。

总体印象是:马俊仁的四轮马车挣脱了赵瑜的苦拽苦拦,终于冲下坡来,怒不可遏地全面反攻了;而在辽宁,尤其是在大连,则颇有点群众运动风起云涌的苗头,自然是声援他们引以为骄傲的儿子的;大江南北的各种小报竞相炒作,推波助澜,而几乎所有的大报一律缄默;唯有许多知识界人士的谈话或文章冷静和精辟,透露着他们各自理性的思考,既不完全相同,也不完全相左。

可以说,事情正在起变化。我们在5月21日"交流研讨会"上定的"文学的、学术的"调子已被大大突破,《马家军调查》迅速成为1998年中国初夏全社会的热点。而且这种热点渐渐带上了火药味，或许是马俊仁那种地缘性格的驱使。

《中国作家》第4期即将付印，第4期将在醒目位置全文发表阎福君的书面发言、王军霞给赵瑜的信和5月21日"交流研讨会"的详尽纪要。无疑，书商和小报又会据此掀起新一轮高潮。在我赴日之前，不少书商就来问：下一期还有什么？最好还有关于马家军的。真要那样，《中国作家》肯定又"火一把"，但编辑方针就要变味了。

主持第4期编务的社委会成员杨志广问我怎么办。

我说："有关马家军的稿子全部抽下不发。"

我还说："我已浏览了最近的报纸，我感到这是两种文化两种观念的冲突，短期内争不清楚也不会有结果。我还感到有点"文革"中两派的味道了。辽宁下岗工人那么多，辽宁足球不行了，辽宁又把全运会总分第一丢了，辽宁就剩马家军这个宝贝儿子了。这种情绪也能理解。辽宁这地方堆满了干柴，不那么好碰的。再则，马俊仁毕竟是可以通天的人物。"

与此同时，一家港刊来电要求转载，我和萧立军商量了一下，坚决拒绝了。

就这样，我们率先跳出圈子，单方面"停止核试验"。

果然，10点刚过，陈建功来电让我去一趟。社委会还有谁也一起来。建功还说了冷处理的意思。

章仲锷住院，萧立军不在，杨志广编务正紧脱不开身，我和何建明赶到作家协会。

陈昌本和陈建功召见我们，意思是中央领导同志已过问《马家军调查》，国家新闻出版署要求我们下午去汇报情况，要我们准备一下。

陈建功说：我还是回避一下，昌本去吧！

陈昌本说：我也有份，我表过态。

陈建功说：我的发言见了报，你的没有。

陈昌本说：好吧，匡满跟我一起去。

电梯间口，建功跟我说：有什么了不起，大不了辞职。

中午时分我紧张地拟了四条汇报提纲，匆匆小憩，说实在，半个月紧张的出访没有得到休整，我已疲惫不堪。

2点，我早早在东四南大街国家新闻出版署门口等昌本。昌本叮嘱了我一句：这样敏感尖锐的选题没有报告，要检讨一句。当时要向体委送审，体委也不会不让发的。那样在时机的把握和细节的处理上会更稳妥。

昌本的厚道在文学界是公认的，但昌本对体委官员们的情况、心态恐怕也只是一种猜测。

听取汇报的是新闻出版署2000年调至《人民日报》任副总编辑的年轻的副署长梁衡。

我见过梁衡多次，都是他在台上，我在台下，并未交谈过。既当政府官员又是著名散文作家,梁衡是结合得较好的。文坛已有南余(秋雨)北梁(衡)之说,我觉得未必妥帖。但梁衡散文的大气和凝重,不以材料猎奇而以思想的深入浅出见长,无论叙事抒情或议论,分寸都掌握较好。梁衡的散文可以入选中学课本,也可为高级知识分子赏读,应当说,这是挺不简单的。

在梁衡宽大而简朴的办公室,梁衡先问我:"杨匡汉是你哥是你弟?"

我则说了不久前读他的《大有大无周恩来》的感想。

可见双方心仪已久。梁衡后来对我的一位朋友说:"没想到跟匡满的第一次会面是在这种背景下。"我理解其中的意思是:我犯了某种错误来向他做汇报和解释。

汇报正式开始。出版署还有两位工作人员在旁记录。我谈了四点:

一、《马家军调查》从来稿至发表的经过。

二、我们组织交流研讨会的目的是防止小报误导,参加座谈的人员多是作家、评论家、体育界及社会学界的专家教授。

三、我们已做冷处理,不再加印,不再续发关于《马家军调查》反应的文章或消息,不让港刊转载。

四、已发现有大量盗版。

遵照陈昌本的意见,我做了一句检讨。

梁衡听得很细。他逐一问参加两次讨论会的都是些什么人，他说他还没来得及读作品，他也认识赵瑜（梁衡曾在山西当记者）。

梁衡向昌本出示了一份有朱镕基、李瑞环、李岚清指示的文件。我想，那便是辽宁省向中央的告状信了。尽管我就坐在昌本旁边，但意识到组织纪律，我目不斜视，没去看那份文件。

但新华社常跑政治局常委的高级记者朱幼棣第二天一早主动给我办公室来电，告诉了我批示中的一句批评性的话："社会效果不好。"而体委何慧娴告诉我：批示基本上是中性的，要求严肃处理、冷处理，也没说怎么处理、处理谁。

对于中央领导的批示，我是完全有思想准备也是完全拥护的，并且已经着手采取了措施。经过"文革"动乱，经过人生的坎坎坷坷，我深知"稳定"一词无论对于国家还是个人，都是至关重要的。中国的国情是复杂的，读者的层面、心理情绪是复杂的，如果都是座谈会上的谦谦君子和学者，争得面红耳赤也无所谓。

陈昌本也谈了几句，意思是我们考虑文学效果多些，考虑社会效果少些。

梁衡说了这样的意思：一部这样带新闻性的作品，在时机的把握上要非常注意。有的，也许永远不说。比如徐泓是我老同学，她写周恩来从前的恋人的通讯就不该发。在社会效果的把握上，应当说作家不如记者，记者首先考虑的是能不能发。老马（俊仁）的问题，让体委收拾去，你们作家收拾干吗？

说到盗版，梁衡说，《我的父亲邓小平》都有盗印的。你们究竟印多少，销完了没有？别把你们砸进去。

十来天后我赶到锦州参加梁衡散文的研讨会，在餐桌上梁衡很客气地提示我：可以发的东西很多，主编主要考虑的是哪些东西不能发。

末了，梁衡要我们写一份书面的报告马上报来，说李岚清明天下午要到新闻出版署视察工作，说不定会问起此事。

起草报告的任务自然落到我头上。我是这样写的：

《马家军调查》发表经过

新闻出版署：

1996年上半年，山西作家赵瑜将40万字的《告别辉煌——马家军悲剧纪实》送来我编辑部。当时的一位副主编初看了部分篇章后，感到是一部难得的翔实又有分量的纪实作品，可涉及一些复杂敏感的问题，于是稿子在编辑部压了一年半时间，舍不得退又不好发。

1997年末，赵瑜来编辑部要求取走稿子，负责二编室的一

《马家军调查》回忆　　杨匡满 散文集

位社委说别忙,他看看再说。他看后力主全文发表,只删掉第14章,即《药魔重创马家军》。随即,杂志社的五名社委传阅此稿,并专门开会集体讨论处理办法。

五人最后一致的意见是:这是一部近年来在文学界难得的力作,作家自费在马家军呆了50天,采访非常细致深入,掌握了大量第一手素材,立体地写了一部马家军的生动历史,对马俊仁这个有明显缺点的英雄人物的评价较客观。看得出作者的善意。但删掉14章还不行,其他章还有许多处明显或暗示性的句段涉及敏感问题,那其实也是马家军1995年底"兵变"的主要原因,而这些也是需要改掉的。

再则,我们总的出发点是为马家军"补台",希望他再为国家争光。因此,光是写到"兵变",以悲剧结尾不好,况且马家军在"八运会"上已重新崛起,这样,要求作者第二次采访,重点补写了马俊仁汲取教训重铸辉煌的一章。

作者完全接受了我们的意见,于1998年春节后重访马家军补写了最后一章,并应我们要求,削弱了对马俊仁的一些批评的议论。

为慎重起见,我们邀请了雷达等在京有影响的部分文学批评家、编辑家举行了一个小型座谈会。他们一致肯定这部作品,认为这是近年有突破的报告文学佳作,展现了马家军一批人物,特别是马俊仁这个有缺点的民族英雄的丰富性格,有很高的文学价值，同时对中国竞技体育深层次的改革有很多启示。

要说明的是他们看到的还仅是原稿的副本。大家一致认为删去某些章节完全可以发表。此时全稿开始电脑录入。差不多同时（"两会"开完不久），体委宣传司司长和伍绍祖同志本人给副主编杨匡满来电，问及《马家军调查》一稿，说如要发表，一定要删掉有关国际上敏感的内容，至于其他，作家有写作自由。他们还谈到马俊仁的人品，伍绍祖希望有些事还可以写内参。

我们向伍绍祖表示一定会从国家利益考虑，把敏感的章节包括暗示性语句删得干干净净。

三校过程中，《中国作家》杂志共有八九人次通读全书，以保证出版质量，也防止敏感问题泄漏出去。

最后定名《马家军调查》。4月底样书出来，5月1日《北京青年报》率先摘载了一版。5月初分送体委领导和作协领导。鉴于一些小报陆续开始炒作，许多是掐头去尾，耸人听闻，不利于读者全面评价马俊仁和这部作品，也有违于作家和编辑部的初衷，我们决定于5月19日开一个高层次的座谈会，作协创联部和山西作协共同作为发起单位，邀请文学界、体育界、新闻界、社会学界等60多位人士出席，实际与会80人，多为专家学者、教授。体委与会者名单为宣传司推荐。

《马家军调查》一事产生如此强烈反应，引起众多读者两

《马家军调查》回忆 杨匡满 散文集

种不同意见对峙,这是我们始料未及的。于今检讨,涉及马俊仁这样有影响有争议的人物,我们应多从可能的社会效果考虑,并应将清样送国家体育总局领导审查,以把握分寸和时机。

《马家军调查》一书我们初印仅2万册,后应读者需要加印至10万册,现早已售罄,现市场上的多是盗版书。5月底,我们撤回软片不再加印。

以上情况有何不当,请示。

《中国作家》杂志社
一九九八年六月十二日

我之所以引用全文,是因为送作协的报告也基本如此;后来由作协起草的给中央的报告,或许都是依据我这个"原始件"的。我不敢也不会在报告中有欺妄之举。只有一点,坦白地说我没说实话,这就是印数。这也是杂志社同事们反复叮嘱的。具体印数当超过此数,但已难核对,真正可查的单子也就是几万册。杂志社真正得利的也就十万册左右。我们两次加印,书商加印,听说印刷厂自己也加印,还有十几个不同的盗版本的印数,保守的估计总数在百万册以上。这段时间我在北京、辽宁等地逢书摊便见《马家军调查》,十来处书摊上我只发现一处是卖正版的。

九、恐吓或赞美：两种观点竟如此对立

一部文学作品产生如此大的影响，引起如此大的争议，争议双方的观点如此对立，这是我始料未及的。我原先曾考虑到会有不同意见，但出现"必欲杀之"这样极端的言论，多少叫我吃惊。

6月中旬是一个高潮。当时编辑部一共两部外线电话，铃声竟日不断。信件也纷至沓来。

电话和信分两类：一类是批评刊物编校质量如此之低，错字如此之多，大大损害《中国作家》刊物形象，"你这个主编是怎么当的"。一听便知是因为盗版。深圳、上海、浙江、北京、湖南盗版本多有发现。起初我还真的认真回了三四封信，说明情况，请他向当地工商部门反映。后来不胜其烦，也就放弃了，下一期刊物找个空白处补个声明就是了。有的读者还真负责，把盗版书寄到了杂志社。

我们共收到六种不同样的盗版《中国作家》，据赵瑜说他那儿的盗版杂志有十种以上。有的用纸较薄较差，有的图像模糊不清，但均属于直接照相制版，文字还是清楚的，并无差错，这就很是给了我们面子也对得起读者了；最可恶的一种是重新录入排版却不校对，错别字连篇，多到一页数十处错，甚至人名弄错都不去校正，例如王军霞成了"玉军

霞",阎福君成了"国福君",甚至错得谁都读不懂;最可笑的一种是把我刊忽略的、也是从未出现过的错误更正了,如卷首语起首第一行,我刊空了四个字,格式上错了,应空二字,盗版本恰恰把这一点改正了;于是不必往下看,这是确定无疑的盗版了!

更多的电话和信件是针对《马家军调查》的内容和它的作者。

责骂的电话绝大部分是北方口音,尤其是东北口音:马俊仁为国家争了光,你们还要糟践他,埋汰他,什么玩意儿!骂两句娘,"我巴不得你们都死!"电话挂了。

我接到过一个大连来电,自称是机关干部,这是我接到的较客气的一个电话。电话批《中国作家》这样有影响的刊物没有把好关,对马俊仁的缺点,怎么说、什么时候说应该斟酌;即使这部作品总体上说是真实的,但有几处不实的地方也不能允许,只要起诉,让你赵瑜几辈子都赔不起。对方比较讲理,我也就很耐心地倾听,欢迎他的不同意见,偶尔与他讨论。但他接着说:"赵瑜他不就是要钱嘛,我们可以给他凑。我们这儿有人要买赵瑜的人头,我也愿意出一份。"我在电话这一边苦笑,问他多大了,不是"红卫兵"年代了,劝他最好通过法律,不要冲动。这次电话长达40分钟,中间还有女性插话,也较客气,想必对方是在机关里用公款打的。

东北的一位读者在给赵瑜的一封信中，通篇是骂"狗×的""卑鄙的东西""不争气不要脸""×你妈"之类。仅有一段"你想想看，仅仅因为你一篇文章，中国少了多少个世界冠军。……而你干了什么，你的文章为中国争得了什么，仅仅为了得稿费……"

山东一位军队文学爱好者表示他一直很尊重《中国作家》"这样严肃的权威的文学刊物，如今发表如此不严肃的作品，以后就同它再见了。"

全国政协一位从笔迹看上去是位老先生的信颇有代表性，兹披露如下。

×××、×××主编：

海内外华人引以为骄傲的民族英雄马俊仁和马家军在赵瑜的笔下成了"丑恶的中国人"，你们发表这样的作品是何居心？！你们同世界上那些敌视、歧视、丑化中国人的人有何两样？！你们这样做代表得了中国作家协会吗？你们这样做同民族败类有何两样？！

堂堂正正的中国人××
1998年6月1日

《马家军调查》回忆

我自己曾在国务院侨办系统工作多年,我深为这位老人的爱国心所动,也理解他的心情。我几次想提笔给他回信,终不知从何说起。但我其中肯定要说的一句话是:我也是堂堂正正的中国人。

有一封恐吓信来自大连,大意是赵瑜和《中国作家》从此别想过安生日子。恐吓的口气颇带乡土色彩。

最值得玩味的一封恐吓信来自汕头,信中并未给马俊仁多少辩护,却说你今天调查马家军,下次是否再来胡耀邦调查赵紫阳调查(这使读信的人莫名其妙)?声称要先杀赵(瑜)杨(匡满)章(仲锷)肖(责任编辑萧立军),再杀作协、体委的一二把手,再杀中国田径协会的头头。"明年的十月一日将是你们的忌日""我们将运用你们意想不到的高科技手段"。

读罢此信我哑然失笑,除开一些叫人困惑的思路,它显示了广东人的实力和幽默,因而连恐吓都带点"港味"。十月一日已过,所有被恐吓者安然无恙,我很想有机会同这些恶作剧者一起吃一次早茶。

还有可气的,有人怀疑甚至断言《中国作家》杂志受了谁的贿赂。对此我禁不住哈哈大笑,然后不礼貌地挂断电话。我想同他辩论下去毫无意义。

综上所述,反对《马家军调查》、为马俊仁打抱不平的,我不敢说他们不动脑筋,不多假思索,但我以为大体都是这种感性的、冲动型的方式。

我嘱咐把其中的一部分上交有关部门备案，也只好听其自然冷却。

还是陈昌本有经验，他在电话里说：越是写信恐吓的越是不会动真的。

不过我还是在6月15日杂志社的全体会上说：我们一方面要文明地对待不同意见，他骂几句，别跟他顶撞，这是两种不同观念、不同文化的冲突，目前争下去不会有结果；同时大家也小心一点，不认识的人不能告诉编辑部人的家庭电话和地址，要以防万一。《马家军调查》一书可说基本尘埃落定，中央有所批评"社会效果不好"，我们要服从中央决定，冷下来，把精力放在抓好稿子上。

可以说，《中国作家》这一头自5月末起偃旗息鼓冷下来，辽宁大连那一头正上劲升温。马俊仁气得晕倒住院，引来一连串戏剧性的场面。马家军新队员们为马导鸣冤叫屈，大连市领导薄熙来亲自赴医院慰问，随后又现场办公给一百万，大连市企业家联袂声援马俊仁，大连市上空出现"还我公道"之气球标语，辽宁省省委书记闻世震也探望马俊仁，马俊仁发表"我的心里话"，自喻"比窦娥还冤"，……

而各种小报根据他们的风向判断开始推波助澜，一时间使赵瑜、《中国作家》似乎陷入了"全党共诛之，全国共讨之"的局面。

然而我必须要说的是，即使在辽宁，在大连，也完全是两种声音。

大连市委机关报《大连日报》的一位编辑在给章仲锷的信中说：此事在报社内也是两种意见，支持市领导的人多对《马家军调查》持批评态度；他本人觉得以前的报纸是介绍了一个新闻的马俊仁，作为世界冠军的马俊仁，而赵瑜的《马家军调查》是写了一个文学的马俊仁，真实的马俊仁。

章仲锷即将此信复印并送陈昌本参考。

继5月25日发表《马俊仁的心里话》之后，5月29日的《大连日报》周末版又集中刊登了可说是"声讨"赵瑜的几篇通讯：《老马别倒下》《大学校园里的座谈：〈马家军调查〉让人吃惊》《企业家聚会联手慰问马俊仁》及署名董艳梅的《队员们的一封信》。

很快，《中国作家》接连收到素不相识的读者来信，信中附有《大连日报》的剪样。

编辑同志：

今将马俊仁在医院里写的读后感剪给您，供作参加（笔者注：考字之误），在大连市民中，一部分未读此书的人在盲目地骂你们。绝大多数人是持相反的态度。我认为，到一定程度后,作者应该有个回击,以正视听……

×××
1998年5月26日

编辑同志:

今捎上《马家军调查》出版后的新动向,这些动向必先在大连得到反应,这一版中所谓《大学校园的座谈》并非大学生,其中除了一名文联的编辑外,其余全是有目的找来的"杂拌儿",有2名报社的编辑,口径一致,似乎拿冠军的人就可以不受法律约束,这是中国的悲哀。

望转告赵瑜,要坐得住,做好应战的准备,敢于在黑暗的天幕上捅出个窟窿的人,必是当代的英雄,推着历史车轮前进。让皇权主义见鬼去吧!

有什么委托,可来电话。

单位电话:×××××××;

家庭电话:×××××××。

胜利属于您

×××
1998年5月29日

我无法去核查《大连日报》那条消息的真伪，尽管比起核实中国足球的假球假哨或许来得容易些。但至少可以证明一点，即《大连日报》作为机关报的鲜明的导向。我们原来没有向马俊仁"挑战"或"应战"的念头，也没把那些消息作为"动向"，因此，也没同这位热心支持我们的读者联系，这里还得请他原谅。

献身于辽宁足球和中国体坛实业多年的张桐坡先生应该是辽宁体育界的名人了。他在北京约见我的时候说：毛泽东可以三七开，马俊仁怎么就不能三七开？马俊仁那些事在体委大院里哪个不清楚？

张桐坡先生还从文化现象上分析了马家军的兴衰。

哈尔滨市平房区人民医院的一位老医生，给赵瑜写了一封公开信。

赵瑜同志：您好！

看了您的《马家军调查》一文，我认为是一篇好作品，既写出了中华民族的气魄，又写出了马俊仁的硬骨头，澎（抨）击了崇洋媚外的奴才相，又歌颂王军霞的民族精神，给读者新的启迪。好啊！应早日成书。

赵瑜同志，请不要自馁，对自己的成功之作，要充满信心，至于马俊仁教练，一时想不开是可以理解的，将来他会由衷地感谢您的……罗贯中写"三国"诸葛亮才成古今名人,家喻户晓妇孺皆知绝代才子。如孔明在天有灵,他会深深地谢谢罗贯中老先生的大手笔!蒲松龄写《聊斋》是何等的艰苦,当时被贬一文不值,而今却成了举世无双的伟大著作。为此我劝您要顶住暂时的铜臭飞腾之风,要高风亮节地对待现实。

作为一个人,尤其是文人要时时笑对人生,哪怕水深火热,山高险阻都应坚强地闯过去!

祝您在写作大道上永攀高峰!

古稀老头韩××

韩老先生对《马家军调查》的评价,同《大连日报》编者按所称"无论文学性、思想性均算不得上乘"相比,不啻天上地下。我想,这也只能有待于漫长的岁月和一代又一代的读者去作评判了。因为我们的后人不会再有我们这一代人的某些偏见。

南京的一位读者来了这样一张明信片——

章(仲锷)杨(匡满)先生:

《中国作家》杂志敢冒风险出版《调查》一书,说明贵社是我国文学的脊梁。我们为贵社的精神而由衷地敬佩,您是中华民族文学的希望。

南京水泥设计院张××
1998年6月13日

  这位读者的褒扬使我愧不敢当,类似的信和电话倒也还有。就深度而言,他们比不上那些学者型的专家们的思考和辨析,但他们都是和马俊仁或赵瑜毫无瓜葛的,站在客观的第三者的立场上说话的。他们也都是以民族的国家利益为出发点的"堂堂正正的中国人",或许他们的爱国热情并不比政协的那位老先生逊色多少。问题在于,什么是真正的爱国主义?长远的爱国主义?深层的爱国主义?鲁迅剖析阿Q的性格算不算爱国主义,揭示历史造成的我们民族劣根性的一面算不算爱国主义?"家丑不可外扬"似乎天经地义,但家丑毕竟不是家美,家丑终究要被抛弃,而且越快越彻底越好。

  一个既珍惜传统又懂得反思的民族才是大有希望的民族。西德总理勃兰特跪在犹太人纪念碑前赎罪,德国民族因此赢得世界的尊敬;日本政要还在参拜靖国神社,它在世界尤其是亚洲人心中的恶劣形象至今未能改变。中华民族历尽艰辛,素以勤劳、刻苦、智慧、忍耐著称。但几千年封建社会也在她身上留下了深深的疤痕。

在谈到读者反应的时候，我还不能不提到我的两位朋友。一位是贺龙元帅的女儿贺捷生将军，另一位是中央电视台体育频道的制片人程志明。

贺捷生说她是连夜看《马家军调查》，从一点到三点，又从三点到天亮。马俊仁这个人写得太生动太可爱了，这才是一个英雄丰富的性格。

程志明的看法也相类似。由于他的特殊身份，相信他应该是和马俊仁有过接触的。程志明说，以前认识的是作为世界冠军教练的马俊仁，现在认识的才是活生生的真实的马俊仁，读了《马家军调查》，他觉得马俊仁非常可爱。

至此，我不必再一一列举大量的来信来电，可以回到本节的开头，并得出这样的结论：一部文学作品引起千百万人如此五彩缤纷的意见、五味杂陈的情绪，实实在在也是文学史上的一道风景、一个奇迹了。

十、我代表《中国作家》做检讨

一年一度的作家协会"务虚会"通常放在盛夏时进行，由作家协会的几位最高领导轮流主持，党组书记处全体人员，机关各部门第一把手，下属二级单位如《人民文学》《诗刊》《文艺报》《中国作家》、文学基金会、鲁迅文学院、作家出版社、中国现代文学馆等第一把手参加，分别汇报半年工作，制订下半年计划，要求理论联系实际。今年的主题依然如曾任有关部门副部长的党组书记翟泰丰所说：高举旗帜，肯定成绩，总结经验。

我自1995年首次参加这类"务虚会"，那次是顶替因病的章仲锷。今年（1998）是第二次，也是顶替住院的章仲锷（11月底时我才知道并非顶替，章仲锷因年龄超过的免职通知其实已于6月10日印出，只因他有病才暂缓下达）。

这类会确实很严肃，台上的主要领导都认真听发言做记录，还时常概括性指示性地插言。"务虚会"实际上也是考察干部的重要方式。倘若某部门某单位的与会者准备仓促，无理论无条理说得粗浅，政绩不显又缺乏自我批评，甚至观点不妥，"革命性"不强，那注定会影响他在领导眼中的形象。

我又是仓促上阵。第一天接到通知，第二天匆匆起草半年工作总结，第三天（6月24日）就去会上汇报。汇报还不能念稿，还得展开一些。我本来逻辑思维能力平平，实在很怕开这样的会。

《马家军调查》一事不能不提。我在总结上起草了一段，其中有：在社会上产生如此大的影响，引起两种尖锐对立的意见，是我们没有预料到的。在杂志社社委会传阅时，萧立军建议把它改为"是我们预料之中的"。我也未假思索照改了。

作协秘书处将各单位总结印发下来。有意思的是，有关《马家军调查》一段全删了，我大惑不解。那么，我发言时还讲不讲？事后我怀疑是否跟那段文字中有"兴奋剂"有关，白纸黑字扩散出去不好。

我只好紧急请示陈昌本。他说，这么大事，当然得讲一讲，没有请示报告嘛。

于是我在下午的汇报中作为内部情况，插了一段：《马家军调查》出笼的过程和我今天的认识，也还是按照去新闻出版署时陈昌本关照我的，做了一两句的自我批评。

记得我讲到伍绍祖来电之后，我好比吃了定心丸。翟泰丰插话道：你吃了定心丸，我这里可就麻烦了。我要再细讲，翟泰丰打断说，好了，这些不必讲了。

"务虚会"的总结历年都由翟泰丰做。他引用了《诗刊》叶延滨、《人民文学》程树榛等发言的某些生动概括警句，对《中国作家》《文艺报》作了点名批评。

翟泰丰是从政治家办刊、文学报刊也要讲政治的角度来批评的。《文艺报》因评"十差作家""给中央电视台治病"，挨了批。接着就轮到《中国作家》了：

《中国作家》明知道要"给天捅个窟窿"，非要办，是不讲政治。……此文涉及体委、辽宁省体委。马家军的缺点该由体委去管，体委掌握的情况比你多得多，……估计要捅破天，不请示是错误的。你们承担责任，你们承担得起吗？既然是中国作家协会主办，又瞒着我们，要中国作协这块牌子干什么？《中国作家》的事，责任我们负，我已向中央写了检查。要保护下边，保护作家，但要吸取教训。……删了那4万字是讲政治，不然事情就大了。《马家军调查》写人物还是细的好的。但从政治上，要等辽宁、中央如何处置。

翟泰丰的最后一句话我没听明白，是处置马俊仁还是处置我们？从语气上讲似乎是处置我们。

在此之前，不，在我从日本回国前的几天，出于需要，杂志社的同事撬开了我的柜子，取出了删掉的第14章《药魔重创马家军》及王军霞的信，复印留底之后急送作协。是作协有关领导急调。这两份材料作为"绝密"件随作协给中央的报告（或许也就是翟泰丰所说的检查）送政治局，以资中央决策时参考。送去的时间也应为6月上旬，即三位常委作批示前后的那几天（我判断为批示之后）。

还记得向新闻出版署梁衡汇报时提到第14章这件事，陈昌本表示要留一份给出版署，梁衡忙说不用不用，想必这"绝密"件的厉害，丢失了或传到外边，责任担待不起。

事情还没有完。一次会，批评了检讨了还不算完。问题出在"明知要捅破天"这句话上。此语的出处是萧立军在《科技日报》上的文章《〈马家军调查〉的发表经过》,大意是赵瑜稿子在《中国作家》放了许久,赵要来拿走,杨匡满觉得是好作品,但涉及问题太尖锐,目前不好发,于是萧扣下,力主全发,建议传看,最后五个社委决定集体承担责任,不请示作协,即使是捅破天去,也是五个人云云……《北京晚报》旋即转载而后引起各方关注,有人将它报到了上级机关。

就萧文《〈马家军调查〉的发表经过》涉及的事实而言,大体还是准确的。当然过于简单,不够全面,还容易产生表功出风头之嫌。萧文一出来我就接到文学界多位朋友电话,指出萧文影响不好,看似"好汉做事好汉当",实质是个人英雄主义,也把底牌亮给了别人。

萧立军在作协系统是很有个性的编辑,敏锐,有锋芒,有正义感,讲义气。譬如冯牧患白血病时萧为冯输了3000毫升血,自己要冒生命危险的,他可以说"脸不变色心不跳"。但他的缺点也比较明显,这也是上帝的安排。

明眼人一听便知,翟泰丰批评得最重的话便是冲着萧立军的话来的。

7月3日,紧接着又召开了书记处办公会,作协所属各刊物负责人参加。此次会的中心任务是动员学习报刊出版的政策法规。原因是"上半年事故不断",事例以《马家军调查》为首,还有《文艺报》的两档子事、作家出版社的一档子事。此会由陈昌本先作动员,批评了忽视社会效益,学习理论不够,打擦边球,明知故犯,讲政治不够。

翟泰丰的动员也开宗明义:报刊社问题太多,马家军涉及社会方方面面,中央有指示,我们冷处理不炒作。由作协向中央检讨,并组织学习法规。不追究杂志社责任,此后再出问题,就不客气了。翟泰丰强调我们是中央刊物,当主编的头脑要清醒,实行一票否决。接着又讲了涉及十个方面的题材要慎重或不发。又重申这一次不追究,下一次对不起了!

动员过后就让各报刊社组织学习两次,7月8日便汇报学习体会。想必是还要向有关部门汇报。

于是其他刊物的负责人拿我开心:《中国作家》捅娄子让我们陪绑,午饭该你请客。前两年也是《中国作家》上发表卢跃刚的《在底层》,文中有调侃有关部门的句子,作协也组织了两天学习。

面对作协领导既严厉批评又保护编辑不加追究的做法,萧立军在讨论时做了带自我批评色彩的发言:领导的批评对我们是敲警钟,不然我们忘乎所以,下回再出个张家军导致停刊。

7月8日汇报会上,我既汇报了大家的困惑,萧立军难得的自我批评；也汇报了今后我们要严格要求干部，尤其是中层干部，以及今后我们在重大题材策划上要更慎重更周全更从积极面出发的设想。最重要的是自己把握自己，要生存发展，不能砸自己的饭碗。

还是陈昌本和翟泰丰先后作总结。陈昌本提到：在对待送审问题上，《中国作家》明显是非政治家态度，出了问题就是作协的事。翟泰丰没有再点名批评，多从正面讲了报刊选题的政治取向、美学取向，上质量抓读者等问题。

《马家军调查》引发的上边来的冲击波到此告一段落，尽管没有尘埃落定。

陈建功私下里对我说：亏得体委伍绍祖他们顶着。

建功还说：要没有萧立军那篇文章，事情早就到此为止了。

这"事情"的直接影响是《中国作家》年轻干部的任用。今年章仲锷已六十有三，超过了作协自己定的这一级干部的最高年限，且今春以来连续住院；何建明、杨志广提上来应是顺理成章，杂志社群众民意测验拥护率超过80%，我和老章也多次力荐。然而《〈马家军调查〉的发表经过》既出，"五个人"就有"集体欺上"的嫌疑甚至证据了。而我党历来讲组织原则，讲请示汇报。我在同张锲（作协副主席，当时也是党组成员）谈及"越快越好"提拔年轻干部时，张锲问：他们俩是不是也参加了五人会？那意思我便明白了；我遂向他解释不能把我们五人一锅煮，他们不应负什么责任，张锲才表示等一等再说。我同主管干部的党组副书记王巨才申诉了同样的理由，巨才倒明确表示不能把五人统统打入另册，当时有当时的情况，出于杂志的利益。我随即明确表示派谁来当主编我都没意见，但如果派新的副主编而不是从内部提拔，怕是绝对不会被接受的。巨才也同张锲一样，表示等一等，短时间还解决不了。

此时的马俊仁"哀兵必胜"，终于当上了他梦寐以求的辽宁省体委副主任，马俊仁把比分找平了，领先了；相反，《中国作家》两位年轻干部的提拔，却因《马家军调查》的牵连搁浅了。而且据可靠消息，确实考虑过又派主编又派副主编到《中国作家》的方案，那就无异于是领导班子的改组了。只是在党组会上未获通过。

看来，"等一等"是中国人处理棘手问题时的一种莫大的智慧。

十一、陪王军霞去北京大学

翻遍我的笔记本，里面没有关于王军霞的记载。但我同王军霞两次见面的印象极深，而且是我单独陪王军霞去北大联系上学的事。

1998年6月中旬的一天，我接到赵瑜的电话，说王军霞在北京，大家一起见见。我刚吃过午饭，便让司机送我和萧立军去中央音乐学院。王军霞和赵瑜夫妇正在音乐学院的内部餐厅，他们选在那儿用餐，是因为那儿没什么人，说话方便。否则王军霞这位当时在电视上曝光最多的体育明星很容易被人认出来。

果不其然，中央音乐学院的门卫拦住了我们的车，我忽然想起他们的院长是我30年未见的朋友，赶紧报了他的名字，于是被很客气地放行。车在院子里绕了许多个弯才找到那个极其清静的餐厅。餐厅里除了他们三人，还有太原日报副刊部主任陈建祖一起在用餐，菜肴很简单很普通。我刚吃过，就喝啤酒吧！

王军霞穿一件深蓝发紫的短袖套衫，也没戴饰物，依然是农村姑娘的淳朴样。

我说了我的第一感觉："你比电视里显得高也漂亮！"

王军霞是个直性子："杨老师，别人都没你这感觉。"

几句对话之后我们似乎已是可以无话不谈的朋友，何况《马家军调查》此时在全国正处于鼎沸阶段，王军霞在辽宁所受到的压力也可以想见。

尽管在饭桌上，话题却并不轻松。谈到李颖，谈到那些敏感的事情，谈到毛德镇教练同她的很好配合和对她的关心爱护，谈到一些赵瑜有意不写其实更为严重的细节，谈到自己的近况时，王军霞说她有点在"白区"的感觉，还谈到马俊仁什么事都做得出来，这使我心不由得一沉。王军霞还谈到，不管怎么样，她希望马俊仁好起来，马家军好起来，这又使我觉得这小姑娘的懂事和善意。

说到恐吓信和匿名电话，我要赵瑜还是小心一点，赵瑜满不在乎：别把它当回事。我说确实听说有人到处找你，要剁你的双手献给老马；赵瑜说：我就不信有人肯替老马卖命。

我已不记得谁最先提起上大学的事。王军霞说，她想到北京上学，伍绍祖是清华出来的，愿意介绍她去清华，可她看了北大百年校庆的电视片，想去北大。

赵瑜和萧立军也竭力鼓动：要上就上北大。

这对我来说自然正中下怀。我替她分析了她的学历，建议她干脆读中文。如读理科，数理化底子太薄，肯定跟不上；读外文，她刚开始学国际音标，比起同学来也差一大截；读中文的话弹性大一点，从她的日记看，文字很顺也有表达能力，不比当年《郎平日记》差，无非是多读文学作品，只要有时间、勤奋，功课可以逐渐跟上；即便因为训练耽误，要补课也容易些。北大的学习空气浓，对她开阔眼界和退役以后的人生是极好的。

我说，北大中文系现任总支书记是我同班同学，系主任我也熟，我可以马上同他们取得联系。

王军霞当晚就要回辽宁。她还要去一下国家体委看伍绍祖，我便跟司机先送她。快到体委时，我对王军霞说，你可以转告伍绍祖，我们《中国作家》遇到点小麻烦，但也不要紧。王军霞说，不用给他讲。看来王军霞还是很有主见的。

当晚我就拨通了北大中文系总支书记黄书雄的电话，通报了王军霞想上北大的信息，我说这是北大的光荣，你快去联系，不然别的学校就抢去了。黄说他尽快同学校招生办联系。

黄书雄第二天就去同招生办讲了，给我回话，希望王军霞亲自去一趟学校，因为涉及一些程序，怎么申请，有哪些手续，到校后她的课程如何设置，训练如何安排，也即如何给她特殊照顾，有些还要跟体育教研室商量。甚至住哪儿也要考虑，住普通学生宿舍条件太差，可能影响休息和训练；是否住留学生宿舍或在学校附近租公寓？王军霞希望让她的新婚丈夫战宇一起来读书，那他算正式生，还是旁听生，等等，都不是三两句话说得清的。

我马上找到赵瑜，问如何同王军霞直接取得联系。赵瑜说：我得问问她，看她是否愿意把她的手机号告诉你。我想，王军霞这样的角色处在那样的环境下，谨慎一些是必要的。赵瑜尽管被她尊为老师，老师也必须尊重学生，尊重学生的人格和自由，而不是为学生包揽一切，自充保护人，这才是真正的师生之情。

王军霞很快给我来电,"我是军霞",可见她已认可我这个新老师也信任我了。她告诉我她的手机和家中的电话。我便把北大的意思转告了她,希望她尽快抽空来一趟北京,我陪她去。她在电话里说刘东也想上北大,是否可以一起来,我说都好商量,你有个伴儿一起练也好。

7月中旬,一个燠热的上午,我约好王军霞:8点半在天意市场往西200米的路口等她。我跟黄书雄约好是10点钟在北大西校门见,然后一起去北大招生办公室。

王军霞乘坐的出租差不多准时到,时间尚早,我便设计了一条线路,带她从北大南校门进,穿过部分宿舍区和教学区,绕道未名湖,再经俄文楼、南北阁到西校门。我想让王军霞对北大的风景和氛围有个印象。我跟她开玩笑:我帮你先把日后跑步的线路勘测一下。看得出来,王军霞是喜欢上了这座校园。

出来得早,王军霞此时竟连早点都没来得及吃。我赶紧在西校门门口买了点面包牛奶,可不能让世界冠军饿着。

等她吃完早点,我那位黄同学骑着破自行车到了。

学校已经放暑假。招生办设在未名湖边"德才均备"四个独立小楼的德斋的二层楼里。它的负责人初先生是特意为王军霞去办公室的。

招生办的人和来招生办办事的人很快认出了王军霞。一位年纪较大的女教师握住王军霞的手说："你在奥运会上拿的那面国旗就是北大人做了带去的，看来你跟北大有缘。"

招生办负责人初玉国问了王军霞的近况、训练参赛计划。他说：北大的大门随时向你敞开。我们一般是四年制，对你可以放宽到六年甚至更长。但课程必须学完，必须通过考试才给文凭。既然来，就希望你好好学，当然我们还希望你拿2000年奥运金牌。

初玉国还要她尽快写一个申请，学校好讨论；还要她给体委写个报告，体委汇报教育部，这是必须履行的手续，然后才能发入学通知书。初先生自己将离职于10月份赴美，他希望在自己任内给王军霞办好这件事。

一切顺利。中国的最高学府等待着为中国体育赢得莫大荣誉的王军霞。归途上，王军霞开始憧憬她的新生活，我建议她先办入学，把户口迁到北京来，离开辽宁；头一两年先边训练边攻外文，待退役后再正规地学其他课程；我甚至给她出主意，在她退役之后建立"北京大学王军霞体育中心"，把自己将来的事业定在北京。

出租车司机似乎听出了什么，不时扭头看王军霞。下车时我才说：今天你走运，坐你车的是王军霞。那位司机照样点钱不误。倘若换成我，请王军霞签个名合个影什么的，在

"的爷"们中间侃一阵也值了。

　　王军霞先到我家，在那儿一起等赵瑜。王军霞说过，是马俊仁把她引上了世界冠军的路，马俊仁永远是她老师。王军霞还说过，赵瑜是在她最困难最苦闷的时候，关心她鼓励她，使她重新振作起来的老师。王军霞的奥运金牌，有毛德镇的功劳，也有赵瑜一份功劳在内。王军霞是知恩图报的，即使受到压力也如此，这便是为什么王军霞一再向报界声明"事实胜于雄辩"和愿意出庭作证的一个原因了。

　　天气太热，赵瑜到来之后，我们三人，一起到附近的"地球村"酒家，正好没什么顾客，我们安安静静地用餐，漫无边际地聊天。即便是严峻的往事在王军霞的叙述中也已十分平静。有些令我震撼的事我也不便在这里复述，以免引起不必要的麻烦。但我相信王军霞的诚实、单纯和善意。既然赵瑜在书中都故意回避了，我更无披露它们的必要。

　　他们还有事要商量，我便告退了。

　　又过了一些日子，王军霞给我来电，问北大那头怎么样了？收不收她？又说她正在办手续10月份去美国训练。我就赶紧打电话向黄书雄催问。黄书雄答："招生办没有人，他们都出去了。问题是王军霞的申请书寄来了没有？"

　　我又赶紧给王军霞打电话："你申请书写了没有？一页纸的事情，没有正式申请校领导怎么讨论？"

王军霞这才说：都怪我，我这就写了传过去。

像王军霞这样著名运动员要上大学，国家教委有规定：王的手续必须是一方面由辽宁省体委报国家体委，一方面由北大报国家教委。

辽宁省体委还是挺帮忙的，可等到王军霞的申请书到达北大，大约已是8月中旬甚至再晚些了。这一学期的招生工作业已画上句号。况且王军霞马上要赴美训练。北大的规定是：上课三个月后方能取得学籍；读完规定课程，考试合格方能发给毕业证书。这一点跟其他学校不一样；南京有所大学欢迎王军霞去，上不上课都不管，许愿给她一张硕士文凭。可北大就是北大。

王军霞的北大梦暂时未能圆。但她已经走进了它的怀抱，它也随时会向她敞开大门。缘分早已存在，看你抓得住抓不住了。

十二、第一次去见我们的法律顾问

对《马家军调查》的讨伐，包括对作品、对赵瑜、对《中国作家》编辑的讨伐，在喧喧嚷嚷了三个月之后，声音变得疲软起来。对方不说话或不多说话使得理直气壮的一方也显得乏味，而不能有效地击倒对方，再出拳便也无精打采。同时，真正的有识之士——无论你赞成或不赞成对作家的道德评判——都渐渐冷静地从文学现象、社会现象等学术的角度去进行深层次的思考。那恰恰不是少数讨伐者的目的，更不是他们的强项。他们希望看到的是赵瑜和杂志社"不得好死"的场面，或许这种场面能满足他们的快感和报复之心。

在经过了许许多多的恫吓之后，仍然没有人挺身而出买赵瑜的人头或者剁赵瑜的双手，中国毕竟不是半个世纪之前了，青洪帮、黑社会毕竟受到最大多数人的憎恶。"有话好好说""有怨找法院"毕竟成为主潮。当然，马俊仁仍然可以用诅咒王军霞的方法来诅咒赵瑜，把赵瑜也压入宝塔之下，尽管他怒火中烧忘乎所以时的某些公开见报的言论已经触犯了法律，譬如说要"枪毙赵瑜"，但东北农民马俊仁毕竟也要顾忌现代法制社会对自己的约束。倒是赵瑜大度一些，看成是老马一时失言而并不计较。赵瑜也不想发表手里王军霞和多名老队员的几封亲笔信，不想让这些孩子承担更多的麻烦。

从诅咒、讨伐、批判转入法律程序，是中国的进步也是马俊仁的进步。湖南出版的《体坛周报》最早出现了"马俊仁学法斗赵瑜"的大标题，还有些小报在此之前就哗众取宠写道"法盲赵瑜，必输无疑"。

马俊仁学法是一大进步。中央要求各级领导干部必须懂点法律,马俊仁如今算是"局级领导干部"了。但他和赵瑜两人究竟谁更懂法我就困惑了。最早吵吵要状告赵瑜的今日集团至今没有动静,想必使马俊仁等得不耐烦了。然而学法也非易事,倘那么容易,像我这般智商平平者早可以成为律师成为法官了,可我至今对法律仍怀着十分敬畏的态度。马俊仁还说"12亿人都会为他当律师",我只能说他的文学想象力大大超过了作家赵瑜。其实他不妨先从辽宁省体委大院做起,看看有多少人够律师资格和愿意当他的律师。吹牛不必上税,这也反映了马俊仁性格可爱的一面,但我担心的是某些人的挑唆已把马俊仁送入误区。

最早关于马俊仁起诉赵瑜和《中国作家》的消息是从沈阳传来的。沈阳一家报纸记者打电话给中国作家协会书记处书记陈建功,说马俊仁已起诉,要他谈谈看法。陈建功回答:你拿省委介绍信来我就谈。建功还是十分机警和谨慎的,不像我容易上当,这是后话。

9月8日,还是那家《体坛周报》正式披露了打官司的消息,标题赫然:《〈马家军调查〉酿出600万元官司》。

"状告赵瑜和《中国作家》杂志社,告他们什么呢?据知情人透露,《马家军调查》一书认为'生命核能'与'马家军1号'配方几乎雷同,都是8种天然名贵中药。而马俊仁说：'配方根本不一样，有着本质差别。'用差不多的药方制作两种保健品，那不成了欺骗、侵害消费者了吗？"

我作为《马家军调查》一书的责任编辑之一，当天读到这则消息时竟很茫然。因为洋洋三十余万言的作品中有几百几千个细节，杂志社没必要也无法去一一核对和推敲它们。

鉴于"山雨欲来"的情势，我们才想到我们也是有法律顾问的。《当代》杂志我的老同事汪兆骞先生前些时来电，说"小彭很关心你们"。我说："小彭是谁？"他说："小彭就是你们的法律顾问呀！"我实在惭愧之至，那么多年竟然不知杂志社法律顾问是谁，可见我法律意识之淡薄。于是我带何建明一起去和"小彭"——也即竞天律师事务所的彭学军律师——重新接上了关系，这是8月末的事情了。彭学军当即表示愿意为《中国作家》义务提供法律服务。由此双方决定续签一份协议。按事务所的规定，凡聘请他们为常年法律顾问者，费用为每年6万。这等于是挂号费。彭学军先生当场先把这一条划掉。彭学军先生是位十分爱读书的人，我们这么一帮编辑，只能在今后向他提供正版的好书好杂志作为回报了。彭学军曾为吴祖光先生诉国贸一案义务出庭并获全胜。

9月11日这一天是星期五，我们第二次去见彭学军，刚刚坐定还没有喝完一杯茶，何建明的手机响了：沈阳市中级人民法院三人已到《中国作家》杂志社坐等，要我们速回。彭大律师迅速起身：正好一起去。

这一天终于来了！活了大半辈子没有上过法庭，不能不说是种欠缺。在日本访问期间倒是上过，那纯属旅游参观。此番可能以被告身份出庭，未免有些激动。

十三、"马家军1号"官司：小菜一碟

时近11点，我们赶回沙滩北街。沈阳市中级人民法院的三个人已在那儿久等，《中国作家》办公室人员给他们泡了茶水。都9月中旬了，依然很热，今年秋老虎的时间似乎特别长。

这是一次"不扎领带"的会面，从律师到法官到我这个被告之一，一律短打扮，穿着T恤衫。按律师事务所的规定，律师在班上必须着西服领带。这天是星期五，彭学军解释说，周末可以穿便装。法院的人也都没有穿制服。

坐定之后，法院的关云光先生递过他的证件给我看，我很随便地扫了一眼便递给律师。关云光中等个子，挺壮实也挺憨厚的样子，一口东北腔，他自称是此案的主审法官。

没有多寒暄，关云光拿出起诉书，要我签收，并问是否能尽快找到赵瑜。

原告是沈阳马氏保健品有限公司。起诉书内容是：《中国作家》杂志以极不负责任的态度，违反国家有关规定，发表赵瑜所著长篇报告文学《马家军调查》一文。该文关于原告产品的报道严重失实，侵害了马氏公司名誉权。为此，要求第一被告赵瑜和第二被告《中国作家》杂志社公开赔礼道歉，并赔偿经济损失600万元。

起诉书下方签名的原告（法人代表）不是马俊仁，而是马氏保健品有限公司总经理张连刚，这使我有几分不解。后来我们从《文汇报》上读到有关报道，方知马俊仁早以董事长身份在起诉书上签字，沈阳市中级人民法院已于8月12日受理此案。

关云光法官说明来意：本来，起诉书可以通过被告所在地法院转达，但我们为慎重起见，决定亲自来一趟，听听你们的意见。

我的直觉是关云光的态度确实非常诚恳。我当时只重复了起诉书中"以极不负责任的态度"这句话并报以轻蔑一笑，我还自言自语道："违反国家有关规定？什么规定？"

随即，我笑着对关法官说："请你们看看我们这座简易楼值不值600万，地皮不是我们的，属于五四广场，是五四运动的发祥地。"

关法官认真地说："600万是他说的，不是我们判的。他可以那么提,我们当然要根据实际情况。我们的看法是:证据是确凿的,这就是《中国作家》第3期第27页和第32页上的两段。'还是八种中药',马家军1号的产品说明书上不就是这8种嘛……"

说实在,我作为《马家军调查》的终审人兼责任编辑,并没有听懂法官的意思,也就是说对法官所说的构成侵权的原因浑然不觉。一部三四十万字的书稿,要引用的细节成百成千,作为编辑部是不可能去细细推敲核实的。因此我也一时不知怎么去答复法官。好在还有时间。

当然还是律师有经验,彭学军说:"按规定,双方要交换证据,交换证据再说吧。"

关法官说:"其实问题挺简单,我们来看看的意思,就是是否能庭外解决。大家都挺忙的,能不开庭把事情了结最好,别让你们跑一趟。这样吧,明天就是假日,大家都辛苦一下,不休息了,一起坐下来谈。赵瑜能不能一起来?"

我当即拨通赵瑜的手机,巧得很,他正从太原坐大巴往北京走,现正走到石家庄,大约傍晚即可到京。

我们问明法官下榻何处,好就他们的方便。于是商定第二天下午3点在蓟门饭店二楼咖啡厅举行"三国四方"正式会谈。

已经到了吃饭时间。《中国作家》办公室的同志已在大

《马家军调查》回忆 / 杨匡满散文集

院内的内部餐厅订了一桌工作餐。法官推辞说:"我们有纪律。等事情完毕,我来请你们。"

既如此,不好再留。送走他们三人,彭学军回到办公室赶紧对我们说:"他们的意思是不战而屈人之兵,所以我们得赶紧商量一下,做点准备,明天谈些什么。"

我当即又拨通了赵瑜电话,让他一到北京马上同律师取得联系。并当场询问是否愿意请彭学军为他的律师。赵瑜非常痛快,他连彭学军的面都未见过,但既然彭是《中国作家》常年法律顾问,他便一口答应,并答应明天上午先同律师单独见面。

彭学军的话使我开了眼界。"不战而屈人之兵",庭外调解的意思是:你认个错,赔礼道歉就不开庭了,因为"证据是确凿的"。当然不必赔那么多。问题是,赔1元也是你输了,在舆论道义等方方面面都输了。所以,彭学军说,我们必须强硬,拿出我们的证据来。

下午一回到家里,我便拿出《马家军调查》,将第27页和32页来回看了两三遍,依然迷茫不解,不明白起诉人说的侵权为何物。只朦朦胧胧觉得,似乎跟"一稿两投"差不多,即一篇稿给了广东今日集团拿了1000万,复印件给了辽宁又拿了500万。

1998年的9月12日是个阴天,我约萧立军也去,但嘱咐他少说多听，我怕他走火。

我们都按外交活动的礼节，早到了几分钟。竞天律师所除去彭学军外，还来了位更年轻一点的高明。

这里顺便介绍一下竞天律师事务所。我从资料上获知它成立于1992年，是中国创办最早、最具规模的合作制律师事务所之一，它以金融投资和经济领域内的法律服务为主，同时兼及涉外民事、不动产等各类法律服务。1997年，它已被世界最权威的律师事务所评价杂志列名在中国领先的若干家律师事务所之中。它在深圳、上海设有分所，共有34名专职律师。1999年2月事务所迁至朝阳门外，办公面积扩大了一倍，其规模在国内已可说首屈一指。

出生于1964年的彭学军便是竞天律师事务所的发起人、创建人，毕业于北大法律系，毕业后工作于中国民航国际司、中国信托投资公司，曾赴伦敦史密夫律师行访问工作，曾为中国航空工业总公司、中国化工建设总公司、中信澳大利亚公司、香港邵氏投资基金管理公司、中信公司、摩托罗拉（中国）电子有限公司、加拿大北方电讯（亚洲）有限公司、丹麦诺和诺德公司、挪威海德鲁公司等中外著名大企业提供法律服务。

高明也是北大法律系毕业，比彭学军低一班，也曾为许多跨国公司提供法律服务，经验几与彭学军相仿。

《马家军调查》回忆 / 杨匡满 散文集

竟天律师事务所长长的客户名单给人的感觉就像世界明星队加上中国国家队。难怪后来我问高明,是否愿意就"马家军1号"官司回答一下记者提问时,高明说:等今日集团一起来的时候再说吧,否则太抬举他们了。

后来的谷开来大律师来势汹汹的同时显出了几分不安,难道也与此有关?

咖啡厅光线很柔和,我们在一角坐定。赵瑜中午时已与律师长谈过,显出胸有成竹的样子。赵瑜与法官也见过,彼此不再寒暄,在靠窗的一角长桌边坐定。彭学军要了可乐,别人都只要茶。

法院到座的,只有两人而不是昨天的三人。关云光这才解释,昨天另一位是民事庭庭长,今天不来了。他指着旁边的一位说,这是朴永胜,书记官。我们马上想到朴是朝鲜族,果然。小朴长得很清秀和文静。

话题重开。关云光让赵瑜签收了起诉书,说是履行一个手续,接着将昨天的话大体上重复了一遍,正式表示想听听被告方的意见。关云光说话依然不紧不慢,和颜悦色。

我这个"第二被告"的代表人不客气地先讲了。我说:《中国作家》恰恰是以极严肃、极负责任的态度对待《马家军调查》这部稿子。稿子在杂志社放了一年半,经过了许多文学界有名的评论家、编辑家的反复论证讨论,向作者提出了修改方案，做了重大的删改和补充，做了大量细致的案头工作，删掉了尽管是事实但会使马家军声誉扫地的内容，补写了马俊仁吸取教训重新崛起的内容。也就是说，我们的出发点是补台和善意的，所有参与讨论的专家也无不认为作者的出发点是善意的。删掉了的一章，就是马俊仁强迫队员服用兴奋剂和他如何逃过了国际田联三次飞行药检的经过。这一章写得很生动。但我们从大局出发，从维护马家军的名誉出发，把它们删除干净。在别的章节中还有删的。删掉的一章连同王军霞的信，我们都作为密件报送了中央政治局。再则，像这样的长篇报告文学涉及那么多细节，编辑部没有责任也不可能去一一核对，所有刊物的约稿启事都说明纪实作品文责自负。因此，《中国作家》没有侵犯"马家军1号"的名誉。

接下来是赵瑜。赵瑜边念边分析法官认为"证据确凿"的27页、32页两个自然段，话锋一转说：请注意我在33页还有一段，"人们很难判定老马给广东今日集团的秘方同这后一张秘方相较孰优孰劣……"你们看，我说的本来就是两张方子嘛！再回过来说第32页那段"药方可没大变动"，不是不变动嘛！"以8种天然名贵的中药为原料……"请注意我是加了引号的，也就是说我引的是别人的话，是当年沈阳的报纸报道的，不难查。

彭学军接茬说，引用的报道如有错，不由引用者负责。真要判断两张方子是否一样，就需要打开两个保险柜，取出里边的方子加以比较，并且必须化验两种保健品的成品成分。

赵瑜和我一再强调，我们对马俊仁没有恶意，不存在侵犯他名誉的动机。

法官似乎有些默认，他反问：那是否存在过失呢？

赵瑜答得干脆：过失也没有。就连马俊仁在南方的报纸上公开声称要"枪毙赵瑜"，我也没吭声嘛。

高明律师忙问是什么报，什么时间，做了笔记，立时指出：马俊仁这样做本身构成了侵犯赵瑜的名誉权。

我补充道：《中国作家》收到了许多主要来自辽宁方面的恐吓信恐吓电话，当然我没有证据说是马俊仁干的。有的电话要买赵瑜人头，要烧《中国作家》，我们对此也未予评论甚至没有报案。

关云光法官沉默少许，婉转表示起诉方在对文字的理解上有些不足，看来《中国作家》没有侵权，对赵瑜这头说法也不再那么肯定。关云光接着征求我们对下一步的意见。

彭学军律师当即表示：予以驳回。

高明律师则说：或者撤诉，或者我方反诉。

我想了一下，提出我的看法：我倾向于调解。高明插话说，前提是他们撤诉。我说：第一，马氏集团撤诉，官司打起来，赢家怕只有小报和书商；第二，我们再次邀请马俊仁来京——讨论会时我们就邀请过马俊仁，几家坐到一起，没有谈不通的，请法院同志做做工作，最后"在沈阳市中级人民法院和竞天律师事务所的调解下"，尽弃前嫌，实现大团结，共同举行新闻发布会，也是件大好事。

赵瑜表示：《马家军调查》发表后我主动同老马和马大嫂通过许多电话，劝老马不要受人挑唆，后来老马骂得太厉害，跟报界说我要挟他和大嫂，我便不好再和他对话，彼此"关机"了。我那几天要不是山西有事我就一个人去大连找老马了。我仍然希望同他一起坐下来，对他一些气头上说的过头话我也不计较，有什么了不起的事说不清楚！

高明补充道：中国人除了法还讲情，看来法官是恢复沟通的最好角色了。

我察觉到法官的态度比昨天来时有较明显变化，有感于我们的建议，关云光表示愿意考虑调解。

大家还聊了些别的。我翻开法官手里的《马家军调查》杂志说，一看就是盗版，你跟赵瑜手里的比比，纸张、图片都不一样。法官仔细翻了翻说，还真是不一样。赵瑜还说到他的稿费数，也使法官颇感惊奇：才那么少？

法官要我们在朴永胜的记录稿上签字，我出了一次洋相：我按我的习惯在上边改病句。律师马上提醒我：可以指出，但要由法院改。我马上表示：不懂不懂，冒犯了。法官也笑笑。我只觉得小朴的文字水平还有待提高，意思表达不清楚。

天色将晚，谈的也差不多了。关云光法官似乎颇有感慨地说：这次到北京来，结识了一些高层次的朋友，感到很高兴。

他还郑重地表示：希望你们把你们的想法跟更多的人说说。

应该说，我们几个人对法官的印象也很好。我说，今后你们法院有什么好的题材不妨同我们联系，我们物色适合的作家去写。

赵瑜还说了他的一点担心，希望这一案的审理不要带有"地方色彩"，也即地方保护主义，说白了，别受辽宁省个别领导的干扰。

我当时的一个直觉是：关法官可能会面临两难的境地，如判马俊仁输，对辽宁方面，从长官到相当一部分读者怕都不好交代；如判赵瑜和《中国作家》输，他们已知那么多内情，怕也于心不忍。最好的办法只能是调解或无限期拖下去。

赵瑜马上要去长江灾区采访。法官希望大家都等两天再说。公民有"随叫随到"配合法院工作的义务，赵瑜便答应了。

当晚赵瑜来电，说法官来电：你走你的吧，并再次强调他个人主张调解,也有调解的可能。

法官当晚就离京回沈了。估计他已将下午会谈情况请示了庭长甚至院方领导。

我随即向陈建功报告了会谈经过,建功说我是好心但书生气,马俊仁怎么会来呢?建功还要我给作协打个报告,公开表态必须请示作协的。他还出主意,不妨让律师出面去说。

9月16日,我给作协党组书记处呈送了《关于〈马家军调查〉诉讼情况的汇报》全文如下。

关于《马家军调查》诉讼情况的汇报

党组、书记处:

9月11日上午,沈阳市中级人民法院民事庭庭长、主审法官及书记员三人来到我编辑部,向我们送达了法人(代表)为张连刚的"沈阳马氏保健品有限公司"的起诉书,诉《中国作家》"违反国家有关规定,以不严肃态度发表了侵犯马氏公司名誉的作品",要求"公开道歉和赔偿600万",第一被告为赵瑜,《中国作家》是第二被告。

我杂志特聘的竟天律师事务所的法律顾问彭学军正巧赶到。我刊杨匡满和何建明同志在场。

沈阳中法同志说明来意:一是送达起诉书,二是想听听我们和赵瑜的想法,争取不开庭,而是庭前解决。据他们看,"证据是确凿的":即《中国作家》杂志第27页队医写的"生命核能"8味药名那一小段和第32页"药方可没大变动,仍是以8种天然名贵的中药为原料……"这一自然段。而"马家军1号"产品说明书上的药名就与这8味不同。

时近中午,应法官要求,我刊与正在山西—北京途中的赵瑜迅速取得了联系。

第二天(9月12日)下午3点,在法官下榻的蓟门饭店咖啡厅正式"会谈",参加者有:此案主审法官关云光,书记员朴永胜,竟天律师所彭学军、高明,赵瑜,杨匡满,萧立军。杨匡满发表了如下意见:《中国作家》严肃地做了大量细致工作,目的就是保护马家军的声誉,至于具体到"马家军1号"这样的细节,凡刊物的稿约或征文启事通常都有"纪实作品的事实部分由作者文责自负"这样的规定,因此《中国作家》不构成侵权。赵瑜分析了第27页和32页的两个自然段。指出第33页还有一段"人们很难判定两张秘方孰优孰劣",而32页那段是加了引号的,引自当年沈阳的报纸,不难查。

律师指出:需要打开两个保险柜,取出里面的方子和化验成品成分。

被诉方还一再说明,对马俊仁没有恶意,不存在侵权的动机,也没有过失。就连马俊仁公开发表的诸如"枪毙赵瑜"一类的言论,及《中国作家》接到许多恐吓信和电话,也未予置评。

律师指出:马俊仁此举本身构成了侵犯名誉权。

关云光法官沉默少许,婉转表示看来《中国作家》没有侵权,对赵瑜这头说法也不再那么肯定。法官接着征求我们对下一步的意见,两位律师表示:驳回,或撤诉,或我方反诉。杨匡满表示:第一,马氏集团撤诉,官司打下去赢家只有小报和书商;第二,我们再次邀请马俊仁来京,几家坐到一起,没有谈不通的,请法院同志做做工作,最后"在沈阳市中级人民法院和竞天律师事务所调解下",尽弃前嫌,实现大团结,举行新闻发布会,也是件大好事。赵瑜表示:《马家军调查》发表后曾主动与马俊仁及大嫂多次通话,劝老马不要受人挑唆,后来老马骂得太厉害,我便不好再与他对话,彼此"关机"了。赵瑜仍然希望同他一起坐下来,对他一些过头话也不计较,有什么了不起的大事说不清楚?

律师表示:中国人除了讲法还讲情,看来法官是恢复沟通的最好角色。

据我们几人观察,法官态度比初来时有较明显变化。也有感于我们的建议,他表示愿意考虑调解,并说,此次来京结识一些高层次朋友很高兴。

法官还说:希望你们把你们的想法跟更多的人说。

当晚,法官又给赵瑜去电:"你走你的吧。"(赵瑜要去灾区拍片，本来该"随叫随到"的）再次表示他个人主张调解，也有调解的可能。法官当晚便离京，估计他们已请示院方。

　　由此看来，此案会拖些时日才可能开庭。我们争取如前所述的最佳方案，也正积极准备材料供律师答辩时参考。

　　关云光法官所说"希望你们把你们的想法跟更多的人说"，我们以为应当采纳。三个多月来，我们遵照上级指示，对报界不发一言，只求事态平息；即便对一些分明错误的话也不表态，这使律师圈觉得奇怪。但事情既已到此地步，我们以为，以杂志社名义或个人名义，或以一个不愿透露姓名的人士的"名义"，就此次"起诉侵权"本身，适当地向报界表述我们的观点是必要的。这有利于澄清某些误解，传达我们的意向，也有利于维护杂志编辑们的名誉和作家协会的名誉。

　　当否请示。

《中国作家》杂志
1998年9月16日

　　9月21日，律师将草出的《答辩状》电传给我和赵瑜，我们略作补充修改后即寄沈阳市中级人民法院。

　　答辩状全文如下：

答 辩 状

答辩人：赵瑜，男，43岁；籍贯：河北省安平县；民族：汉；职务：中国作家协会山西分会会员

住址：山西省太原市南华门东四条省作家协会家属楼

委托代理人：彭学军（北京竞天律师事务所律师）

地址：北京市朝阳区麦子店西路3号新恒基大厦323室

邮编：（略） 电话：（略） 传真：（略）

被答辩人（原告）：沈阳马氏医药保健品总公司

案由：侵犯名誉权纠纷

答辩人现就原告沈阳马氏医药保健品总公司起诉答辩人侵害原告名誉权一案，向法庭做如下答辩。

原告诉状中称：答辩人所著之《马家军调查》（下称作品）一书，在"关于原告的产品'马家军1号'的报道严重失实，侵害了该产品的名誉权"。

对此，答辩人认为，答辩人所著之作品，是以严肃、认真的态度对"马家军"这一体育现象进行深入的研究、如实的描写，以期从深刻的社会背景和复杂的民族心态与情结乃至整个文化环境中使读者对"马家军"这一现象能够进行深刻的评判与思考。该作品中并无太多提及原告之处，原告也并非作者在作品中所要描述之重要或主要部分。对于有关原告之章节，

答辩人均系依据当时有关媒体报道为素材,并无任何想象与编造。可以说,答辩人作品中有关原告的章节,事实简单而且清楚,无原告所谓"报道严重失实"之处。

报告文学并不是纯新闻,只是具有新闻性的文学体裁。原告混淆了报告文学与新闻的区别,认为作品"报道失实"本身就是对作品没有能完整理解的最好体现。在报告文学中,尤其在历时三年方始发表的本案争议作品中,本不存在只有新闻才会使用的"报道"的概念。原告在没有充分了解作品的体裁和内容的情况下,贸然提起诉讼,很是轻率。

因此,原告指责作品因"报道严重失实"而侵权,没有事实依据。原告应就其诉讼主张进一步向法庭举证,以证明答辩人作品中存在有捏造事实或"报道失实"之处,否则,其诉讼请求不应得到法庭的支持。

另外,尽管答辩人的答辩主张是认为没有侵权,故不存在对于原告所谓损失进行答辩和质证的必要,但原告既然在严肃的法庭上提及损失额为人民币六百万元,则答辩人出于对法律及法庭的尊重,同样请求法庭依据有关民事诉讼法律师的规定,对原告所谓损失额是否发生以及发生是否合理,进行充分的调查、了解和质证。相信通过质证更能够看出,原告的起诉不仅轻率,而且无端。

综上所述,原告的"侵权"指责没有事实依据,其所谓损失也没有事实依据。答辩人在此请求人民法院，在查明本案事实的基础上，驳回原告诉讼请求。

此致

沈阳市中级人民法院

答辩人：赵瑜

委托代理人：彭学军

1998年9月21日

答 辩 状

答辩人：《中国作家》杂志社

住址：北京市沙滩北街2号

法定代表人：杨匡满；职务：副主编

委托代理人：高明（北京竞天律师事务所律师）

地址：北京市朝阳区麦子店西路3号新恒基大厦323室

邮编：（略） 电话：（略） 传真：（略）

被答辩人（原告）：沈阳马氏医药保健品总公司

案由：侵犯名誉权纠纷

答辩人现就原告沈阳马氏医药保健品总公司起诉答辩人侵害原告名誉权一案，向法庭做如下答辩。

原告诉状中称：答辩人出版的1998年第三期《中国作家》杂志，刊登的本案第一被告赵瑜所著长篇报告文学《马家军调查》（下称作品）一文，该文关于原告产品的"报道严重失实"，侵害了原告产品的名誉权。答辩人作为出版部门，未遵守国家有关规定，以极不负责任的态度登载此文，亦构成侵权。

对此，答辩人认为，答辩人在发表该作品时，不仅是在严格按照国家有关出版管理规定行使出版社的权利和职责；而且由于该作品描述的是一个为中国亿万民众所熟知并且为中国体育事业做出巨大贡献的体育群体，答辩人对于该作品的重视程度尤甚于其他作品。不仅征得作者同意对原作品中不适于发表的部分做出删节，而且还建议作者续写最后一章以保持作品的完整性，在作品发表之前，答辩人还特意召集有关方面的专家、学者对作品进行了认真深入的讨论（见证据一、二），并将讨论情况及相关意见作为作品的后记与作品同时发表。所有这些，无不反映出答辩人的认真和审慎的态度，原告指责答辩人未遵守国家有关法律规定、并且"极不负责任"，没有事实依据。

另外，原告起诉答辩人的原因，是答辩人发表了原告认为侵犯其名誉权的第一被告的文章。作为出版单位，答辩人认为，以答辩人这样一个资深的出版机构，以答辩人全社工作人员一贯认真严谨的工作作风，对于作品的理解应该是完整和客观的，答辩人在发表该作品时便不认为作品侵犯了包括原告在内的任何人的名誉权,否则答辩人断不会发表该作品。至今答辩人仍持此观点。同时,答辩人强调,根据文责自负的原则,以及出版机构的工作常识,答辩人也并没有越过作者向作品所反映的事件的当事人直接审核作品真实性的义务。各种刊物的稿件征文"启事"均有明确规定。这也是文学界常识。(见证据三)

综上所述,答辩人认为,答辩人发表作品的过程并不违反任何法律或有关行业的管理规定;作品内容经答辩人审核完全适于发表,且符合国家关于出版管理的规定;作品不存在侵权事实;答辩人亦没有确认作品所描述的事件是否真实的义务。因此,原告的诉讼请求不能成立,答辩人请求人民法院,尽快查明事实,驳回原告的诉讼请求。

此致

沈阳市中级人民法院

答辩人:《中国作家》杂志社

委托代理人:高明

1998年9月21日

附件:

证据一:1998年5月29日《科技日报》发表责任编辑萧立军的文章:《〈马家军调查〉敏感内容为何删去》;

证据二：《中国作家》杂志1998年第三期第214页至第216页；

证据三：《中国作家》杂志1997年第二期发表的"本刊重要启事"；

《人民文学》杂志1996年第九期发表的"本刊启事"。

十四、"杨匡满同志做了检讨"之后

请示报告递上去之后迟迟没有答复。《马家军调查》已引起中央重视，自然，我的这份报告必定要由作家协会的一把手翟泰丰阅示。

此间我跟何慧娴通过一次电话，我说我们现在是打不还手骂不还口。何慧娴说刚收到一个报告抄件，是作家协会给中央的，她说你等一等，我给你念：《马家军调查》从文学上讲是部好作品，但社会效果不大好。《中国作家》副主编杨匡满同志已做了检讨……。我听罢连说好。作协领导把事情摆平了，给中央有个交代，给辽宁有个面子，又保护了《中国作家》和作者。我并未因我向中央"检讨"而有任何负担。说实在我的"检讨"也就是"没有预计到《马家军调查》有那么强烈的不同意见"和"没有送体委领导审一下"这两点。

我给何慧娴打电话的目的之一是想问她手头有无1995年初王鼎华在马家军驻地调查后给体委写的报告，我很想用作参考。

但何说她将来要写回忆录，把所知道的都写出来，我便不好索取，那岂非掠人之美。闲聊中何慧娴说道：她刚从辽宁回来，崔大林请她吃饭，饭桌上何直问崔兴奋剂的事，崔承认斯图加特和"七运会"时用了，以后没有，何说你敢打保票吗？崔说知道何的观点，并说了王军霞如何如何不好。

1998年9月30日，在作家协会所属各报刊社的学习汇报会散会之后，党组副书记陈昌本将我留了下来。

昌本说：章仲锷同志到年龄了，又要住院，跟他谈过了，他"淡出"，你"淡入"。老章表示以后他不管了。《中国作家》就你们三个人（另两人指何建明、杨志广）了，把他们两人先用起来。正式任命的事，因为人事冻结还要等一段时间。你们好好干，这段时间，尤其不要在政治上出错。

翟泰丰边收拾文件边准备走，他插话说："你们好好干，我们支持你们。"

昌本接着说：是否派人（到你们那儿）挂个名，以后再说。

临走时昌本想起我那个关于马家军诉讼的报告，又对我说，泰丰同志在后边一段做了批示，意思是你们不要再说了,那样又乱了。我连连称是。

国庆节期间我到阜外医院看望了章仲锷,章说昌本已经来过,也说了把何、杨提起来的话。我便起草了一份催促党组尽快对何、杨正式任命的报告,就以章仲锷和我两人的名义。

年轻干部的使用得以初步落实,是我最为高兴的事。说实在,若因为《马家军调查》影响到何建明、杨志广这两位在《中国作家》员工中颇具威信、两三年来民意测验和评选先进均获大多数选票的干部的提升,那是不大公平的。无论从哪方面讲,责任不能由他们两人承担。

为慎重计,节后上班第一天我便请示昌本,问他同我的谈话可否在处一级干部传达?昌本说何止是传达,你要做个动员。于是我召开全体大会,算是正式主持工作,并宣布从这一天开始给何、杨二人加担子。

不能说如释重负,多少是松了口气吧?10月上旬,我在电话里同王鼎华说了我的近况:我犯了错误,很不好意思担此重任,可又想既然马俊仁那样都可以提拔,我们怎么就不能提拔呢?鼎华大笑。说到1995年初鼎华给体委打的关于马家军的报告,鼎华说他手头没有了,记得有五六页,赵瑜写的一些问题他的报告里也大体都写到了。

放下电话,我联想到何慧娴所说的作协给中央打的报告，直觉告诉我：《马家军调查》的事已经告一段落。我们的忍耐和等待有了个不算错的结果。

那些天我正陶醉于阿来的长篇小说《尘埃落定》，我以为《马家军调查》也该尘埃落定了。

我想的还是太天真，一场突来的风雨又几乎使我陷入两难的境地。

十五、与开来大律师过招

这一章本不需要写，本不该写。

开来大律师的出现使我不得不写。

夏天的时候，听章仲锷说过开来要写"调查之调查"，章又说开来在看了《马家军调查》全书和听他介绍之后观点有变化，章信心十足：开来是我看着长大的，她能做对大章叔叔不利的事吗？有老章的话垫底，我便不在意；虽然彭学军律师同我讲过开来律师所在做准备，我仍然不以为会对《中国作家》构成多少威胁。

10月下旬，我到协和医院看病，在离医院门口不远的小摊上见到了《我为马俊仁当律师》。开始我并不以为然。自《马家军调查》出现以来，各种各样讨论《马家军调查》的书刊已难计其数。我当时也没有购买，心想沙滩那边书报摊更多，回去再说。

哪知沙滩附近没有开来的大作，这多少让我感到些奇怪。至少可以说：这本书在北京还没有太多的市场。

几天以后律师彭学军和刚从湖北抗洪前线回京的赵瑜来我家。我因小疾，只好委屈他们两个远道赶来。赵瑜拿来了几本。不久，杂志社办公室又在别地买到几本，这就够用了。

赵瑜已初看过，讲到其中至少也有二三十处错讹之处，他已划了出来；讲到其中有一章专对章仲锷嘲讽挖苦；于是我们说先别给老章，老章还在医院，怕他再受什么刺激。章夫人高桦也同意我们的意见。彭学军说，他们从法律角度先看一看再说。记得我当时问了一句很无知的话：开来姓什么？古还是谷？

其实，"开来"这名字曾在《中国作家》杂志上出现多次。1997年2期《中国作家》头条发表了陈祖芬的《世界上什么事最开心》，是写大连市长薄熙来的。那篇文章把薄熙来的性格、气魄和在大连的政绩写得颇为生动感人，《中国作家》临时抽去了别的作品，将此文隆重推出，也是赶在了人大和政协开会期间。大连市还特地买走了1200册，据高桦回忆，那就是《东北之窗》杂志出的钱。陈祖芬的文章我自然细细拜读过，却并未注意到开来在其中的分量，文中似乎也未提开来姓什么，要不就是我的大疏忽。

当天下午我开始捧读《我为马俊仁当律师》，边读边做些记号和评点。

公平地说，这位不久被赵瑜戏称为"大龄文学青年"的谷开来，文字还是相当可以的，尖锐泼辣，酣畅淋漓，加之律师必须具备的辩才，文章一上来就显出气势迫人，颇有点"文革"中"敌人不投降，就叫它灭亡"的自信。她又抬出她的律师团中有审判"四人帮"时的法官，这似乎在暗示赵瑜就是"四人帮"余孽一类，要用对付"四人帮"的铁拳对付赵瑜了。加之她自身的背景，这来头确有点大兵压境、天罗地网的味道。

我一时感到心里有些发堵。洋洋洒洒劈头盖脸14万字呀，你要驳倒她，同她打官司，真还得耗尽脑筋呢！

开来以一个精通民法刑法的律师的名义，一上来就已经宣布了赵瑜和《中国作家》的败诉并进行了全面的批判。然而读到开来的文章末尾，发现她在泄露天机的同时也露出了破绽：良知比法律更重要。这么说，她并不想真打官司。而她紧接着的与马俊仁一起周游几大城市签名售书发表谈话，则进一步暴露了这位"大龄青年"不够老练的地方。她把她的全部家底都抖搂出来，她把箭射了出去，接过来一看，不过如此，大批判文章而已。

我们的律师有些着急，竟也判断她马上要起诉了，要求我们赶快打报告,以便向报界发表声明澄清某些事实真相。

的确,开来的张扬和急于推销自己,也使得本想悬挂在赵瑜和《中国作家》头顶的那柄达摩克利斯剑过早地掉了下来。本来她该"引而不发",让对手时时感到她有核武器的,现在导弹射了出来,让人一看,不过是几斤黄色炸药,也就没什么可怕的了。而且她更没想到的是,她为此在律师同行中付出了不小的代价。

本来,如果单单开来这篇文章,倒也罢了。在短短几天中全国各地十余家报纸竞相转载,而且多家报纸均以赵瑜和《中国作家》重金收买开来,"律师争夺战,马俊仁胜出"为题,这就逼得我们不得不说话了。

11月19日,我起草了给作协党组书记处的紧急请示报告:

关于《我为马俊仁当律师》一书损害
我杂志名誉的情况汇报

党组、书记处:

自9月中旬沈阳中级人民法院三位同志来京与我商谈之后,关于"马家军1号"官司一事迄无消息。我方律师说:我方的准备已足够了。

但是自10月下旬起,大连出版的《东北之窗》整本推出了开来写的14万字的《我为马俊仁当律师》。随即，各地报纸也沸沸扬扬，均以耸人听闻的标题炒作，计有《武汉晚报》《沈阳晚报》《中国妇女报》《大河文化报》《体坛周报》《羊城体育报》《南京日报》《三秦都市报》等十余家报纸。与此同时，开来与马俊仁辗转武汉、大连、南京等地签名售书，发表演讲。据报道他们还将在全国巡回签名售书。

此书中有关对《马家军调查》的评论似乎并不重要，这是作者的权利；但其中最醒目的部分是《中国作家》杂志委托开来并以重金收买律师，则是百分之百的捏造，各报多以"律师争夺战"为题加以渲染，当此报刊发行关口，影响尤坏，严重损害了《中国作家》杂志的名誉。譬如沈阳晚报、三秦都市报这样报道："在10月20日马俊仁和开来为大连理工大学学生签名售书的活动中，马俊仁操着他那独特的大嗓门向大学生们透露了'重金'的具体数目，'赵瑜和《中国作家》找到开来律师，答应如果她写了那本书的话，就先给她50万，等书出版发行到40万册时再给她80万'。此刻，开来正微笑着同他、崔大林、曲云霞等并排坐在主席台上。"

事实是：赵瑜和《中国作家》杂志社内除老章外任何人都没见过开来，也未同她有书信电话往来。老章是开来父辈的朋友，两人间的往来事实也被人歪曲，可以说老章的书生气和病被人利用了。即使这样，《中国作家》也不至于荒唐到出此

"重金"去收买她。

《中国作家》更未委托开来。多年来竞天律师事务所是我们常年法律顾问,杂志上期期都有的;今年八九月我们又新给了他们一份委托书。

律师彭学军、高明表示:律师界和许多读者尚不明事实真相,《中国作家》必须发言,不然等于默认事实,大大损害杂志社声誉,也不利于将来真打起大的官司来一些证人的态度;开来作为律师,许多说法、做法违背了律师的职业道德。

书中还有许多不实之处,因为作者未向多位当事人核实。

鉴于上述情况,为澄清一些基本事实,以正视听,我们请求:

一、以杂志社名义发表声明。

二、杂志社委托律师发表声明。

律师认为取第一方案为最好。声明将不涉及《马家军调查》一书的评价,只涉及开来文章及媒体的不实之词。无论取何种方案,声明文件都将和律师共同推敲。

以上意见当否请速示。

《中国作家》杂志
1998年11月19日

报告上去快十天了,没有接到批示。我意识到,想让翟泰丰表态是强人所难。本来上边就有指示要冷处理以平息事态。

我急得不行。律师在催,外地诸多关心此事的朋友在催,许多报纸问我们事实真相,我真担心章仲锷知道了会心脏病复发。而开来和老马还在各地发表演说。

我以为开来售书活动的要害在三点:一、老马升国旗的手是否清清白白;二、《中国作家》和赵瑜是否要重金聘开来;三、赵瑜对马俊仁的描写是否属于毁谤或是"卖国"。

对于第一点我们不想多说,时候未到;第三点属于两种观念文化的争议,气势汹汹的大批判最终不起作用。

我们要澄清的只是第二点。恰恰第二点是使马俊仁最得分而《中国作家》最失分的地方。

几天之内,我的电话之频繁创下了纪录。不能以杂志社名义,就不能以个人名义嘛?以个人名义便不需要请示,大家都文责自负。在电话里我同陈建功商量,建功以朋友身份对我说:要是我是赵瑜,我早说话了。律师说:关键是老章和赵瑜要站出来讲话。

11月19日,老章和赵瑜都把文章起草完毕。需要说明的是老章出院前夕已从病友那儿得到开来文章,所以气得一夜未睡。在沙滩北街老文化部门口的小饭店里,律师读着赵瑜的《澄清几点事实》,不时大笑,称赵是大手笔。老章的文章温吞了些也不太长,我自告奋勇做修改;我自己也起草了一篇评论式的文字。本来我那篇属于可写可不写,有的好心朋友劝我:"在《马家军调查》问题上你已择干净了,就别再发言了。"我知道他们是出于对我仕途的关心,但我当时有股为朋友两肋插刀、有难同当的劲头。老章大哥心脏病都快重新发作了,为他出口气我也得来一篇。

三篇初稿中,赵瑜的那篇是直接到律师事务所打印的,我和老章的也传到了事务所,打算由律师们敲定后直接传往各地媒体。我们共同商定的调子是:只打开来,不涉及马俊仁。

正在此时,《北京晚报》及《北京青年报》登出了记者安顿在网上采访开来的记录。安顿的问题问得很尖锐很到位,开来的破绽也由此而显见。譬如,开来表示愿意替马俊仁当被告,希望赵瑜和《中国作家》向她开炮,这就叫人莫名其妙,谁告马俊仁了?真理都在你手里,那么心虚干什么?又有谁向你开炮?

本来跟律师约定11月20日发出这三篇文章的。安顿的采访既出,彭学军说:不妨再等几天,看看开来还有什么话说,她正在兴头上,言多必失。

11月23日,是星期一。有消息说新闻出版署正开一个报刊出版社的总编的什么会,有领导批评了炒作《马家军调查》的现象。

我们感到,不能再等了,否则就失掉了为自己辩白的机会。于是，将赵、章、杨三篇文章即《澄清几点事实》《旧话重提，事实不容虚构》和《单相思童话》，或以快信或以电传方式分寄给十几家报纸。其中对《南京日报》给予了优先关注，因为觉得它的立场一直比较客观和公允。我们让《南京日报》首发，当然，要求它一字不改。我还特地给《大连日报》《辽宁日报》《沈阳晚报》寄了：你们发不发？如果讲点公正，两边的观点你都该登吧？

于是，《中国作家》和赵瑜扔出了一束"集束炸弹"。起码，把马俊仁所说的《中国作家》和赵瑜欲以130万元重金聘开来为律师的这一条太离谱的谎话戳穿了。

现将我化名欧阳闻雪的文章附后。我原来的标题是《评论与随想》，赵瑜改了一个《单相思童话》。

单相思童话
——也说开来当律师

欧阳闻雪

一位迂腐老迈的文人经手发表了《马家军调查》，最后把一位年轻的"金牌"女律师"推到了墙角"，使她"喘不过气来"——这是开来的书及其随后的炒作所编写的一则童话。

一家无书籍出版权的文学刊物居然肯出资130万元重金收买律师——这是开来的书及其随后炒作所编写的另一则童话。

开来微笑着坐在台上，微笑着过一个"作家"给读者签名的瘾，这使她的痛苦得到补偿，也多了点虚假的成分。

倘若她说的130万元是1996—1997年间的旧卢布倒也罢了，坚挺的人民币130万元对中国任何一家文学刊物都是天文数字，这个数字削弱了童话的真实性，虚构它的开来竟如此粗心，不能不令人扼腕。美金多多的大律师真不该随便拿文人开玩笑。

义愤填膺谴责赵瑜"出卖朋友"的开来，是否想到自己的大手笔恰恰也是"出卖朋友"，其情节有过之而无不及，且出卖的是一个长辈朋友呢？这是否有损于中国人的传统道德，和一个律师的职业道德呢？

公平地说，在"主编"问题上开来只耍了个小聪明。自陈荒煤先生1996年仙逝之后，《中国作家》主编一直虚位以待，作为律师不该这样明知故犯。

在"委托"问题上开来则犯了大错。尽管她可能指的是文学意义上的"委托"，想以此避免法律上的理亏；但她的律师身份注定这"委托"要经过法律的检验。那么，请拿出《中国作家》给你的委托书哪怕是意向书来给大家看看，究竟是谁在搞什么单相思！那不是有意误导舆论吗？

至于在对待王军霞的看法上，同为妇女的开来显然又不够善良和缺乏同情心。已成为文学形象的王军霞在众多评论家和读者眼中根本不是开来所说的"忘恩负义"的"独角兽",想当作家的开来如果先当一名客观的文学爱好者,而不出于自己既定的目的,想必不会使用这样轻蔑的语言。我想大多数读者决不会同意她对王军霞的几近毁谤的评论。据悉,王军霞有两封信在赵瑜那里,赵瑜考虑到王军霞还年轻,为她事业计,一直不想把她卷进来,所以至今未予公开。倘若有朝一日公开王军霞的信,开来或许会"无地自容"。

想不到马家军现象已由体育领域转入文学和社会领域。对于赵瑜的书,赞成也罢,反对也罢,都将推动我们对于体育和文学改革的思考。《中国作家》和赵瑜甚至收到过不少主要来自东北的恐吓信、恐吓电话,他们也未予置评,甚至未予报案。历史不会因恐吓或捏造改变轨迹。一位伟人说过一句名言:政治上采取诚实态度,是有力量的表现,政治上采取欺骗态度,是软弱的表现。我还是很欣赏开来说的:良知比法律更重要。

一两天后《羊城晚报》记者问开来读了三篇文章的观感,开来称她对她写的每个字负责,并说"玩火者必自焚"——这颇有点我们当年声讨美帝国主义的味道。

我只想请问一句:马俊仁在讲台上公开说《中国作家》

以130万收买开来，开来在台上笑而不答，是为何意？须知，这个时间已是1998年10月而不是5月6日，倘若从良知出发，你本应站出来更正。你作为章仲锷的晚辈朋友，对章已长时间住院、对他的病情也该是了解的，你还去信慰问过嘛！何以同时在你的洋洋大作中对"章叔叔"如此讽刺挖苦？倘你屈尊离开一下豪华的办公室而到"章叔叔"办公室回访一次，也可能就不会犯此错误。

就在11月24日，我得知：北京市律师选举北京律师协会常务理事，73名候选人中选69人，身为上届常务理事的谷开来女士本来会稳稳当当入选的，可她落选了。在马家军一事上，开来做了与她律师身份不符的事情，这是理所当然的结果。假如她不是律师只是普通读者，她怎么写怎么评论都无可厚非。

十六、两项统计和律师的介入

1998年深秋初冬无疑是《中国作家》最悲壮的时期，律师反戈，必输无疑，反对者额手相庆，同情者扼腕长叹。《中国作家》面临身败名裂和破产的危险，赵瑜重则锒铛入狱，轻则成为众人唾骂的"秦桧""四人帮"式的人物。

真是泰山压顶。有好心朋友劝我说，赶快发一篇正面歌颂马俊仁的长文章吧，某某某已写好，赶快要过来，这样可以平息马俊仁方面的愤怒，也挽回杂志声誉。

对此我表示：这首先要看文章的文学质量。

有不相识的人自外地来信：看来你们已必死无疑，我有一"秘方"可治，但天机不可泄漏，须你们直接来人面议——看来真是有神人要出现了，对此我只能一笑置之。

从11月初起，因"世界杯"和"抗洪救灾"或许还有别的原因冷寂了好一阵的"《马军家调查》热"再度被各种小报炒热，这当然归功于开来的书和签名活动。所以，说它是"开来热"也不为过。而在编辑部里，电话铃声、读者来信又多了起来。

然而，有两项统计数字的对比使我感到欣慰也多少有点惊讶。

第一项是自《马家军调查》发表后至开来售书之前《中国体育报》社收到的读者来信，体育报的总编助理杨迎明先生将这一大沓材料交给我参考。我不懂现代统计学，也不搞"抽样调查"，只有用原始的方法逐一阅读并进行归纳和分类。从信中看，一部分人未读《马家军调查》全书，只从各种消息来评判，例如通过《南方周末》或《赵瑜答辩实录》《马家军内幕大揭秘》等不知何处出的汇编本杂志，或者就是"从报纸上知道它的大概内容"，"未能找到原书"。

总共39封来信中，倾向于反对《马家军调查》，不乏愤怒声讨的17封信来自辽宁、宁夏、湖南、贵州、山东、黑龙江等省市，其中4人声称未读全书，还有若干人看不出是否读过全书。从文字上讲，除"武钢"一退休工人写得很长，但多是与书无关的分析，以及除广东西江大学一副教授的文章外，其余15人文笔均较差。

倾向鲜明地认为《马家军调查》是部好作品的5篇，来自江苏、江西、大连、河南，其中2篇出自省委、县委宣传部干部之手。这5篇文字明显好于上述17篇。

中性的，出于国家大义劝阻打官司，或客观评论，赞扬马俊仁的功劳却又不谴责赵瑜和《马家军调查》的，来自北京、大连、辽宁、山西、河南、黑龙江、重庆、甘肃、江苏、河北等地，也是17篇。其中大连、北京各3篇，最多。文字也好于上一个17篇。

通过第一项统计可以认为：同情支持马俊仁的占优，而不同意"制裁"赵瑜的也占优。

第二项统计来自我在编辑部收到的来信来稿或文章。有的写给杂志社，有的点名写给章仲锷和我。时间在开来售书之后，集中在12月初至来年1月初。共约29篇，来自陕西、广西、湖南、湖北、河南、浙江、北京、四川、吉林等地，不包括王军霞从美国、张林丽从厦门给赵瑜的来信。其中批评

《中国作家》和赵瑜的仅五六篇。倘若加上其间我自己接到的批评《中国作家》两个电话，（同情《中国作家》的电话我未统计）可以说，反对的不足三分之一。而谴责开来、批评马俊仁做法的占了大多数。

不妨先看看批评我们的奇文。

一位姑隐其名自称70岁的体育爱好者信中说："原来章仲锷你是一个地地道道的'四人帮'时代的'漏网的打手''牛棚的看守''所谓牛鬼蛇神'的监军头头。""你们这一小撮古代的秦桧、现代的'四人帮'的徒子徒孙，卖国求荣。国外人打不倒马家军马俊仁，而被你们这些卖国贼用笔杆子把马家军马俊仁打倒了，实现了外国人在亚运会上夺得冠军的美梦"总之，这位老者通篇破口大骂之词，登峰造极。"文革"遗风跃然纸上。

一封发自教育部宿舍的署名老者直接给我的信，指出我"并未认识错误"，"后果不堪"，最后还客气一句"有不当之处请批评指正"。

在同情、声援《中国作家》的来信来文中，有北京卫戍区的战士，有地方报纸的总编、记者，有科研人员，也有普通工人。

河南省棉科所一位科研人员给《中国作家》并要求转给赵瑜的信写得很悲壮："……你写的不仅是一个马家军，而

《马家军调查》回忆

是整个社会。基于我国的特殊发展过程,目前的社会到处充斥着小农经济的思维方式和行为习惯;不管是光辉灿烂的还是上不得台面的,骨子里都或多或少带着些封建会道门的味道。无数事实也早已证明了:光环的后面其实也不都是光明的,……也许你会输掉官司,因为你的对方是位有来头的权贵,他有相当有来头的权贵做后台,还有权贵的妻子给他当律师。在中国这个特殊社会里,这些都是让人望而生畏的东西。但你在我的心中是不会输的,即使形式上输了也是虽败犹荣。因为你写出了民族的劣根性,难免会有夏瑜那样的人做牺牲,还会有华老栓那样的人买人血馒头。"

这里,"权贵"一说尚可商榷,因为许多"权贵"也是公仆,是为国家为人民做了大量好事的。但写信人的分析很到位,对这一片土地深层次的文化批判击中要害。

北京卫戍区战士唐××是在读了开来书后写的,写了七页。要点是:

《马家军调查》是客观的而不是诽谤的,令人心服。马俊仁是英雄,但他没有勇气面对别人的正确批评,而是居功自傲,官报私仇,使人怀疑他的人品。中央电视台最近把马俊仁列为"十大风云人物",这种做法有失偏颇;马俊仁多次粗暴殴打女队员是双方承认的事实,即使出于全世界最伟大目的,打人者也应受严厉谴责,有关人士长时间对此熟视无睹,而对作家的有限披露惊诧不已,这是为何?金牌若以年轻姑娘的人格尊严为代价,以不民主不人道为手段,这样的金牌对我们没有意义;中国人不应是如此喜爱虚荣的民族。

最后,这位战士表示写信的唯一目的是:"想告诉赵瑜和《中国作家》杂志社的编辑们'在你们身后,有千千万万拥有雪亮眼睛的群众在支持着您'。"

值得注意的现象是法律专家的介入。在支持《中国作家》和赵瑜的来信来稿中共有4位律师的6篇。计为广西第三律师事务所副主任黄宇奇的文章《我为谁当律师呢》(载《南宁广播电视报》),西安律师益人的致《中国作家》的信和文章《败诉在中国》,曾毕业于日本大学法律系的北京市委研究室特约研究员赵尚朴的信,浙江昆仑律师事务所主任吕思源的《向开来进言——法律自有公论》《吕思源向开来说"不"》(载《浙江经济日报》)。

我尤其要提到吕思源律师,这位具有农民式的质朴和诗人般热情的大律师,《东方时空》曾介绍过他。他主动给《中国作家》来电,愿意免费提供一切法律服务,并亲自来京同《中国作家》编辑和赵瑜会见。他有句话很精彩:"法院是你们家里开的?"吕思源的平民风格显然不同于开来的趾高气扬。吕思源十分自信地说:我很遗憾,在法庭上尚未遇到对手。他很想能在庭上与谷开来对垒,可惜这个机会永远不会再有。

值得一提的还有西安署名益人的律师。他在长达26000字的《败诉在中国》之前有一个声明:"本文绝不是站在赵瑜和《中国作家》一边的反驳,而是作为一个普通读者关于《我为马俊仁当律师》的读后感,所以,与"炒"或"不炒"《马家军调查》决无关系。既然开来女士已明确地系统地表达了她逆历史潮流而动的思想、观点和行为,那么读者当然有权利去质疑、反驳和批判。"

我的笔力无法概括益人先生的许多精辟剖析。

各地律师们的声援使我欣慰,舆论的天平开始倾斜。

另有一批完全可以在报刊发表的有相当质量的文章,如张兴元的《马俊仁和毛泽东》,庄晓斌、朱君的《开来律师,请把心气放得平和些》,李我超的《老马缺火》,古清生给章仲锷的信,徐可雨的《当今需要怎样的报告文学》,王涛的《马家军也要正确对待自己》,等等。

对比夏天时大量信、电中情绪化的语言,想起开来文章援引的"我相信全中国九万律师都是马俊仁的代言人,我也相信12亿都是马俊仁的代言人"的话,和开来声称的"玩火者必自焚",我不禁哑然失笑。

可惜,碍于纪律,我当时无法编发它们。11月19日我以

《中国作家》杂志名义给党组的报告，12月7日之后才批复下来。陈昌本的意见是：因事情重要需送泰丰同志决策。我意还是按中央要求，我们不炒作，按上一次泰丰意见，由（杂志）社委托律师澄清一下事实为好。

翟泰丰指示是：一、此事早已决定不再炒作；二、如对方通过法律手段解决由对方决定；三、要顾全大局，要讲政治，不要感情用事。翟、陈的批示是从大局考虑的，也是防止事态扩大，是对我们的爱护。

这个批示拖了近20天。我们是在这些批示下达之前，向报界扔出了"集束炸弹"回击开来。11下旬的最后几天，从《深圳特区报》《商报》到《齐鲁晚报》《陕西日报》《工商时报》等纷纷来电索稿。无意之中，我们又打了一个"时间差"，一个忍无可忍的"时间差"。

元旦前一天作协系统的一次大会上遇到翟泰丰，他说他本人接到不少信、电，质问他为什么发表《马家军调查》，他要我们不要再说话了。党组副书记王巨才也走过来跟我说：不要再说了，即使骂你们是臭狗屎也别再说话了。

我说：体委说话了，我们不说了！我猜想他们尚未看到《中国体育报》的文章。

我还想，作家协会领导层代我们受的压力也不会小。

时值亚运会刚刚结束，中国女子中长跑没拿金牌，马俊仁因未参加选拔赛而被剥夺了参赛资格,他在电视里又来劲了:这样的成绩,第一名我都不要。马俊仁还指责体委定的选拔制度不科学云云。总之,舆论又沸沸扬扬:你看,没有马俊仁就是不行。这一回,舆论的矛头主要指向国家体育总局和田径管理中心了:你们有意压制、阻挠马俊仁参加亚运会,你们罪责难逃!

十七、"诺曼底登陆"

1998年12月29日,《中国体育报》以头版头条发表了记者署名长篇文章《马家军为何无缘亚运》。这篇文章针对几个月来尤其是亚运会后马俊仁十分张狂的态度,以及相当多不明真相人的诘难和疑问,回答了一些关键性的问题:亚运会选拔赛果真没有通知马俊仁吗,选拔方式是否科学,为何不给马俊仁"外卡",如何评价辽宁女子中长跑队,马家军为何只打内战不参与"外战",马家军在亚运会上会有何作为?

文章的口气十分平缓,不带任何感情色彩;文章可说"无一字无出处无一事无来历",只以事实说话,以数字说话;文章引用了中国奥委会副主席李富荣、国家体育总局竞技司司长吴寿章、国家田径队总教练阚福林的许多谈论,而作者未加任何评论。

文章的来源是"采自因特网"，这一高科技奇招也是人们未料到的。新华社发了通稿，随即，《人民日报》《中国文化报》《中国青年报》等一些大报发表了摘要。

文章最后引用了吴寿章和李富荣的谈话："我们体育界衡量竞技体育运动水平的最高标准，就是看他们能否到世界大赛上去为祖国争金夺银。马俊仁的队员只能在国内的比赛中跑出出色的成绩，这不能算是正常的现象。过去贺老总就一再强调，'国内练兵，一致对外'，不能培养那些'内战内行，外战外行'的人。"

"马俊仁是获得过三个世界冠军，但中国体育界金牌、金杯一大把的队伍有的是，比如体操、举重、射击、乒乓球、羽毛球等。他们都把成绩作为过去，准备着去获得更多、含金量更高的金牌。我们也期望着马俊仁的队伍能够在悉尼奥运会上为国再立新功。"

稍微仔细一点的读者，稍微仔细一点读过这篇文章，大家就明白了，甚至明白得不需要再说什么。马俊仁的吹牛、撒谎暴露无遗。心疼马俊仁的人早该在半年前提醒他：你别吱声别咋呼了，你不怕你那点底被抖出来？你四年不参加国际大赛怕的什么？你的成绩大起大落因为什么？你口口声声为国争光，每到真要出去就打退堂鼓，这就回到开来那本书卷首就引用的话，人们可以问老马：你升国旗的手果真那么清白吗？

众所周知,《中国体育报》是国家体委的机关报,以如此大篇幅推出对马家军表态的文章,新华社又发了通稿,自然会经过体委领导层层慎重研究并得到他们首肯。需要指出的是,自1998年5月《马家军调查》发表以来,独独国家体委系统报纸只字未提只字未表态。(仅小开报纸《体育文摘》登过一部分,后中止)。而这一篇文章也是一字未提《马家军调查》,我以为这恰恰是巧妙之处。

不久,国家体育总局局长伍绍祖又再次强调了反兴奋剂的决心,指出在这一问题上没有人可以有特权。

此后相当长时间,马俊仁不再吭声了。他富有个性色彩的形象不见了。他为什么不敢对《中国体育报》的文章来一次反击呢?

老马,该你走运,你什么都得到了,该收敛收敛了!

而《中国青年报·青年体育》上署名唐丙的文章《马俊仁之"谜"》很发人深思:"马俊仁是当代中国体育的一个人物,他曾创造过令世界田坛惊愕的成绩,但围绕他的'谜'也实在太多。这些'谜'不是一道'王八汤'就能绕开的。老马今天或明天要做的事不是面对媒体讲话,而是面对国际田坛的挑战。如果马家军有一天'内战'和'外战'同样地'内行','谜'就不解自破,到那个时候,马导也根本用不着说什么了。"

我最担心的是马俊仁此后连"内战"也不"内行"了。

不由得又想起开来那句"玩火者必自焚"的话来。开来书出之后，《中国青年报》上发表过毕熙东一篇《硬汉对话，淑女帮腔》的杂文，开来读后居然打电话到报社指责为何要发此文，开来并未在有关部门或新闻出版署任职，一个律师如此霸道，竟要干涉新闻自由，也着实没有先例。于今，面对因特网上的长篇文章，她为何不再挺身而出捍卫马俊仁，为何自己也蔫了？

难道马俊仁也玩了猫腻，没有向开来亮清家底？

1999年元月上旬的某一天，我给何慧娴打电话，称赞《中国体育报》这篇文章的分量和巧妙。何慧娴也向我略微披露了它的出台过程和对马俊仁不会善罢甘休的担心。我想其中的细节当由何慧娴自己的回忆录来记载。我相信她的体坛风云回忆录会更加精彩，会引起更多读者的兴趣。

我直截了当又是开玩笑地说："感谢你们'诺曼底登陆'成功。"何慧娴直笑。

我还想起梁衡的话：老马的问题让体委收拾去！

我大松一口气。大半年来，尽管一般说来我还是很平静，把事情看透了，对个人的安危出路等也无所谓了，甚至恐吓信恐吓电话都不怕了。因为中国毕竟大大进步了，"文革"时代毕竟一去不复返了。对我这样一个在简易板房里办公的文坛芝麻官,撤职也就到头了,还有时间写诗写散文。我最担心的还是杂志社,我记得1995年4月我刚调来《中国作家》任职时,我的前任、已任书记处书记的高洪波诚恳地同我谈到我性格上比较软弱的弱点,并说到冯牧实际对我有点"托孤"的意思。我深感我肩头的担子,尤其在大事上不敢掉以轻心。倘因我的冲动鲁莽或软弱无力使《中国作家》蒙受名誉或经济损失,我今后将无以面对我的恩师也是前辈朋友冯牧先生的遗像。

说实在,这大半年来我主要担心是来自上边或主要媒体的压力,对"官司"我并不怕,真打起来,打到海牙都不怕。我相信律师和赵瑜的准备是极其充分的。赵瑜家的冰箱里雪藏的全是干货。11月上旬我去我的老领导张光年家,祝贺他的85岁寿辰。我同他详细说了《马家军调查》从发表到开来文章的经过,光年笑说:不怕打官司,越打知名度越大。而在12月,曼谷亚运会期间,我的朋友王鼎华打电话,说他在广东遇到崔大林,问崔:你们不是要打官司吗?什么时候打呀?崔答:不打不打,也就(借开来出书)到此为止了——这也便是马俊仁和开来的底牌。我想真打起来,打成一场"核战争",谁付出的代价更大,是不言而喻的。这一点马俊仁和开来比我们更清楚。

1999年,春节过后的第一个周末,我和刚成为球友的竞天律师所高明、赵军相约小聚。席间高明说：越想越没劲，我们辛辛苦苦做了那么多准备，我才从开来事务所的人那儿得知，他们什么都没准备！我们做一个案子很认真，很累很累，开来倒是轻松。

我也颇产生一种受骗的感觉。转而一想，谁让你受骗了，谁让你那么认真？开来不是也说过良知比法律更重要吗？

高明一说，我也像泄了气的皮球。

在结束这篇断断续续写了八九个月的回忆录的时候，我想再一次提到王军霞。上北大的事情既已错过了时间，她偕同丈夫战宇于1998年9月16日上午11∶40飞往美国，踏上科罗拉多州的土地。9月21日，王军霞给赵瑜来信，征得赵瑜和王军霞的同意，我将信全文披露如下。

尊敬的赵瑜老师：

您好！我现在身在大洋彼岸、美国科罗拉多州的彼德市给您写这封信。中国时间9月16日上午11∶40我和战宇一起，离开了自己深爱的家乡，中国时间9月17日中午我和战宇带着深深的忧伤踏上了美利坚合众国的土地。没有喜悦，没有庆幸，我没有办法说清楚自己此时此刻的心情和感觉，背井离乡，寄人篱下，为了什么。摆脱困境？挣脱无奈？抑或是抛开压抑，寻求一种新的生活？唉！我终于了解了，终于了解了什么是无奈。在辽宁，我活得实在是太累太累。只有26岁的我，每天要面对的净是些这不公平与那不应该。我不愿伤害任何人，并以一颗宽容而平常的心去对待每个人每件事，尽可能地去谅解别人，体贴他人的难处。而我呢，得到了什么？又失去了什么？最后一咬牙，带着自己庆幸没有丢失的纯真与善良走了，虽然前途一样渺茫，但至少在我与战宇的心中又燃起了一线希望。

奥运会结束至今已经两年了。虽然我身体不是很好，为了中国老百姓对我的希望，为了我酷爱的体育事业，我还是多次尝试和努力去学习去恢复训练，然而却总也不能正常进行。我组队员被马指导花钱暗地里买走了，不愿去他那里的，不管你练得多好、多辛苦，比赛机会统统掐断，弄得是人心惶惶。毛德镇教练更惨，在没有征得他意见的情况下，退休手续办好了，食堂伙食给停了，没有理由你回家吧。在毛指导痛心离去的那一刻，我心如刀绞，真不明白我们这样一个配合默契，而且获得奥运冠军的组，在辽宁却没有容身之处，而且是那样难以存活。公理何在？天理何在呀？说到这，您也许会想到，我为什么那么信任和感激您及作家协会的老师们。在您那里，我看到一股正气，在您那里，我体会到了善良的气息。现今社会，是那一股股正气和善良的存在，使我们年轻的一代不会过早地对这个社会丧失信心。我们是新一代的弄潮儿，我们渴望善良,渴望真理,渴望理解与关怀。

现在,辽宁等一些地方报纸,不负责地刊登一些失实的报道,还有人为了名利书写一些所谓的反"马家军调查"。不分青红皂白,胡闹一通,让人心寒!让人担忧啊!事实终究会大白于天下的,读者们会怎么想,善良的人会怎样认为,还让老百姓怎样去相信中国人自己的宣传。这是欺骗,是对老百姓极不负责任的欺骗。也许他们会用各种手段为自己的错误行为进行掩盖,但纸终究是包不住火的呀!

沈阳马氏保健品公司不是要告您和作家协会嘛,好像开口就让你们赔偿经济损失600万元,真是可气又可笑。1995年,我就向他们提过用我肖像、名,和"欧文斯"奖杯做宣传的费用,还有我在马氏所占1%股份的所得,他们就说因为产品销量不好已经停产了,没钱付给。如今又生产了,又有损失了,难道当年的答复只是对我一个不懂行情人的应付与欺骗吗?我想给他们造成损失的不是您这本书,而是他们不正当的谋财方法吧?

赵老师,我这边虽然语言不通,但过得还好,没有了国内乱七八糟的干扰,我已经在战宇的陪同下开始训练了,希望有一天恢复到满意程度,我和战宇都期待着有一天,再次披上祖国的战袍,征战在世界各国的运动场上。

好了,就写到这吧!日后有需要我作证的地方,我会尽最大努力的,向中国作家协会的老师们问好!向您的家人问好!我和战宇都喜欢您这样的好朋友。

愿正气永存,祝好人一生平安

此致

敬礼

永远的朋友:王军霞
1998年9月21日于美国

这便是被开来斥为"独角兽"的王军霞,被某些人视为忘恩负义背叛了马俊仁的王军霞,被某些人认为文化不高、根本写不出那样的日记的王军霞。好在王军霞的信和日记已有许多份影印件,我希望有全部公之于世的那一天。而真正没文化的是谁,我想人们已不难做出判断。

王军霞的出走去国不是一个孤立的事件。王军霞也决非"独角兽",当年"兵变"时那么多姐妹的联合签名墨迹未干,还有一些"马家军旧部"的姑娘给赵瑜的浸着血泪的书信也墨迹未干,开来的武断只能说明她自己闭目塞听以及傲慢与偏见。

就在1999年新年伊始,赵瑜突然收到了"马家军""3号队员"——即王军霞、曲云霞之后破世界纪录的张林丽自厦门的来信。征得赵瑜和张林丽的同意,全文披露如下。

尊敬的赵老师:

您好,很久都没有和您联系了,不知您现在的情况是怎样的。

自从《马家军调查》这本书出来之后,大半个中国都被闹得沸沸扬扬的。而身在厦门的我也一直关心着风波的动向,尤其在我十几遍地读过这本书后,一直很想给您写封信,告诉您我的看法及我的心情。但遗憾的是一直没有办法同您联系上。前几天回家偶然从朋友的手中得到了您的地址,便迫不及待地给您写了这封信。赵老师,谢谢您,谢谢您为我们所做的一切,这种心情我不知怎样表达。当我怀着无比激动和兴奋的心情读完了这本书后,我简直不敢相信,您居然写得那么真实,那么好,那么深刻,原本我认为很多不可能写出的事您也把它们披露了出来。我们真的很感动,尤其是写搬到大连以后的生活和出走前的那个晚上同马指导的对白,简直就像您和我们一同经历了一样。我惊讶您对事情了解的透澈(彻)程度,可以想象为了这本书您费了多少劲,吃了多少苦,走访了多少人才完成的。从头到尾这些所发生过的事情又一幕一幕地展现在我的眼前,挥之不去,抹之不掉。我一遍遍地看,一遍遍地回忆,一遍遍地读着关于我的那些细节,也不知自己哭了多少次，因为我伤心，也难过。在那几年里发生的事太多了，无法向家人、朋友诉说的事太多了，我们所受的委屈、辱骂太多，太多了。当您为我们道出了辛酸，道出了我们那个年龄本不该承受的一切时，我怎能不伤心，不流泪。面对当时来自社会的巨大压力，我们不知怎样为自己申辩，现在我们终于可以借助您的力笔为我们自己澄清了。在大学里，面对众多怀疑这本书真实性的询问者，我大声告诉他们："这本书是真实的，每一字，每一句，每一个故事都发生过，告诉你们回去认真地看吧，可以说我就是马家军的代言人。"面对每一个相信的眼神，我的心里太高兴了，因为我们终于可以被理解，被相信了。

赵老师，对于四处传播谣言、暴跳如雷的马指导，我想我们应该祝贺他才对，因为在这本书中，好多个地方您还是袒护了马指导，不是吗？很多更有说服力的事情您并没有公布于众，按我的想法您是应该写出来的，对吗？可是没有，为什么呢？难道马指导不该庆幸吗？大学三年好多事情都忘掉了，但是唯一没有忘掉的是从前那个团结的集体，那一个个可爱的、同甘共苦的队员，那不堪回首的往事，我想这将是我一生中抹也抹不掉的记忆。我怀念那个集体，同时也为那一批还没有出成绩便被这场风波而耽误的队友痛心，像马宁宁、吕欧，好多队员还没达到运动的巅峰便走下滑坡，这种结局难道不是马导一手造成的吗？

对于马指导，我不想评价他，对他所做过的一切，我也不打算原谅,我只感谢他把我们带出了成绩;对其他人不负责任的胡乱评说,我想我也无权做结论,我只是真诚地希望马指导能够走出自己,认识到自己的错误并加以改正。如果他还是一意孤行(像他说要指出您书中几十条错误那样声嘶力竭地喊)我想不会有什么好处,他所做过的事他比任何人都清楚。前一段炒得很热闹,还说"要对薄公堂",我们听了都很高兴。如果那样我们都会跑去作证的,但问题是:马指导有没有这个胆量呢?说实话,在马指导手下的几年中,马指导一直对我很好,也许是我一向温和,不爱多事又总能抢着干活的原因吧,他很少打骂我。但我们一起出走后,马指导却对别人说:"张林丽,我从来没有打过她,对她那么好,她居然也跑了。"

听完这些话我很痛心,为马指导。到现在他还是没有找出我们离开的原因,到现在他还和从前一样,难道这不是他的悲哀吗?世界太大了,什么样的人都有,但像马指导那样的人恐怕是只有一个。但不管怎样我们仍然希望他能改变自己,希望他能认真地把所走过的路回顾一下,重新剖析一下自己,也许对别人和自己都是有好处的。当然,我们不希望历史重演,赵老师,你说是这样吗?

前一段又出一些关于"马家军"的书,像什么李××、萧×等人,不知为什么看完了他们写的书我很觉得让人恶心。尤其是那个李××,我不知道我们的情况他知道多少,居然大言

《马家军调查》回忆   杨匡满 散文集

不惭地大写、特写,简直是睁着眼睛说瞎话。在看描写我的那一段时我差点气死,要是有他的地址我一定写信质问质问他,问他算什么东西,他有什么权利乱写,简直不像个人,为了拍马屁,不顾别人死活,狗一样嘛!

更可气的是,不知又从哪冒出了个开莱(来),真是莫名其妙,这就是像两家在吵架,关她什么事?大言不惭地还把自己说成了"抢手货",什么马俊仁请她,中国作家协会争她、委托她,怎么都往自己脸上贴金哪!她算谁呀!简直没听过,什么要为马俊仁做律师,而且还要做个有良知的律师(我看其他律师不气死才怪),她懂什么?她对这件事知道多少?真让人觉得可笑。可能是"马家军的风波"是条极有价值的新闻,她也借机来炒一炒,以此成名吧!免得做律师没名气无人请她。

赵老师,也许我这么说你会认为我不冷静,太偏激了,或许是不客气了,但我真是恼火,对这些不明真相便胡乱出书乱写来伤害您及我们的不负责任的人,我真恨不得骂他(她)们一顿,出出气才好。王军霞为什么出国,在这群乌七八糟的人的恶意攻击下,不疯了才怪。幸亏还有您赵老师,真是太感谢您了,为了我们让您忍受了这么多,我们真是于心不忍。这段风波的是是非非也许现在还没人能够正确地对待,但我相信,总有一天人们会明白,会理解。如果有一天您需要我们的话,我们也一定都会帮忙的。俗话说"邪不压正",我们永远都会站在正义的一面。

现在我在厦门大学读书，学习上还算顺利，只是身体不太好，心脏上得了病，不过也不要紧，任何伤病我都会努力战胜的。赵老师请您保重身体，多出好作品，同时也替我感谢一下中国作家协会的领导和老师们，为了这本书他们也一定默默地承受了许多来自社会的巨大压力。

再次感谢您赵老师，新的一年开始了，祝您：
新年愉快天天好心情
万事顺利一年交好运
　　此致
敬礼

　　　　　　　　　　　　　学生：张林丽
　　　　　　　　　　　　　1999年1月5日

　　我想，倘若我再做什么评论发什么议论，那也将是多余的和苍白的。

　　关于《马家军调查》是是非非的世纪之争理当结束了，留一些事情给将来的文学评论家或文学史家去做吧。所幸的是：在所谓国家荣誉和社会进步两者之间，越来越多的民众选择了后者。

至于马家军之谜的某些未披露的核心部分，或许在我这篇回忆录问世之前，就能公之于众了。

需要补充的是，《马家军1号》的小官司还是打了，起诉书交了诉讼费，交了就得打。那就是体育场上说的为捍卫荣誉而战了。

拖了大半年之后，沈阳市中级人民法院终于开庭。彭学军说：你和赵瑜都不必去。

1999年4月1日开庭，彭学军、高明飞赴沈阳。双方律师交换了证据。一番唇枪舌剑之后，高明的印象是：对方的律师不像是很通经济的。重头戏在6月7日的第二次开庭——法庭辩论。关于"马家军1号"药液，早在《马家军调查》发表之前已经停产，在江南某地被倒入江中这些证据或报道已不必说。一个意外的情况被高明在翻阅对方律师交换过来的材料时发现，这就是原告沈阳马氏医药保健品总公司的法人资格问题。也就是说，原告自己提供了证据，证明原告不具备主体资格。

还有什么可说的呢？马俊仁你老老实实接受调解吧。

于是下一期的《中国作家》发了篇三百字的"豆腐块"消息，宣告了《马家军调查》案尘埃落定。

1998年9月—1999年5月
2014年5月最后阅改，尽量保持了原貌

奇特的"3组"

在人民文学出版社的历史，也可说在中国文坛的历史中，有过一个很特别的"3组"。

1972年12月末，一纸调令下到湖北咸宁文化部"五七干校"5连，也就是中国作协下放的"番号"。主持连里工作的严文井找我谈话：国务院所属的出版口已经调我，要我马上回北京，到人民文学出版社报到。

元旦刚过，就在出版社2楼朝北的一间大屋子里，先期回京的诗人李季和一位姓齐的老干部接待了我。我被告知分在出版社现代部的第3组。这个第3组直接由李季领导，任务是筹备一份中央级的文学刊物。刊名暂定为《中国文学》，实际上就是原《人民文学》的格局，以短篇小说为主兼发散文、报告文学、诗歌。报告随后打给了当时的国务院文化组。

大约1月10日左右，周明从干校回北京，调令是国家体委的。我事先知道了他的车次，就在办公室里同李季，还有已到"第3组"上班的刘剑青等人商量。大家的意见很一致：小周明一定要到"3组"来，请人民文学出版社人事部门马上下文。

于是我自告奋勇，到北京站接周明。我第一句话就是：你先别去国家体委报到，这边出版社的调令马上就下。我们还是在一起干吧！周明开始还愣了一下，但很快就明白了。他是《人民文学》的老编辑，到"第3组"筹备《中国文学》是他的老本行，李季是他老领导，组里的人又有那么多干校同甘共苦的老战友。一周以后，周明到第3组报到上班，大家都有一种战友重逢的快乐。崔道怡正好回北京探亲，李季说：你就别回干校了，让别人把你的行李托运回来吧！

陆续到"3组"的有原先在《诗刊》和《人民文学》都任过编委的葛洛，《人民文学》的崔道怡，《文艺报》的谢明清、陈默，作协办公室的杨子敏，中宣部来的黎曙光（笔名黎之）、孟伟哉，文联曲协的罗扬（很快又去了文化部系统），原人民文学出版社的张木兰、王欣以及别的系统的吴芝兰。"3组"虽然没有明确"核心"，但大家都知道是李季、葛洛、刘剑青加上黎曙光4个人，他们都已是13级以上干部。再则原《文艺报》编委陈默，也是"准高干"。

"3组"在当年的人民文学出版社是个很特殊的组。人文的"组"就是"科"。但我们"3组"，用今天的尺度来看，竟然一半人是"局"或"处"级干部。除李季外，其他社领导不管不问。在李季的指挥下，我们开始了对全国文学队伍情况的摸底：老的作家作者，看看哪些人还可以写东西发表的；这些年新出现的工农兵作者，又有哪些可以培养的。我们持出版社介绍信，分头走访一些部委，一些部队的政工宣传部门，向他们了解名单。再就是向一些"政治"上已确定可靠的作者发约稿信，因为筹备一本刊物，至少要准备出3期以上的稿子。

我被指定负责诗歌。我这个几年前《文艺报》理论组的编辑于今是《中国文学》的诗歌编辑了。对这角色的转换我是高兴的。我联系最多的是时任《解放军文艺》负责人之一兼诗歌组组长的李瑛。当年全国只有一本文学杂志，那就是《解放军文艺》。李瑛向我介绍的部队作者的情况，我作了详细的笔记，便于在"3组"汇报。我的笔记本上有诸如某人问题没有弄清，暂不能发表作品；某人有过抄袭行为，现在已可以发表作品等记载。李存葆、李延国、王石祥、曲有源、晓雪、饶阶巴桑、叶文福、韩作荣等新时期开始很活跃的作家、诗人的名字，在我1973年的笔记上都有记载。当然还有各省的许多文革中已经小有名气的诗人。在了解黑龙江兵团作者情况后，我笔记上记的是：有前途可以培养的作者有——肖复兴、蒋巍、郭小林等——他们中多数人以后在文坛都很活跃。我1973年的笔记上还有"石一歌？写过纪念鲁迅文章。"这样的记载。我那时不知道"石一歌"里有谁。

那两年我因为探望双亲和出差，曾经多次路过上海。我和

奇特的"3组"

上海工人作家胡万春1965年就相识,因为他给《人民文学》改小说。我从《文艺报》理论组出来写"批判"文章,同他在顶银胡同住过不短时间。而在上海,我父母家又和胡家只隔半站路,因此我每次去上海,看胡万春是必定的,胡万春也必定要约三两好友去他那里,一聚就是小二十个小时。他能说能喝,精力过人。常常别人困倦了轮流睡觉,只要有一个听众他接着喝接着吃接着说。另一个工人作家陈继光是必定在场的。我和周明、温小钰都曾是胡家的客人。我在上海自然要了解一些文学界情况,约一点稿子。

"3组"边打办刊的报告边熟悉近年文学界情况,尤其是工农兵创作队伍的情况。1973年2月1日起,就多次开会讨论刊物头几期的拟题。严文井作为当时出版社的一把手也参加了那天会议,这足以见"3组"的特殊地位。

会上大家议论了第一期刊物应有的内容:歌颂党的诗,革命故事,写大庆大寨的,大批判文章,等等,当然几乎都是工农兵题材。李季说:"现在可以做的,以现代文学部名义发一批普遍的约稿信;以个人名义约稿,面不宜太宽,(给)较熟悉的。春节后出去走访。出版社发稿的长篇可以选载,头一期选一两篇地方刊物的作品。头一期故事必须是上海的……"

——可以看出那时大家刚经过"文化大革命"急风暴雨的洗礼,多么谨慎多么革命。李季的一句"现在可以做的"和

"头一期故事必须是上海的"又道出了多少政治玄机。

春节过后我们便在北京各口各部了解情况。而夏天一过,"3组"兵分几路出去组稿。崔道怡、孟伟哉去西北,陈默、吴芝兰去西南,我和周明去东南。我和周明先赴上海,经江西进福建到广东,全部行程近5000公里。那时只能坐火车和长途汽车,买不到票是常事,拿着介绍信,住不上旅店也是常事。我们途经了十余座城市,光是江西就有南昌、吉安、瑞金、赣州,福建就有长汀、永安、福州、厦门、漳州。每经一地,好不容易找个住处,然后就找宣传政工部门打听作者,再找作者讲明来意,约一点稿子。"3组"的名气于是在全国文学界传播开来,都知道"3组"就是即将问世的"国刊"。

然而《中国文学》千呼万唤不出来,原因是当时的国务院文化组一直没批。1974年年底1975年年初,惨淡经营了近两年的"3组"终于宣布解散,李季也调石油部。李季的老战友劝他离开文化部门。

两年里,"3组"也编了几本书,比如以所谓三结合方式创作的长篇小说《红石口》,其实许多文笔甚至情节都是出于"3组"编辑之手;比如诗歌集《理想之歌》,就是我根据"3组"来稿和部分组稿编辑而成的,由李季终审的。其中一首由北大工农兵学员起草的长篇政治抒情诗《理想之歌》,有近四分之一的句子出自我手。当然,那时编辑头上还有"资产阶级知识分子"

的帽子，不能署名，只能当无名英雄。即使这样，对入选的作者，都要发调查信：他的家庭、本人出身、表现如何，是否同意他发表作品等，都要记录在案。我自己写了作品寄给别的刊物，人家也来函调查。后来一位诗歌界朋友向我透露对我的调查结果：该同志可以发表作品，但不能作为头条。

李季临别请"3组"的人，主要是普通干部、编辑去他家做客，喝热的啤酒。李季喝热啤酒的习惯怕是前无古人。我说：希望李季同志什么时候还回文学界。李季笑说：那是不可能的了。

"3组"成了一闪而过的历史。但是"3组"的人几乎都成为了恢复之后中国作协和文联的或是领导或是刊物的掌门人。1978年之后，李季回到了作协，是党组成员、中国作协秘书长、《人民文学》主编；葛洛是作协书记处书记、《小说选刊》主编；杨子敏当过中宣部文艺局局长，后任作协书记处书记、《诗刊》主编；周明当过《人民文学》副主编，作协创联部副主任，中国现代文学馆常务副馆长，中国报告文学学会、中国散文学会的常务副会长；崔道怡是从一而终，退休前是《人民文学》常务副主编；刘剑青是文联秘书长；孟伟哉是文联党组副书记、秘书长。留在人民文学出版社的，李曙光是副总编辑，谢明清是副社长后调任新闻出版署音像司司长。这些自然都是后话了。

三十多年弹指一挥,如今文学界还有人记得,有人提起那个昙花一现的"3组"吗?

2005年

文学田径场上的"抢跑者"

一

扬子江边一个仅有几十人的小村是我的出生地,这儿离长江口不足十华里,但对幼小的我是太遥远了。这儿是大片的冲积平原,甚至连一个两米高的土岗都没有,更谈不上丘陵和山峦。那儿有许多小桥流水,却又比不上苏州杭州那样娟秀;它靠近上海,40年后成为著名的宝山钢铁公司的紧邻,但在我的幼年则是十足的乡下。这里的民风淳朴,招待亲朋喜欢大鱼大肉大海碗,却不像北方那样喜欢摆酒。这里的习惯是不吃辣椒也很少大葱大蒜一类的刺激食品。或许,这种地理文化和饮食文化使得人的性格也温和得像这片平原,邻里之间小小的钩心斗角难免,但很少大声争吵。自然,在我的记忆中,我父母之间也几乎没有过争吵。大多数人的日子过得十分简朴和淡泊,但也很少饥饿,要饭的大都是从江北来的。

我家的亲戚朋友大多是乡村知识分子：中小学教师、乡村医生、小职员或者是稍识几个字的普通农民。在我记忆中，他们不仅不沾烟酒，甚至淡泊到没有饮茶的习惯。从我的祖父到我的父亲，自己喝或待客用都是"白开水"。再比如说我父亲的同事、著名儿童文学作家陈伯吹，还有我的老师、曾任北大中文系主任的严家炎，都是如此。我的父亲只是到晚年条件好时才喝几口药酒和受儿女影响待客时开始泡茶。

由此可以想见，在这块土地上肯定会缺少刀光剑影和波澜跌宕的传奇故事，同时也缺少牧歌式的浪漫。

我那瘦骨伶仃的祖父是清末的秀才，差不多也就是末代秀才了。他当了一辈子教书匠，娶过两房妻子，晚年孑然一身回到旧屋，自己种菜煮饭，闲来摇头晃脑吟诗赋诗，颇为自得也颇为清高。我依稀记得他为王熙凤写过一首诗，其中两句是"荆钗头里是英豪，舌灿莲花×××"（×处是我忘了）。他还给江苏一家出版社寄过一本薄薄的半旧体半民歌风的诗作，被毫不客气地退了回来。

每当夏夜纳凉，他一边用蒲扇驱赶蚊子一边要几个孙子懂得韵律并且学作古诗。我那时也就八九岁，已悟出一般押韵的规律，使他大为惊讶。在他影响下，我和我的哥哥以及一位堂兄居然平平仄仄地做起所谓的诗来，祖父为我们三人分别起了笔名：捍东、企吴、汇川。那时我仅10岁。而我们三兄弟又学着当时苏联三个画家联合用"库克雷尼克斯"的笔名，也合起了一个笔名：吴东川。不久，把自己写的一些不古不今半文半白不知是打油还是打醋的诗命名为《吴东川诗选》，工工整整抄在两册道林纸本上。或许它们至今还保存在上海我小妹妹家里，将来拍卖不知能不能值十个八个美元。

我的外祖父则是清末的武秀才，不过我记忆中他已是老态龙钟不会拳脚了。他也当过几十年乡村教师，也会吟诗作诗。不过他最得意的是同孙子外孙们讲他的祖先、明朝一位抗倭名将钱三持的故事，或是三国水浒故事。钱三持的名字正史里没有记载，野史里有，据说是当时明将李如松侵吞了钱三持的功劳。

我常常同几个小伙伴一起嘲笑我祖父和外祖父土里土气的口音，可我最早的文学细胞恰恰是在这种乡村式的、口头的、抒情文学和叙事文学交替的氛围中萌生的。

话说回来，我童年时更多的梦想是当一名将军，当赵子龙或林冲式的英雄。这大概与男孩子总玩打仗游戏以及我不到10岁便熟读了《三国》《水浒》的缘故。我甚至在外祖父家的墙头上用蜡笔写上自己的名字加上将军的头衔，直至现在长辈们还拿这个来笑话我。我甚至在初中举行的化装舞会上，用硬纸板为自己制作了一套元帅的肩章、领章而造成了一点"轰动效应"，以至一位正谈恋爱的体育教师把我这套

"行头"借走了。

的确，这跟生养我的这片大平原，这片不尚烟酒辣椒没有刀光剑影的地方太不协调了。具有讽刺意味的是我还喜欢在家东口的一条小河边玩水，可又两次溺水，两次均昏迷被人救起。小伙伴们还编了歌谣奚落我的不幸，我记得用的曲子竟是新中国成立初期流行的纪念列宁的《你是灯塔》。前几年回老家一看，那条小河不过三四米宽。我长大后学游泳时遇到深水总有心理障碍，或许与此有关。

如此不中用，自然不能奢望当将军。8岁以后我从乡下转到城里上学，因为我失业多年的母亲重新找到了教职。在我一位堂兄的影响下，我从11岁起开始接触郭沫若、殷夫、普希金的作品，由此真正染上了诗的热病，而且很快背叛了祖父外祖父，决不再做打油打醋式的旧诗而改做起新诗来。我甚至还写了一两万字的"自传体"小说，记述一个乡下孩子进城后遭到的歧视。

我的崇拜对象不断更换，初中时是殷夫，高中时是普希金。于是做作家的梦日渐清晰起来。

我还得感谢我的母校，我考上的原江苏省立上海中学，乔石、钱李仁和电脑大王王安等都是它的毕业生。它以治学有方、有良好风气闻名，学生90%以上寄宿，学生间注重友谊和彼此鼓励，从小过集体生活也有益于学生性格品德的培养。进

文学田径场上的"抢跑者"

上海中学高中部时我仅13岁，在同学互相鼓励下，每个学期、每个假期我都要订一个课外阅读和习作计划并努力去完成。有一个假期我还留校勤工俭学、打扫楼道和厕所并不拿报酬。

高中的第一堂作文课我写了一首诗，有的同学听说后惊叫起来，可老师却是把它作为不讲意境的反面教材评论了一番。我也没有灰心，大概从第三四篇起，我的作文便经常被老师作为范文在课堂上朗读。那时班里出黑板报，已指定了主编，我却自告奋勇当抄写。大概是我的精神赢得了同学，同时也因为我的写作才能日渐显现，不到一年我便"飞黄腾达"，由抄写升为主编。只是我这主编又兼主笔又兼抄写又兼版面美化。

还有一个小插曲来自我父亲。我那同样瘦骨伶仃的父亲除开教书，常给《新民晚报》写点小文章，采用率一般也就是百分之一二十吧。每逢发表，他便沾沾自喜，让我猜得了多少稿费。有时他还得花两三角车钱直接去报社取三四元钱的稿费。我于是在哂笑这些豆腐干文章的同时暗暗下定决心：我将来要写大块文章。

1958年，我作为一个高二学生，在北京大学学生会主办的向全国发行的文艺刊物《红楼》上发表了第一首诗，紧接着又发表了一组三首诗。同时，我根据一位归侨同学经历编写的连环画故事被一家美术出版社采用了。这些微不足道的铅字对我步入文坛有里程碑式的意义。

二

那个年代的中学生,包括上海学生也多向往远走高飞。在我的高考志愿表上,几乎清一色是外地。那是1959年,我考入北大中文系,不足17岁。比起我那个纯朴、温馨、平和得连小土包都没有的家乡来,北方这片辽阔、旷达、背靠着连绵山峦的土地,这片自古多慷慨悲壮之士的土地使我豁然开朗。

北大的优美环境熏陶着每一个学子,亲聆一批如雷贯耳的教授讲课,也仅仅是步入文学圣殿的门槛。北大的特点更在于一种自学的、开拓的民主的创造的空气。

因为我入学之前已在北大的刊物上发表过诗,我未交作品便被吸收为学生会创作组的成员,并且因为"越年轻越没有思想包袱"而被任命为诗歌组的负责人之一。组里大部分还是高年级学生,例如谢冕、孙绍振这两位名教授,当年都在我们组里。其实我作为副组长的主要工作是跑腿,通知大家开会,以及出墙报,抄抄写写。

那时正值"反右倾"。我记得温小钰当时在戏剧组,她和别人合作的多幕剧《时代的芳香》在北大演出过。原稿中有一个细节:主人公用小刀削一个苹果吃,于是这个细节便在创作组内受到批判——这是典型的小资产阶级情调,劳动人民哪有用刀削了再吃的?我还记得孙绍振的一首诗也被批判为"感情不健康"。这些批评使我与其觉得新鲜，倒不如说觉得茫然。因为那时高年级学生在我心中是无比地高大与雄伟，他们能写剧本，能编文学史，能在《人民日报》发表作品，还能谈恋爱和结婚。甚至像温小钰在饭厅跳舞跳疯了摔倒在地上，我们低班同学都没有嘲笑而是传为美谈。

其实，北大中文系的教学也并非完美无缺，一进校门，系主任、教授们除了要求学生不要过早恋爱甚至当梁山伯祝英台之外（但从未明令禁止），主要要求学生"做学问"，鼓励学生钻故纸堆而不鼓励写文章："北大中文系不是培养作家的。"尽管相当多的学生违背了先生的训导，但受这种气氛的影响，我也曾一度下决心攻古典文学。我选择的第一根"骨头"是《离骚》，甚至对它的注释都逐字逐句地抠，抠了半年，一部《离骚》刚读完三分之一。而那时正值中国经济最困难的一个冬天，吃不饱，都十二月初了，暖气还没有来。夜里常常停电，只好裹起被子呆坐在宿舍里。这时真盼望有人能抽根烟，好让空气暖和暖和。

祸不单行，接踵而来的是一场持续五年的肺结核。我向医生提出要求休学，医生表示不值得。于是我决定改变主攻方向，不再钻那些最消耗脑细胞的故纸堆，而转向现、当代文学和写作，一般课程能对付考试就行，求"良"不求"优"。我不再去图书馆抢座位，而常常夹一本书坐到未名湖的松林之下,我不再上体育课和练我喜欢的长跑,而是花了五元六角的"巨款"买了一块乒乓球拍。我们几个住在隔离宿舍的病号学生组织了一支"保健队",甚至击败了北大最大的生物系的代表队,以致校医院医生奚落我:"你快成职业运动员了。"我还得感谢中学的几位同班女同学,她们每月都凑好几斤粮票支援我这个病号。

我重新开始写作。诗、小说、评论都写。北大中文系成立了"五四文学社",我被指定为理事兼诗歌组长,参与招收社员、编辑墙报,讨论社员作品并请已留校任教的谢冕讲评。我记得谢冕对我一篇作品的评价是"太像闻捷",我自己也不知道从何时起从普希金、马雅可夫斯基又转向了伊萨柯夫斯基和闻捷。

1963年底,北大团委要求搞一个朗诵节目参加北京市高校汇演,这个任务交给了"五四文学社",又落实到我这个诗歌组长头上。具体地说是把两位刚毕业的同学写的一首学雷锋的诗,作较大的充实和修改,使之适合集体朗诵。我可犯了愁,我自知"太像闻捷",而那个草稿则是"楼梯式"的属于郭小川一类风格。我便去恳求两位诗风相近的同学,请他们担此重任,没想到遭到婉拒。我猜到在他们看来写"演出节目"比不上在校刊直接变成铅字可以名利双收。我百般无奈了好几天,眼看交卷的期限要到,只好硬硬头皮自己干。先读了一天郭小川、贺敬之的诗找感觉,接着是一下午喝了两暖瓶白开水活活血,然后又接着挑灯夜战,终于在熄灯之前把朗诵诗改写完毕,把我的习惯由"闻体"改成了"郭体",洋洋三百行。这便是《让青春闪光》,高校汇演时赢得了最热烈的掌声。

《让青春闪光》经当时北大团委宣传部长周俪(现任《华声报》总编、著名杂文作家)和学生会文艺部长邵继安的推荐,到了当时的中国作协党组书记、著名文艺评论家邵荃麟那里。邵荃麟读完表示要支持年轻人的创作并要求《诗刊》主编臧克家予以放行。此诗在《诗刊》发表,在电台、电视台播出后引起了相当大的影响,"五四文学社"收到了成百封读者来信。不久,它被选入"文革"以前发行量最大的诗歌集《朗诵诗选》,由作家出版社出版。此诗还到人民大会堂为刘少奇演出,但我作为主要执笔者没能去大会堂,以后听说是我的"政审"也即家庭出身未能通过。

说实在我不过是"无心插柳",但这首诗的问世标志着我开始步入文坛。不久,我为北大校刊《红湖》和《北京晚报》撰写了多篇诗歌评论。那时我也正在写作我的毕业论文,题目是《想象与虚构》。

冬天还没有过去的时候,有一位文质彬彬一口广东腔又带点神秘色彩的中年人到中文系学生宿舍私访。我没见到他,事后听说他当年曾与乔冠华一起从事地下工作,是当时《文艺报》编辑部主任的著名评论家黄秋耘。他受中国作家协会委托，和冯牧一起到全国几所重点高校调阅学生档案，想从中选10名应届毕业生。

那年6月，《文艺报》的同事请示主编张光年："杨匡满有肺病，我们调不调？"

张光年回答："可以先送他去疗养嘛！"

"工作怎么办？"

"那么再打个电话问问北大杨匡满现在的身体情况。"

《文艺报》往北大打电话时，正值学生下乡支援麦收。我作为病号闲在校园里也没事，于是要求一起下去拣拣麦穗。电话是谢冕接的："听说杨匡满下乡去了。"

既然可以下乡，想来身体无大问题。张光年发话："马上发调函。"

人生的关口往往由这一次又一次偶然的细节组合而成。

1993年9月在京举行的我的报告文学作品讨论会上，冯牧这样回忆道："当年我和黄秋耘调阅了几十份档案，发现杨匡满一是年龄最小，二是唯一在学生时代就发表作品。当然，他也是最不成熟的。但几十年风风雨雨我们成了无话不谈的忘年之交。"

三

感谢生活也感谢命运,从我跨入社会时起,尽管在"阶级斗争"的风浪中也有过迷惘有过浮沉,尽管也遇到过极个别多半是出于嫉妒想加害于我的人,但应当说,我遇到了更多的爱护和友善,尤其是直接得到了一批文艺界前辈的关怀和帮助。

比如说张光年。"五七干校"时我们同住一屋达一年之久。他是"中央专案"的审查对象,他要以极大的毅力来承受各种泼来的污水。白天,他一只手伤残,与大家一起出工,在沼泽地里跋涉;晚上,他点一盏小马灯圈读经典著作,那时也不允许读任何其他书籍。他与我谈人生、文艺,谈自己的爱情与婚姻经历,谈马克思、莎士比亚和歌德。他要求我细读马克思的《路易·波拿巴政变记》和《1848年至1850年的法兰西阶级斗争》,"那是马克思著作中最有文学价值的,可惜还有一篇非常有文采的没有收入选集"。他建议我在莎士比亚剧作中注意《雅典的泰门》,"它的语言、人物对话特别精彩和富于哲理"。我们还一起度过了许多个假日,到山林或小村子中去寻找或从小孩子手中买灵芝菇。此时,我听到过他放声大笑,那种冲破压抑的、黄河波涛般的大笑。这种笑声曾长久地感染着我。在那个物质和精神都极端贫乏的年代,在潜移默化之中,我得到了许多无形的教益。

比如说冯牧。干校时我们大部分时间比邻而居,冬天有人探亲时我便搬到他的屋里同他作伴。我们一起喂猪时合作得特别愉快,我们一起远离连队去看守"草料场",一起忍受湖北的严冬以及硕大无朋的田鼠的骚扰。夜幕一降临我们便双脚钻进被窝,拿出各自储备的食品来分享,我最早学会喝一点酒就是冯牧教的,他说那些葡萄酒不过是糖水。我们半夜里惊起,趁着月光蹑手蹑脚地去抓突然访问的麂子;我们投下鼠药,待第二天见老鼠挣扎时,高兴得像中学生那样把它们当球踢。还记得有一次在食堂聊天,我说到美国的报纸是可以骂总统的,被连里某位领导(居然还搞过外事)听到说我是美化资产阶级专政还想往上汇报,冯牧知道了就把那人数落了几句。这个当年在淮海战场踏着尸堆采访的老记者老作家,与我无话不谈。他的才学、他的脱俗、真诚与忧国忧民之思使我至今对他有一种特别的亲近感。

再比如说郭小川。郭小川被宣布"解放"之前的批判会上,我曾经作过一次于今想来极幼稚的发言。可会一散郭小川就主动同我握手并邀请我去他家玩和交换意见,由此开始了我们的友谊。当我和一批当初批判过他的年轻人在"五七干校"蒙受冤屈时,郭小川不顾"二进宫"的危险挺身出来与"军宣队"抗争,指责他们搞了逼供信,为我们辩护。同时,他也借用延安审干的经验要求我们经得起这场考验。至于后来他同

"四人帮"的斗争,是人所共知的了。我也早在1975年10月就从郭小川那里知道了毛泽东要"解决四人帮"的设想,后来由于形势急转直下,郭小川为了保护我和周明,专门关照要我们咬定没见过他。于是10月那次长谈成了我与他的永别。我还想补充的是干校快要结束分配工作时,我填的第一志愿是"理论批评或编辑",第二志愿是"大学教书",第三志愿是"专业创作"。郭小川看了我填的表格,沉思了片刻,对我说:"你适合去搞创作而你哥哥适合去搞理论。"这是1972年秋。这年冬天,郭小川给当时全国唯一的文学刊物《解放军文艺》的诗歌编辑李瑛专门写了一封信并附上了我的几篇作品,希望予以发表。他信上说:"我觉得这位同志在文学创作上是有潜力的。"

1973年1月,我到人民文学出版社当编辑。我做过诗、小说、散文、报告文学、理论等多种文学样式的责任编辑。《当代》杂志还是一个"组"的时候我在那里工作了3年。在人民文学出版社的13年中,严文井、韦君宜、屠岸、牛汉等一批老作家曾给我同样的厚爱,鼓励和支持我写作。而同许多年轻的同行和作者的交流和切磋,又使我的艺术眼界大为开阔,不至于成为大潮中的落伍者。

四

一个人的成功有三个要素：天赋、勤奋和机遇。这第三个常被人忽视，而机遇在中国恰恰又十分重要。许多有才华的人就是因为机遇不好出不来甚至遭到压制和打击。我自以为在天赋和勤奋方面只属中等，可生活给予我的机遇可谓一等。

我很喜欢容国团的一句名言"人生难得几回搏"。一生中真正称得上"搏"的时候其实不多，关键在于你一旦抓住了某个机遇，就必须全力去搏一回，使自己的事业上一个台阶。

1976年末，"四人帮"已被粉碎，郭小川却意外地逝世。震惊与悲痛之余，我非常想写点纪念他的文字，可一则当时几无园地，二则我还是"无名鼠辈"。正值此时，英文版《中国文学》约刚刚复出的冯牧写纪念郭小川的文章，冯牧说："我太忙，我推荐一个人，他很了解郭小川。"我的文章在《中国文学》尚未刊出，《光明日报》的编辑就读到了，要求我丰富一下后由他们转载，这在当时的报界是难得的长篇评论，自然也就有了影响。这以后，我的胞兄便建议和我一起写一篇有关郭小川全部创作的论文，两三万字，交某大学学报发表。

在食堂排队买饭时，我无意中同一位名叫罗君策的编辑谈起了这个计划，他几乎是叫起来说："你干吗不写个郭小川评传？写它十万字？"

我至今感激这位小罗,一句话点破了我未敢捅破的纸。难道这不正是搏一回的机会吗?我立即向我的还在内蒙古教书的胞兄通报并着手搜集材料。郭小川的亲属:妻子、三个孩子全力配合我们,向我们提供了所能找到的全部书信、手稿,甚至包括年轻时的情书。杜惠还亲自陪我们去访问了郭小川的多位老战友,包括当年三五九旅的秘书。这就使我们在短短的三四个月内掌握了当时别人不可能有的大量的第一手资料。

17万字的《战士与诗人郭小川》的写作实际上只用了两个月,我们几乎用了所有的8小时以外的时间和看内部电影的时间,并没有请一天假。我和胞兄分头在北京和内蒙古起草,然后交换修改并不断把对方要起草的一章的设想和材料抄寄过去。那时没有复印、电传,一切都靠原始的手工劳动。记得有一晚忽然没有笔了,只找到一根圆珠笔芯,就用一片长纸条将它紧紧卷起来再用糨糊一粘,便成了一支很顺手的笔。最快的时候一晚上连改带抄一万字。

冯牧同志只用几天时间便读了稿子的大部分并亲自给上海文艺出版社写了推荐信。1978年10月,《战士与诗人郭小川》便正式出版了。由于历史和我们认识上的局限,此书中不少观点已经过时,这也使我感到汗颜。但不管怎么说,它是"文革"后第一部作家研究专著。

就在《战士与诗人郭小川》付排之时,我靠着几片降压灵混过了体检,作为中国—伊朗联合登山队的随队记者去了西藏。出发之前,该交待的都交待了,给亲朋好友写了十几封信,颇有点随时可能诀别的劲头。当时不少朋友以为我的体质与性格在西藏会坚持不了,但我终于坚持到了最后。在无人居住的海拔5000米的大本营,在室内温度最低达到零下20摄氏度的帐篷中,住了两个多月,并且去了江孜、樟木、日喀则等地,参加了一次适应性行军。

边疆的荒寒与旷达,登山队的独特生活,不久成为我的创作之泉。我陆续写了二三十首诗及日记体长篇报告文学《一个冒牌登山队员的日记》,此篇于1988年获首届体育报告文学奖。可以说,这两个月同大自然同自身体能的搏斗至今仍在启示我的诗思。

西藏归来不久,我和胞兄便准备合作第二本作家评传,并开始着手收集贺敬之的资料。正当此时,富有远见的人民文学出版社的领导要筹划出版艾青诗选,并指定我为责任编辑,而当时艾青尚未正式恢复名誉。我当即意识到一个新的机遇来了;贺敬之诗的成就与影响尚不能跟艾青相比。我立即给胞兄写信:"把全部钻机迅速移到艾青那里!"

比起《战士与诗人郭小川》来,《艾青传论》的工程浩繁得多而且旷日持久。但由于我们动手早,亲自访问了艾青的出生地、流放地,同艾青及其家属进行了数十次长谈,使我们在掌握第一手资料方面再次处于领先地位，也致使有的也有意研究艾青的作家听说我们已起步便主动跳出圈外。还有一个花絮值得一提：艾青夫人高瑛将他们家的房门钥匙交给了我，说他们常外出，"你可以随时进屋查看信件和材料"。可她忘了同女儿和邻居打招呼，有一次我"破门而入"时被邻居发觉报告，他们女儿气喘吁吁地赶到，还真误会了那么半分钟。

写《艾青传论》时我们思想已较成熟，这就使得它不仅成为第一部系统研究艾青创作道路的评传，同时在学术上经得起相当长时间的考验。

1978年底，天安门事件平反。当时任人民文学出版社社长的严文井召集了一个会，要求我和同事郭宝臣写一部关于天安门事件的书，"怎么写，你们自己定"。

我又兴奋又犯愁。兴奋的是自己当年也曾在天安门广场为周总理歌哭，犯愁的是我已当过两回报告文学的责任编辑，深知采访的辛苦。我们曾试图写成"纪实小说"一类，甚至虚构了"四五"英雄同警察的恋爱故事。但当我们在北京、南京、上海拜访了数十位"丙辰清明事件"的当事人，与他们一起回首往事时，那种兴奋与投入又难以言表。我们既进过没有厕所的小院，又闯过没有门牌的高墙，还得感谢贺龙元帅的长女贺捷生（当时还有范曾）的帮助和提供的线索，使我们得以从一个更广的角度来描述这场壮举。于是，我也决定抛弃一切虚构的东西，让真实来说话。我对合作者说："走'第三帝国'的路！"《第三帝国的兴亡》是美国著名学者威廉·夏伊勒的一部很有文采的记述纳粹德国的历史著作，尽管其中有些观点值得商榷，但作者是查阅了成吨的档案，它的严谨的科学态度很值得推崇。

以后的一个来月又是一场拼搏。一天把两天的饭做出来，那时没有什么油水，订不到牛奶，能喝点豆浆，有几片动物饼干就不错了。最快的时候一天写9000字，待到初稿完成，竟有一种内脏被掏空了的感觉。

这便是《命运》，不久便被译成日、法等文并获首届全国优秀报告文学奖。可以说，它是新时期以来第一部有影响的长篇报告文学。可庆可贺的是，很快便有几位年轻作家在长篇报告文学方面的成就超过了我。冯牧同志不久前谈到《命运》时说："尽管今天看来它还存在这样那样的不足，但无疑的，它在中国文学史上将留下一笔。"

五

可以说，我是个文学田径场上有意无意的"抢跑者"，我的成功在于与"发令枪"几乎同时起动，赶在了比我更有实力的选手起跑之前。

文学田径场上的"抢跑者"

我还是个职业编辑而不是专业作家。我得把80%以上的精力用来为他人作嫁衣裳。这同样也是一种乐事，一种无愧无悔的投入。近几年，我调至新闻界搞报纸工作，免不了又写了一批纯属"新闻类"的作品，或许其中绝大多数不会留下来，但新闻工作使人更敏锐、更迅捷，这又是胜过文学的。于是又有人称我为"两栖类"。

我定居在北方却时时留恋南方，我回到南方却又常常找不到灵感。家乡人看我有点"野气"，北方人又觉得我过于嫩气。我不善饮却喜欢欣赏别人豪饮，我不善唱却渴望到旷野去喊叫。或许这种情结也影响了我的艺术观。我主张宽容、兼容，既尊重传统更尊重开拓，既喜欢清丽细腻更追求质朴深沉。我的爱好似乎也过于广泛，打球、听音乐、散步甚至打桥牌，当然我最钟情的莫过于足球。或许这种"不安分"也影响到我的创作：什么都想试一试。

除《战士与诗人郭小川》《艾青传论》《命运》之外，近十年来我出版的著作有报告文学集《"遗言"制造者》《五环旗下的追悔》，诗集《我歌唱在十二层楼》《天堂之歌》，小说集《相逢在布达佩斯》。散文集《每当我走近你》也已付梓。

倘有人问我：你最珍爱的是哪部书？我会毫不犹豫地回答：《天堂之歌》。其中多首诗作已译成英、法、匈、德等文。

足球和诗，是我生命的两大精神支柱。当然这诗是广义的。

　　1986年我以诗人兼高级编辑身份出访匈牙利时，匈牙利《文学报》记者问我："你是否是中国最好的诗人？"我答说："不是。比我写诗写得好的不下几十人，比我评论写得好的也不下几十人，比我报告文学写得好的也不下几十人……，当然，如果能像体操那样算全能的话，或许我的名次可以靠前一些。"

　　我想，我没有自谦自卑，也没有吹牛。

1992年

那个年代的工农兵作家

几乎所有的人都不行了,只寄望于"工农兵作家"

"工农兵作家"这个名词或者群体恍惚已经十分遥远了。它的出现比"工农兵大学生"早,但几乎同时消失。20世纪70年代末中国开始的一场伟大变革,静悄悄地淹没了他们。

1958年的"大跃进"也是个"人人写诗"的年代,或许就是工农兵作家的土壤;紧接着大饥荒,紧接着"千万不要忘记阶级斗争",再紧接着关于文艺问题的"两个批示",指出大部分文艺工作者已经堕落到"修正主义边缘",再下去就是"裴多菲俱乐部"。

于是大批作家不敢写了,不光是"国统区"来的不敢写了,连"解放区"来的也不敢写了。文学刊物和报纸副刊上没有了以往熟悉的作家的名字。

我是1964年8月从大学毕业分配到《文艺报》的,赶上了作家协会的整风（"文革"一开始就被斥为"假整风"）。《人民文学》就在我们楼下，《诗刊》马上要停刊。《文艺报》理论组埋头于"大批判"，我分到的作品组则主要是推荐"新人新作"。"新人"就是本人出身工农兵的年轻作者。

我和一些年轻编辑也疑惑过：郭小川、冯牧这些老作家不是部队出身，上过战场吗？赵树理不是地道的农民吗？但他们已不是工农兵，他们"变修了"，他们"做官当老爷"——再后来，他们统统是"文艺黑线人物"了。连魏巍和李瑛都不能称工农兵作家，而是"部队作家"。从1964年起，赵树理、欧阳山、康濯、张庆田等已经开始遭到批判，我亲眼见到在作协的党组扩大会议上，赵树理一言不发，只是闷头儿抽烟。

于是我们要寻找和扶植的"工农兵作家"，就是本人是工农兵出身，本人现在还握枪或在工厂农村从事体力劳动的，还能写点文学作品（当然多是短的速写或诗歌）的人。于是自然而然有了"工农兵作家"的提法。

我在1965年10月写了篇遵命文章《中国工农兵业余作家》，由中国新闻社发布后在海外华文报纸发表。文章开宗明义就是：

一支年轻的新的文学队伍正在中国形成。他们的成员来自工人、农民和战士，他们既会从事劳动、战斗，又会从事创作。他们所走的道路，区别于过去任何历史时代的文学家走过的道路。他们中的很大一部分人，现在仍生活在工厂、农村、连队，作为一名普通的劳动者、普通的战士……

我举了一串例子。战士出身的作家有任斌武，代表作《开顶风船的角色》；齐平的代表作《沉船礁》；林雨的代表作《刀尖》《五十大关》。工人出身的作家有一直当火车司机的王慧芹，代表作《骏马飞驰》；也是火车司机的陈继光，代表作《目标》。农民出身的作家有王杏元，代表作《铁笔御史》《绿竹村风云》；胡天培、胡天亮的《山村风云》等。我列举的作品几乎都是《文艺报》新人新作栏目推荐过的。

如今我对我那篇文章感到汗颜。我在那里自然不吝溢美之词，说他们"基础异常雄厚""前途无限广阔"，而且他们善于听取领导指示和群众意见，是一种"三结合"的创作方法，云云。

可笑的是我们那时想把风靡全国已经三两年的《红岩》也扯到"三结合"上来。为此，《文艺报》派张天翼夫人沈承宽和我专程去重庆，期望能采访、总结并写出一篇重头文章。在重庆，我们不仅见了《红岩》作者罗广斌、杨益言并与之长谈，还见了老作家沙汀，参与过《红岩》前期写作的刘德彬，宣传部长王觉等；自然还进行了一趟"红色旅游"。临离开重庆前，市委书记任白戈单独接见了我们一个多小时，在场的仅有宣传部长。任白戈的意思很明确：不要写了，也不要宣传罗广斌。那时日本邀请罗广斌，也没有批准他出去。我们无果而返，途经成都、西安了解了一点情况，就回北京汇报了。

差不多与此同时，"组织清理"也已经开始：《人民文学》副主编陈白尘下乡搞了一期"四清"之后调出北京去南京教书了；当年与乔冠华一起搞地下工作、新中国成立后一直被视为"老右"的《文艺报》编辑部主任黄秋耘，连续下乡两期之后调去了广东；被张春桥斥为"文化特务"的《文艺报》编辑张葆辛调去了张家口。

1965年11月末，由中国作协和团中央联合召开了全国青年文学创作积极分子代表会议。周扬在会上做了《做又会劳动又会创作的文学工作者》的主题报告。当年所说的"劳动"，当然是指体力劳动。那年代脑力劳动不算劳动。

我作为《文艺报》的记者参加了大会小会多次活动。我印象最深的两件事，一是西北组许多代表几乎没有写过什么东西，甚至不知做报告的作协领导刘白羽；二是黑龙江农民作者、当生产队长的刘柏生上台做报告，我觉得他很高大很神气。刘白羽的一篇速写给予他高度评价，将它作为头条发在《人民文学》上。40年后我又在牡丹江一个乡村见到刘柏生，又觉得他极其朴实。我们真是有缘。有意思的是那年齐齐哈尔重型机器厂的程树榛刚30岁，却偏偏不在代表之列。他已经在上海文艺出版社出了长篇，可厂里不同意他当代表，因为他是大学生出身，更兼家庭历史有问题。结果他们厂指定了一位写墙报黑板报的人到京参会。

那年代，山雨欲来风满楼。似乎所有的人都不行了，只剩下工农兵作者。

他们中有些人不是没有追求，是被那个年代扼杀和淹没了

如今来回忆和翻看旧书刊，浏览那些年工农兵作家的作品，除了能感受一些那个年代的生活气息，剩下的就是简单和粗浅。由于到处是"禁区"，很多出于"主题先行"。政治说教的味道，或是"英雄模范没缺点""新旧社会两重天"的模式常常见到。因此，"三突出"的创作原则及"样板戏"的出现也就不足为怪了。

工农兵作家或作者中，相当一部分人是很有优越感的。比起"臭老九"，他们有鲜红的血统；比起大部分工农兵"大老粗"，他们有点墨水会耍几下笔杆子。我在1972年年末从"五七干校"调到人民文学出版社，参加筹备一个全国性的文学期刊。我们头几年接触的作者多数是也只可能是工农兵

作者，当然也有假冒工农兵的小知识分子，还有些是领导你的军宣队，可谓体验颇深。自己是"接受再教育"的，不过干点技术活做点案头工作而已；方向可是人家把着的。因此即使你遇到水平很差很差的作者，你也得小心翼翼，字斟句酌。不然就是政治态度问题。

但他们中也有些人有艺术追求，甚至有政治理想。他们尊重知识尊重编辑，愿意同你交朋友。有些年轻人还真心把你当老师。

20世纪五六十年代的工人作家之中，上海的胡万春无疑是最有代表性的。他上过初小，当过学徒、工人，1952年起发表作品，当然一开始是短的通讯。1957年世界青年联欢节文艺竞赛上，他的一个短篇《骨肉》得了荣誉奖。于此一发不可收拾，《爱情的开始》《特殊性格的人》《家庭问题》及电影剧本《钢铁世家》相继问世。因此，说他是那时工人作家的领军人物不为过。那时能出国的人凤毛麟角，他作为中国作家代表团成员出访过。中国作协外事部门也常让他来京接待外宾。胡万春出名后当了钢铁厂的工会副主席，在《萌芽》当编委。

胡万春天资聪明，早在1955年就到"文学讲习所"学习，与邓友梅、玛拉沁夫是同学。1956年就参加全国第一次青创会。也因此，1965年时他刚35岁，是否参加了那年11月的全国青年文学创作积极分子大会，我与几个同事回忆，都他鲜活的语言和细节打动。他虽年轻但经历丰富，工农兵都当过嘛！他对社会的感悟和驾驭语言的天赋当年很少有作者能达到。不久，《机电局长的一天》问世；改革开放开始，他更是文思泉涌，《乔厂长上任记》《赤橙黄绿青蓝紫》《锅碗瓢盆交响乐》连续几年获奖。他无疑是新时期文学的领军人物之一。

大约1979年上海有作者给我信，他要写胡万春评传，征求我对一些问题的意见。我也直言：胡万春是那个年代工人作家的佼佼者，但蒋子龙起点更高些，蒋超过了胡。

我还想说到金敬迈。解放初他已是贺龙部队的文艺兵，扮演"匪兵甲""匪兵乙"之类，与贺龙长女贺捷生就很熟识。但1965年"青创会"时，他还默默无闻。1966年初，一部《欧阳海之歌》风靡全国，发行量上千万。他因此一夜成为无产阶级文艺的标兵。

新时期开始金敬迈也写过剧本。1998年他已经从广州军区离休，来北京看望贺捷生。贺捷生约我来，三四个人小聚。那时我已主持《中国作家》杂志工作。金敬迈谈了他在秦城的一些事、一些细节，我极感兴趣。我希望他写下来，他说："可以写吗？"我说："为什么不可以？"次年春天，我在《中国作家》隆重推出了他的《好大的月亮好大的天》。接着，中国电影出版社出了单行本。后来见面时，金敬迈对我说：在他心目中，这部作品的价值远远高于《欧阳海之歌》，"欧阳海"算不了什么，特定年代罢了。

"工农兵作家"这个概念是否科学都是疑问，他们的局限显而易见。当国门洞开，文学真正回归；当无数沉默的岩浆喷发，"工农兵作家"这个群体就随着新时期的开始悄然淡出，在文学史上不会留下多少痕迹。蒋子龙只是工人作家吗？陈忠实、贾平凹只是农民作家吗？王安忆、铁凝叫知青作家吗？莫言、刘震云叫战士作家吗？还有张贤亮、余华、张炜、严歌苓等等——作家就是作家，只有才华大小之分，水平高低之分。时代毕竟进步了，文学终于真正回归为文学。

2014年2月

郑重声明

高等教育出版社依法对本书享有专有出版权。任何未经许可的复制、销售行为均违反《中华人民共和国著作权法》，其行为人将承担相应的民事责任和行政责任；构成犯罪的，将被依法追究刑事责任。为了维护市场秩序，保护读者的合法权益，避免读者误用盗版书造成不良后果，我社将配合行政执法部门和司法机关对违法犯罪的单位和个人进行严厉打击。社会各界人士如发现上述侵权行为，希望及时举报，本社将奖励举报有功人员。

反盗版举报电话　　（010）58581999　58582371　58582488
反盗版举报传真　　（010）82086060
反盗版举报邮箱　　dd@hep.com.cn
通信地址　　北京市西城区德外大街4号
　　　　　　　高等教育出版社法律事务与版权管理部
邮政编码　　100120

图书在版编目（CIP）数据

杨匡满散文集：感恩的翅膀 / 杨匡满著. -- 北京：高等教育出版社，2016.8
ISBN 978-7-04-045738-4

Ⅰ. ①杨… Ⅱ. ①杨… Ⅲ. ①散文集－中国－当代 Ⅳ. ①I267

中国版本图书馆CIP数据核字（2016）第156203号

Yang Kuangman Sanwen Ji：Gan'en De Chibang

| 策划编辑 | 游 滨 | 责任编辑 | 于 嘉 | 项目统筹 | 王冰怿 于 嘉 |
| 版式设计 | 张 珺 | 封面设计 | 宋双成 | 责任印制 | 赵义民 |

出版发行	高等教育出版社	咨询电话	400-810-0598
社　址	北京市西城区德外大街4号	网　址	http://www.hep.edu.cn
邮政编码	100120		http://www.hep.com.cn
印　刷	大厂回族自治县正兴印务有限公司	网上订购	http://www.hepmall.com
开　本	787mm×960mm　1/16		http://www.hepmall.com.cn
印　张	22	版　次	2016年8月第1版
字　数	210千字	印　次	2016年8月第1次印刷
购书热线	010-58581118	定　价	29.80元

本书如有缺页、倒页、脱页等质量问题，请到所购图书销售部门联系调换
版权所有　侵权必究
物 料 号　45738-00